Sharon Dogar

Prinsengracht 263

Die bewegende Geschichte des Jungen, der Anne Frank liebte

Aus dem Englischen von Elisabeth Spang

CARLSEN

Unseren Kindern
Jem, Xa und Ella
in Dankbarkeit gewidmet

May you never lay your head down
without a hand to hold …
John Martyn

MIX
Papier aus verantwortungsvollen Quellen
FSC® C014496

Veröffentlicht im Carlsen Verlag
September 2014
Mit freundlicher Genehmigung des Thienemann Verlages

Die Originalausgabe ist 2010 bei Andersen Press, London,
unter dem Titel »Annexed« erschienen.

Umschlaggestaltung: formlabor
Corporate Design Taschenbuch: bell étage
Druck und Bindung: GGP Media GmbH, Pößneck
ISBN 978-3-551-31082-8
Printed in Germany

Einleitung

Das Jahr 1945 nähert sich dem fünften Monat. Der Zweite Weltkrieg geht dem Ende zu. Peter van Pels[1] befindet sich in Mauthausen[2], einem Arbeits- und Vernichtungslager der Nazis. Aufzeichnungen zufolge wurde er dort am 11. April ins Krankenrevier eingeliefert. Das hieße, er wäre mehr als drei Wochen in der Krankenbaracke gewesen, was entweder unrichtig oder höchst ungewöhnlich ist. Niemand, der den Einmarsch der Nazis in Holland, einen Transport nach Auschwitz, den Marsch durch Polen und Österreich nach Mauthausen durchgemacht und dann drei Monate lang »gearbeitet« hatte, konnte nach menschlichem Ermessen mehr als höchstens einige Tage im Krankenrevier überleben – das im Grunde aus nichts weiter bestand als einem durchziehenden Strom sterbender Menschen. Es gab keinerlei medizinische Behandlung und kaum etwas zu essen – nicht mehr in diesem Stadium des Krieges.

Doch erstaunliche Geschichten vom Überleben wider alle Wahrscheinlichkeit hat es während des Holocaust immer wieder gegeben. Was also, wenn es wirklich so

[1] Aus Anne Franks Tagebuch bekannt als Peter van Daan.
[2] Ein als besonders grausam berüchtigtes Konzentrationslager.

war? Was, wenn Peter, während er in der Krankenbaracke liegt, in der Erinnerung beginnt, sein kurzes Leben zu durchreisen? Er ist achtzehn. Zwei dieser achtzehn Jahre hat er im Hinterhaus in Amsterdam verbracht: an dem Ort, der durch Anne Franks Tagebuch berühmt wurde. Wie aber hat Peter das alles erlebt?

In dieser fiktiven Geschichte auf Basis historischer Tatsachen versuche ich nachzuempfinden, wie es wirklich gewesen sein könnte: das Zusammenleben mit Anne Frank, zum Objekt ihrer Liebe zu werden und, gerade als die Befreiung Hollands unmittelbar bevorstand, so grausam von ihr getrennt zu werden.

Die Geschichte von Anne Frank mit ihrer Familie und ihren Freunden im geheimen Anbau ist unter anderem deshalb so herzzerreißend, weil sie um Haaresbreite fast überlebt und bis zum Kriegsende durchgehalten hätten. Sie fuhren mit dem letzten Zug von Holland nach Auschwitz. Letztendlich hat es nur einer von ihnen geschafft, Otto Frank, Annes geliebter Vater.

Als ich dies schreibe, wäre Anne Frank (wenn sie noch lebte) erst in den Achtzigern. Sie könnte noch immer Geschichten erzählen und uns vor Augen führen, was es bedeutet, sich einen wachen Blick für die Schönheit der Welt zu bewahren, wenn ringsumher sichtlich nichts als Tod, Hass und Zerstörung herrschen.

Doch bei all ihrer herausragenden Intelligenz und Lebendigkeit hat Anne ihr Leben gelebt, ohne zu wissen, dass sie eines Tages zu einer Ikone werden würde. Sie war eine sehr leidenschaftliche, kluge, überhebliche und manchmal auch schwierige junge Frau. Otto Frank erklärte öffentlich, jene Anne Frank, die jedermann auf Grund ihres Tagebuchs so gut zu kennen glaube, sei ihm völlig unbekannt, und er könne daraus nur einen einzigen Schluss ziehen: »dass wir als Eltern unsere Kinder nicht kennen«. Bei jeder »erdichteten« Schilderung der Geschehnisse im Hinterhaus sollte man diese Aussage von Annes Vater im Gedächtnis haben. Die Anne, die man aus ihrem Tagebuch kennt, ist nicht unbedingt dieselbe Anne, wie die Menschen im Anbau sie erlebten.

Und was ist mit Peter? Hat der Peter, über den Anne schreibt, denn überhaupt eine Ähnlichkeit mit Peters eigener Sicht von sich selbst? Wie mag es sein, im Tagebuch eines (insbesondere so berühmten) Mitmenschen für alle Zeiten so festgeschrieben zu sein, wie man in den Augen des anderen wirkte? Was, wenn Peter eigentlich ganz anders war – und wie Anne sich mehrfach fragt, gar nicht dem Bild entsprach, das sie von ihm hatte?

Unser Blick auf diese beiden Personen und die historischen Ereignisse kann sich im Laufe der Zeit wandeln. Annes Tagebuch ist ein überaus wichtiger Bestandteil unserer Geschichte. Es schildert uns in allen Einzelheiten, wie es war, während der nationalsozialistischen Besetzung und »Säuberung«[3] Hollands untergetaucht in einem Versteck zu leben. An den Fakten des Holocaust sollten Schriftsteller nicht herumdichten, aber *was* wir tun können, ist, die Geschichte dessen, was sich zwischen den Menschen im Hinterhaus abspielte und was sie füreinan-

[3] So nannten es die Nazis, wenn sie in einem Gebiet Juden, Sinti und Roma sowie Menschen mit Behinderungen zusammentrieben und sie in Arbeits- und Todeslager transportierten.

der empfanden, neu zu gestalten. Woher sollen wir wissen, was Anne jetzt zu alldem sagen würde, wenn sie es könnte? Ganz gewiss würde sie ihrer Mutter und Fritz Pfeffer gegenüber heute mehr Milde und Nachsicht walten lassen. Was wir als Heranwachsende fühlen, kann überwältigend und leidenschaftlich sein, ist aber nicht der Wahrheit letzter Schluss.

Und was hätten die anderen zu der Darstellungsweise ihrer selbst zu sagen – allen voran Peter? Im Folgenden habe ich mir ausgemalt, wie Peter das Ganze aus seinem Blickwinkel erlebt haben könnte. Ich habe mir größte Mühe gegeben, an den historischen Tatsachen des Lebens im Hinterhaus nichts zu verändern, und (sofern es gesicherte Erkenntnisse darüber gibt) auch nichts an den Geschehnissen, nachdem die Untergetauchten den Anbau verließen und in die Welt der nationalsozialistischen Todeslager gerieten.

Solch eine Neugestaltung kann einen wesentlichen Beitrag dazu leisten, Geschichte lebendig zu erhalten, und wer war lebendiger, klüger und neugieriger auf die Welt als Anne Frank? Was ihr mit ihrer Familie und ihren Freunden zugestoßen ist, können wir nicht ändern. Aber wir können weiterhin ihre Geschichte erzählen, weiterhin darüber nachdenken, was es bedeutet, Mensch zu sein, sowohl wenn wir einander lieben als auch wenn wir einander hassen – und wir können (so wie Anne Frank) versuchen, die Geschehnisse des Zweiten Weltkriegs für alle neuen Generationen lebendig zu schildern, damit diese hoffentlich nie vergessen, was Hass für verheerende Auswirkungen haben kann.

Aufstehen

Wir träumten in den entsetzlichen Nächten
Schwere Träume voller Gewalt.
Wir träumten mit Seele und Leib:
Heimkehr, Essen, Erzählen.
Bis der kurze, leise
Befehl der Frühe ertönte:
»*Wstawać!*«
Und es zersprang in der Brust uns das Herz.

Jetzt haben wir unser Haus wiedergefunden.
Unser Bauch ist gesättigt,
Wir sind mit dem Erzählen am Ende.
Es ist an der Zeit. Bald hören wir wieder
Den fremden Befehl:
»*Wstawać!*«

Primo Levi
Chemiker, Widerstandskämpfer, Autor,
Auschwitz-Überlebender, 11. Januar 1945

PROLOG

Mai 1945 –

Ich glaube, ich lebe noch.
Aber ganz sicher bin ich mir nicht.
Ich bin krank.
Ich muss krank sein, denn ich liege. Wir liegen sonst nie.
So etwas wie Ruhepausen gibt es in den Lagern nicht.
Ich sollte Felsblöcke die Steintreppe hinauftragen. Es ist ein weiter Weg bis zum oberen Ende des Steinbruchs. Ich weiß nie, ob ich es bis nach oben schaffe. Wenn vor uns einer stürzt, stürzen wir alle – wenn wir nicht schnell genug sind. Manchmal warten die Wachen, bis einer von uns die allerletzte Stufe erreicht hat und schon daran denkt, seine Bürde niederzulegen, voller Erleichterung, die Last gleich abzusetzen. In diesem Moment holen sie mit ihren Stiefeln aus und treten uns zu Boden. Wir fallen wie Dominosteine.
Das ist alles, woran ich mir erinnere: dass ich den Abhang des Steinbruchs hinabgestürzt bin. Ich spüre meinen Körper holpern und poltern. Ich spüre die Körper der anderen auf mir landen. Ich bin

eingequetscht, knochige Körper auf knochigen Körpern. Wir sind inzwischen alle ganz kantig. Meine Knochen knirschen. Ich kriege keine Luft mehr. Die Körper rücken von mir ab, die Toten werden von den Lebenden beiseitegeschoben. Ich kann atmen. Meine Knochen klacken wieder an ihren Platz. Ich lebe noch und muss aufstehen, um nicht auf dem Haufen mit den Toten zu landen. Ich versuche aufzustehen.

Mir ist klar, warum die Wachen lachen. Ich sehe aus wie eine Marionette. Eine Knochenmarionette mit durchgeschnittenen Schnüren. Ich stehe. Ich gehe. Ich mache weiter. Aber eigentlich liege ich immer noch tot am Boden. Ich weiß, dass jeden Tag ein Teil von uns stirbt. Und wir lassen es absterben. Wir müssen – um zu überleben.

Bald wird jemand kommen und mich wecken und der Albtraum beginnt.

Ich warte auf den Ruf, diesen Ruf …

»Wstawać!«

Aufwachen!

Wenn sie kommen, muss ich aufstehen und arbeiten, sonst muss ich sterben.

Vielleicht liege ich ja schon im Sterben.

Am Ende stirbt jeder, ein anderes Entkommen gibt es nicht.

Und jetzt bin ich an der Reihe.

Es ist eine Erleichterung.

Das Problem beim Liegen ist, dass die Erinnerungen kommen. Sie kommen unaufhörlich und erinnern mich daran, wer ich bin.

An die Welt.
An mein Leben.
Die deutschen Juden haben ein Wort dafür.
Heimweh.
Die Sehnsucht nach zu Hause. Wir vermeiden sie, so gut wir können. Sie kann tödlich sein.
Mir ist heiß. Mein Kopf tut weh. Mein Körper schmerzt.
Das sind nur Worte, sie können den Schmerz nicht beschreiben. Wie meine Knochen knirschend aneinandermahlen. Für einen solchen Schmerz gibt es keine Worte.
Aber die Erinnerungen sind noch schlimmer – Bilder aus einer Zeit davor. Aus einer Zeit, die ich verdrängen muss, um weitermachen zu können, wenn sie mich wecken kommen. Einen Fuß vor den anderen setzen, mir einreden, dass es nur diesen Moment, nur diesen Tag, diese Nacht durchzustehen gilt – und zu überleben.
Um meine Geschichte zu erzählen.
Aber die Erinnerungen sind hartnäckig, sie stauen sich an den Barrieren meines Widerstands.
Sie überfluten mich.
Da gab es doch ein Mädchen?
Da gab es einen Ort.
Einen Ort, wo wir vom Dachbodenfenster aus zusahen, wie die Blätter eines Baumes wie Goldmünzen ins Wasser fielen … und zuvor hatte es ein Zuhause gegeben, eine Straße, eine Welt, ein Mädchen, das ich liebte …

TEIL 1

Das Hinterhaus

13. Juli 1942 -

Ich renne durch die Straßen. Es ist früh am Morgen und die Sonne müht sich, durch den Nebel zu dringen. Meine Schritte hallen wider. Meine Gedanken rasen: *Ich will nicht untertauchen. Ich gehe in kein Versteck – und schon gar nicht mit den Franks!*

Ich weiß nicht, wo ich hingehen werde, ich weiß nur, dass ich das nicht kann. Ich halte es nicht aus, mit zwei Mädchen (vor allem nicht mit Anne Frank) und Mutti und Frau Frank in einer winzigen Wohnung eingesperrt zu sein! Bloß weil Vater geschäftlich mit denen zu tun hat, müssen wir sie noch lange nicht gern mögen! Lieber würde ich versuchen mich auf den Straßen durchzuschlagen.

Meine Füße schlagen auf das Pflaster. Irgendwo hinter mir ertönt das Geräusch eines Motors. Ich weiß sofort, was es ist. Wir alle kennen das Geräusch – ein Militärauto.

Ich laufe langsamer, halte mich im Schatten. Für Juden ist immer noch Sperrstunde, aber ich sehe nicht wie ein Jude aus.

Gleich bin ich da.

Bei Lieses Haus.

»Liese.«

Ich flüstere ihren Namen. Stelle mir ihr Gesicht vor,

ihre veilchenblauen Augen und ihr weiches dunkles Haar. Ich male mir aus, was sie wohl täte, wenn ich ihr erzähle, dass ich fortlaufe. Sie könnte mich umarmen, sie könnte sich mit mir ins Gras legen. Sie könnte …

Ich muss mich konzentrieren. Ich muss über die Mauer und in den Garten hinter ihrem Haus.

Ich nehme Anlauf und versuche über die Mauer zu springen. Sie ist hoch. Ich greife daneben.

Das Motorengeräusch kommt näher.

Mein linker Fuß landet an der Mauer und, von Angst getrieben, erreiche ich die obere Kante mit meiner rechten Hand – diesmal schaffe ich es.

Ich lasse mich ins Gras fallen. Atme keuchend und taste um mich her nach einem Stein, einem Zweig, irgendwas, das ich an ihr Fenster werfen kann, um sie aufzuwecken.

Aber etwas lässt mich innehalten. Ich lausche. Die Straßen sind still. Kein Laut ist zu hören. Der Motor ist aus. Ich stehe wie angewurzelt da. Haben sie mich gesehen? Durchsuchen sie jetzt die Straßen, lauschen, warten darauf, dass ich mich verrate – ein Geräusch mache?

Durch die Stille ertönt ein Pochen, Fäuste donnern gegen die Türen und Stimmen schreien.

»Aufmachen! Aufmachen!«

Wie versteinert stehe ich im Garten. Ich beobachte, wie die Lichter angehen. Ich sehe Lieses Gesicht kurz hinter der Fensterscheibe auftauchen, als sie die Vorhänge zurückzieht – dann ist sie fort. Ich beobachte, wie die ganze Familie hinter dem erleuchteten Fenster des Wohnzimmers wieder auftaucht. Sie tragen ihre Nachtgewänder. Sie gestikulieren, argumentieren, aber am Ende packen sie ihre Koffer, ziehen ihre Mäntel an und verschwinden – mit Liese.

Ich weiß, dass sie junge Mädchen zum Arbeitseinsatz auffordern. Ich weiß, dass wir deshalb untertauchen, weil Margot Frank einen solchen Aufruf erhalten hat und in ein Lager kommen soll. Aber ich hätte nie gedacht, dass es Liese treffen könnte.

Ich möchte zu ihr rennen, aber meine Beine bewegen sich nicht, meine Hand ist noch immer hinter meinem Rücken und hält den Stein. Ich weiß nicht, wie lange es dauert, bis ich mich wieder rühren kann, bis ich die Mauer erklimme und zur Straßenecke laufe, aber ich weiß, es ist viel zu spät. Der Lastwagen hat sich schon in Bewegung gesetzt. Ich sehe ihn um die Ecke biegen und davonbrausen.

Mit Liese darin.

Ich beginne zu rennen. Ich renne schnell, aber der Wagen rast bereits die Straße hinab.

Liese!

Liese!

Der Wagen fährt davon, entschwindet. Ich renne weiter, bis ich auf die Knie sinke. Zu spät.

Zu spät.

Sie ist weg.

Ich kann es nicht fassen. Warum? Warum sie? Warum jetzt?

Ich kehre zum Haus zurück. Die Tür ist abgeschlossen, aber ich weiß, wo der Schlüssel verwahrt wird. Langsam sperre ich die Tür auf. Alles ist sauber und ordentlich. Der Klavierdeckel ist offen – Lieses Lieblingsstück steht auf dem Notenbord. Alles sieht aus wie immer, aber ohne sie ist das Haus leer und dadurch ist alles völlig verändert. Wohin bringt man sie – und warum haben sie alle mitgenommen? Wo soll ich nun hin?

Ich weiß nicht, was ich machen soll.

Ich schaue aus dem Fenster auf die Straße. Ich sehe auf meine Uhr. Zweiundzwanzig Minuten nach sechs. In einigen Stunden werde ich an Herrn Franks Arbeitsplatz erwartet. Wir kommen alle unabhängig voneinander dort an. Wir werden in das Gebäude gehen, als wäre es nur ein Besuch wie jeder andere – nur werden wir es diesmal nicht wieder verlassen.

Wir werden dortbleiben.

Für wie lange, wissen wir nicht.

Ich starre aus dem Fenster.

Die frühmorgendlichen Straßen sind leer und ich bin es auch. Ich kann an nichts denken, außer an den entschwindenden Lastwagen und die Tatsache, dass ich tatenlos dastand und es geschehen ließ. Wie konnte ich je glauben, ich wäre in der Lage, ihnen zu entkommen oder Widerstand zu leisten?

Liese ist weg.

Und ich weiß, was ich mache.

Ich werde untertauchen.

Ich warte und sehe zu, wie sich die Straßen mit Menschen füllen. Ich warte und sehe zu, wie die Sonne höher steigt. Ich warte und sehe zu, wie die Welt zum Leben erwacht. Ich warte und weiß, dass ich nirgendwohin laufe, weil es keinen Ort gibt, an den ich entkommen könnte.

Ich schaue aus dem Fenster.

Die Welt, die sich mir zeigt, ist nicht mehr meine Welt – sie gehört ihnen: der Nationalsozialistischen Deutschen Arbeiterpartei, den Nazis. Sie haben sie mir weggenommen, Stück für Stück. Ich darf nicht wie alle anderen in Trambahnen oder Autos fahren. Ich darf nicht im selben Wasser schwimmen oder im selben Kino sitzen und Filme ansehen. Ich darf nicht in nicht-jüdischen Geschäften einkaufen. Ich darf nicht auf der Straße sitzen. Ich darf nicht an den Brunnen trinken. Ich darf nirgendwohin gehen ohne einen Stern an der Brust. Ich darf nicht … Ich darf nicht … Ich darf überhaupt nichts. Wenn jemand Lust hat, auf mich loszugehen, kann ich keine Hilfe erwarten – und darf mich nicht wehren. Wenn ich es *doch* tue, könnten sie mich zu Tode prügeln, und niemand würde sie davon abhalten. Wenn ich mich *nicht* wehre, bin ich genau das, was sie sagen: ein feiger Judenjunge.

Es gibt mich gar nicht mehr. Sie haben mich zu einem Niemand gemacht, damit sie mich vom Erdboden tilgen können.

Jetzt ist mir alles völlig klar.

Kaum zu glauben, dass ich es nicht schon früher begriffen habe.

Wie konnte ich so verblendet sein?

Wie konnte ich je denken, ich könne fliehen?

Wie konnte ich je denken, ich könne kämpfen?

Ich sollte jetzt gehen. Es ist Zeit. Ich finde eine Aktentasche und eine übrig gebliebene Jacke mit einem aufgenähten Stern, aber im letzten Moment beschließe ich, sie doch nicht anzuziehen. Wenn dies mein letzter Gang durch die Stadt ist, dann will ich ihn frei gehen – als freier Mensch –, und wenn etwas passiert, wenn sie mich erwischen, dann ist es eben so.

Zur Prinsengracht ist es ein weiter Weg von etwa einer Stunde. Ziel ist ein Lagerhaus; im Obergeschoss dieses Lagerhauses gibt es an der Rückseite einen geheimen Anbau.

Niemand weiß, dass es ihn gibt, außer den Angestellten, die helfen, uns zu verstecken. Vater sagt, wir haben großes Glück, Glück, dass er Geschäftspartner von Herrn Frank ist. Glück, dass der uns angeboten hat, zusammen mit ihnen unterzutauchen. Das finde ich nicht. Ich wäre lieber in Amerika.

Ich habe einen Plan vom Hinterhaus. Ich weiß, wo ich hineingehen soll, welche Treppen ich nehmen muss und wie ich den Weg zum rückwärtigen Teil des Hauses finde, in dem die versteckten Zimmer liegen. Wo ich versteckt sein werde.

Ich sollte jetzt gehen.

Wenn ich gehe.

Ich bin auf der Straße. Die Sonne scheint mir ins Gesicht. Es ist kein Stern an meiner Brust. Während der nächsten Stunde bin ich frei. Eine Stunde noch. Die ganze Welt ringsumher kommt mir ungewohnt vor: gestochen scharf und wunderschön. Ohne meinen Stern ernte ich keine mitleidigen Blicke. Ich habe vergessen, wie es ist, nicht aufzufallen. Ich bleibe stehen. Ich trinke von einem Brunnen. Mutti wäre entsetzt. Wenn sie mich erwischen würden, könnte ich verhaftet werden, getötet, abtransportiert. Ein Jude, der von einem Brunnen trinkt! Ich könnte ja all die Nichtjuden anstecken – bloß womit eigentlich?

Was haben wir denn so Schlechtes an uns?

»So ein schöner Morgen!«, sagt eine Frau und lächelt. Ich lächele zurück, aber innerlich denke ich: *Ich bin ein Jude, du dummes Weib, siehst du das nicht? Kannst du nicht einmal erkennen, was ich bin, wenn mein Stern es dir nicht zeigt? Hier,* möchte ich ihr sagen, *steck du ihn doch an. Wenn wir euch so leidtun, dann tragt doch auch alle einen! Und wer würde uns dann noch unterscheiden können?*

Aber ich sage nichts.

Ich lächele nur zurück.

Und gehe weiter.

Der Weg geht schnell vorüber – zu schnell. Die breiten Alleen münden in die schmalen Grachten und Straßen rund um das Stadtzentrum von Amsterdam. Und dann bin ich da. Ich bin beim Lagerhaus angelangt – Prinsengracht 263. Ich starre auf die breiten hölzernen Lagerhaustüren und auf die schmale Tür am oberen Ende der Treppe, durch die ich gehen soll.

Ich habe Angst.

Ich will wegrennen. Ich will rennen und rennen und immer weiter, bis ich Liese finde. Ich werde ihre Hand halten und wir werden gemeinsam rennen, bis wir irgendwelche Wälder, irgendwelche Hügel, irgendwelche Höhlen finden, um uns zu verstecken. Aber es gibt keine – nur Tiefebenen. Wir sind ja schon aus Deutschland hierhergeflohen. Und nun sind wir umzingelt. Die Nazis sind überall: in Luxemburg, Belgien, Frankreich. Holland ist nur ein kleiner Flicken in einem großen Teppich aus lauter Nazis. Wir können nirgendwo anders mehr hin. Ich starre die Türen an.

Ich spüre Übelkeit aufsteigen.

Ich spüre die Sonne heiß auf meinem Rücken.

Ich drehe mich um und schaue die Straße hinab. Das sollte ich nicht, ich sollte nichts tun, womit ich Aufmerksamkeit erregen könnte – aber ich kann nicht anders. Ich wende mich um und schaue die lange schmale Straße hinab. Ich schaue die Bäume an und das Wasser des Kanals. Ich schaue die Leute an, die an mir vorbeigehen, aber jetzt ist es ganz egal, wie lange ich hier stehe und schaue. Nichts wird sich ändern.

Liese wird nicht zurückkommen.

Wahrscheinlich sehe ich sie nie wieder.

Mein Name ist Peter van Pels. Ich bin knapp sechzehn Jahre alt. Ich gehe die steinerne Treppe hoch und drehe den Knauf der schmalen hölzernen Tür. Ich drücke sie auf und mache einen Schritt nach vorn. Die Tür fällt hinter mir zu.

Noch immer kann ich die Straße vor mir sehen und die weiche Sommerluft spüren. Frische Luft. Im Hinterhaus habe ich mich an Luft erinnert, so wie ich mich jetzt an den Geschmack von frischem Gemüse und den Klang fröhlichen Lachens erinnere. Wie an etwas, das man bereits verloren hat – und am besten vergisst.

13. Juli 1942 –

Zwischen den beiden Türen ist es dunkel und heiß. Die Luft ist abgestanden. Ich schiebe mich durch die zweite Tür und die Treppe hinauf. In Gedanken stelle ich mir den Plan des Hauses vor.

Ich darf nichts falsch machen. Ich muss leise sein. Ich gehe an dem Fenster mit der Aufschrift KONTOR vorbei. Dahinter hört man Stimmen und sieht sich bewegende Schatten von Menschen. Ich bin ein Geist, sie wissen nicht, dass ich hier bin. Ich schleiche durch den dunklen, engen Korridor. Es ist drückend heiß. Noch ein paar Stufen hinauf und der Flur wird breiter. Zu meiner Linken ist ein Fenster, mit dunklem Gewebe verhängt. Darunter führt eine weitere Treppe nach unten. Es ist dunkel. Ich bleibe stehen und warte, bis meine Augen sich angepasst haben. Vor mir befindet sich eine breite Tür mit einem Riegel daran. Ich will nicht hindurchgehen. Ich will umkehren. Ich will weglaufen. Und dann sehe ich in Gedanken den Lastwagen die Straße hinabfahren. Mein Herz schlägt so schnell, dass ich kaum noch Luft bekomme. Ehe ich irgendwas denken kann, hebe ich schnell den Riegel und öffne die Tür.

Ich höre eine helle, klare Stimme: »Also wir haben doch wirklich Glück! Stellt euch mal vor, wie es wäre, wenn wir keinen Vater hätten, der ein Hinterhaus für uns findet, oder wenn wir alle hier festsäßen und einander nicht ausstehen könnten!«

Beißend durchfährt mich der Ärger. Das ist Anne Frank, so vorlaut und selbstgefällig wie eh und je!

Glück? Wie sollten wir von Glück reden? Aus ihrem Mund klingt es, als wäre das hier alles nur ein amüsantes Gesellschaftsspiel!

Direkt vor mir ist noch eine Treppe, steil und gefährlich. Links ist der Raum, aus dem die Stimmen kommen. Alles ist klein und beengt so wie die Straßen und Grachten draußen. Und dunkel.

Ich gehe nach links und stehe im Türrahmen. Die Franks sitzen an einem Tisch. Alle drehen sich um und starren mich an.

»Oh!«, sagt Frau Frank. Einen Moment lang herrscht erschrockenes Schweigen. Wir alle starren einander an. »Ach, Peter! Du bist es! Im ersten Moment habe ich dich gar nicht erkannt!«

Ich blinzele. Die Gesichter sind im Dämmerlicht nur undeutlich zu sehen. Herr Frank steht auf und geht auf mich zu. Er lächelt: »Peter! Da bist du ja! Komm, ich will dir dein Zimmer zeigen.«

»Zimmer!«, ruft Anne. »So würde ich das ja nicht gerade nennen!«

»Anne!«, sagt ihre Mutter streng.

Ich sehe sie nicht an. Anne Frank ist auch ohne mein Zutun schon eingenommen genug von sich selbst.

»Hallo, Peter«, sagt Margot mit leiser Stimme.

Warum bist du hier? Dieser Gedanke schießt mir zornig durch den Kopf: *Warum bist du hier und Liese nicht!* Ich nicke ihr zu.

Herr Frank geht mit mir zurück zu der steilen Treppe. Ich folge ihm mit langsamem Schritt nach oben. Wir gehen durch eine Küche.

»Das wird das Zimmer deiner Eltern und unsere gemeinsame Küche. Wir müssen leider alle dicht zusammenrücken!«

Ich sage nichts. Ich kann nicht. Neben dem Spülstein ist eine Tür. Er geht hindurch.

»Und das ist *dein* Zimmer!«

Da ist ein Fenster, mit dunklem Stoff verhängt. Kaum zu glauben, dass dahinter draußen noch immer die Sonne scheint. Weil so wenig Platz ist, stehen wir dicht beisammen. Neben uns führt eine weitere Treppe nach oben.

»Über dir sind die Speicherräume, wo wir alles verstauen und die Wäsche aufhängen – das heißt, wir müssen leider alle hier durchmarschieren.«

Immerhin fällt von irgendwo Licht herein.

»Die Fenster vom Oberboden sind zu hoch, um sie abzudecken«, sagt Herr Frank »und so hat zumindest dieser Raum ein wenig Licht!« Als ob er meine Gedanken lesen kann. Ich atme tief durch. Hineingequetscht steht neben der Treppe ein Bett. An seinem Fußende gibt es einen Schreibtisch.

»Tja«, sagt er, »es ist vielleicht nicht das, was wir normalerweise als Zimmer bezeichnen würden, aber du hast es für dich allein.«

Ich setze mich auf das Bett.

»Danke schön«, sagte ich. Die Worte klingen kleinlaut.

»Dann geh ich mal wieder …« Doch an der Tür bleibt er stehen. »Möchtest du das Badezimmer sehen?«

Ich schüttele den Kopf.

»Du kennst die Namen all der Büroangestellten im Parterre, die uns helfen, oder?«

Ich schüttele den Kopf, ich kann mich nicht erinnern. Herr Frank lächelt.

»Nun, du wirst reichlich Zeit haben, sie kennenzulernen! Da wäre Miep Gies, sie ist unser Hauptkontakt zur Außenwelt, und dann gibt es da noch Herrn Kugler, Herrn Kleiman und Bep mit ihrem Vater, Herrn Voskuijl.«

»Danke schön«, sage ich wieder.

»Also, komm runter und trink eine Tasse Kaffee mit uns, wenn du fertig bist – und herzlich willkommen, Peter!«

»Danke schön«, sage ich schnell. Ich will, dass er geht.

Ich lege mich hin. Ich schließe meine Augen. Dahinter pulsiert die Hitze in meinem Kopf. Im Raum ist es stickig. Wenn ich meine Arme ausstrecke … wenn ich meine Arme ausstrecke, stoßen sie auf der einen Seite an die Wand und auf der anderen an die Treppe. Wenn ich meine Beine ausstrecke, stoßen meine Füße an den Schreibtisch. Ich liege auf dem Bett und halte sämtliche Gliedmaßen dicht am Körper. Irgendwo draußen schlägt die Kirchturmuhr zur Viertelstunde.

Ich schließe die Augen und fange an zu zittern. Ich öffne die Augen, aber noch immer sehe ich Lieses Gesicht am Fenster – und den entschwindenden Lastwagen.

Wo ist sie?

Wo wird man sie hinbringen?

Stimmen aus dem Nebenzimmer wecken mich.

»Frau van Pels, haben Sie in Ihrer Hutschachtel wirklich Hüte mitgebracht?«, fragt Anne lachend.

»Nein! Nein!«, antwortet Mutter. »Da ist kein Hut drin, sondern ein … Nachttopf!«

Alle lachen und Mutti am lautesten. Ich ziehe das Betttuch über mich. Ich verstecke meinen Kopf unter der leichten Baumwolle und rolle mich zusammen, versuche zu entfliehen, aber das Bild taucht immer wieder auf … Lieses Gesicht … Ein heller, heißer Schmerz schießt durch meinen Kopf. Weiß wie ein Blitz.

Mutti tritt durch die Tür. »Peter?«, fragt sie. »Peter!« Sie greift nach meiner Hand, aber ich schiebe sie rasch unter das Betttuch. Sie beißt sich auf die Lippe.

»Du bist hier!«, sagt sie. »Gott sei Dank!«

»Wo soll ich denn sonst sein?«

Sie sieht mir tief in die Augen. Ich schaue weg.

Sie wusste es also.

Sie hat gespürt, dass ich fortlaufen wollte.

Ich sage nichts.

Ich will, dass sie weggeht.

Aber das tut sie nicht, stattdessen sieht sie sich um.

»Ach, Petel!«, flüstert sie. »Es ist so eng.« Und dann atmet sie tief ein. »Aber wenigstens sind wir alle hier. Und wir sind alle in Sicherheit!«

Nur Liese nicht.

Ich sage nichts. Ich rede sowieso nie viel, im Gegensatz zu den Franks – aber ich denke eine Menge. Ich frage mich, wie man das hier Leben nennen kann. Wie können wir auf so engem Raum existieren? Wir sitzen in diesem Gebäude in der Falle wie Ratten auf einem sinkenden Schiff und können nur abwarten, ob wir erwischt werden. Der Schmerz zuckt wieder durch meinen Kopf, als schlüge ein Blitz in eine Turmspitze ein.

Annes Stimme weht die Treppe herauf: »Wir haben schon tonnenweise Marmelade gemacht … und wie herrlich es überall duftet – nach Kirschen und Zucker! Ach, und Papi, ich glaube, das ist bestimmt das beste Versteck in ganz Holland!«

Ich spüre, wie sich mein Körper verkrampft. Ganz unwillkürlich, ich kann nichts dagegen tun. Er zuckt vor ihren Worten zurück. Er nimmt ein Eigenleben an. Es ist, als wolle er durch die Mauern davonkriechen, hinaus ins Freie.

Dorthin, wo Liese ist.

Warum bin ich nicht geblieben? Warum habe ich nicht gekämpft? Warum stand ich nur untätig da mit einem Stein in der Hand?

Ich stöhne laut auf.

»Sie redet, als wären wir bei einem Kaffeekränzchen!«, zische ich.

»Peter!«, sagt Mutti. »Wir müssen ihnen …«

»Dankbar sein!«, sage ich schnell, denn wenn ich *sie* das sagen hörte, müsste ich schreien oder sie ohrfeigen.

Mutti sieht mir in die Augen. »Es tut mir leid«, sagt sie. »Ich weiß, es ist schwer für dich, aber wir haben Glück! Glück, dass wir am Leben sind, und Glück, dass wir jemanden kennen, der so hilfsbereit ist, uns zu verstecken!«

Glück! Schon wieder dieses Wort. Glück!

Ich bin nicht glücklich.

»Peter?«, fragt sie und ich sehe sie an.

»Was?«

»Weißt du, in dieser Hutschachtel war mehr als nur ein Nachttopf!«

Sie deutet zur Tür und dort steht Mouschi[4]. Mein Kater.

»Oh!«, sage ich. Mutti lächelt.

Mouschi springt auf mein Bett und schmiegt sich an mich.

»Danke!«, sage ich.

»Nun, jetzt, da er hier ist, kann wohl kaum jemand etwas gegen ihn einwenden!«, flüstert sie.

Ich antworte nicht. Ich vergrabe nur das Gesicht in seinem Fell. Als ich aufblicke, ist sie fort.

[4] Tatsächlich kam Mouschi mit Peter an. Ich danke Carol Anne Lee für diese Information, ebenso wie für die Erläuterung, dass Mouschi ein Kater war, auch wenn Anne ihn als eine Sie bezeichnet.

Ich wusste es nicht.
Ich wusste nicht, dass ein Bett unterm Dachboden ein Luxus ist. Ich wusste nicht, dass Trauer, so wie ich um meine Freiheit trauerte, ebenso Geschenk und Gnade ist wie Kummer.
Hier im Lager gibt es keine Gefühle. Nur die verstreichenden Minuten, den einen Fuß vor dem anderen, den Dreck, das Aufrechtbleiben, das Festhalten deines Suppenlöffels, damit ihn dir keiner klaut. Du kannst nicht um einen anderen trauern. Du bist viel zu sehr damit beschäftigt, dafür zu sorgen, dass du nicht selbst der Nächste bist.

8. August 1942 –

Ich wache auf, mein Herz schlägt schnell, es rattert wie ein Zug in einem Tunnel.

Nässe in meinen Händen.

Suchender Blick durch die Dunkelheit mit weit aufgerissenen Augen.

Ich versuche, etwas festzuhalten. Meine Gedanken greifen danach, aber es ist fort. Weg. Erloschen und vergangen. Im Finstern spüre ich, wie mir die Röte ins Gesicht steigt. Ich lausche. Irgendwo in der Ferne schlägt die Kirchturmuhr drei. Nebenan ächzt Mutti und dreht sich um.

Habe ich ein Geräusch gemacht? Hat mich jemand gehört?

Ich lausche in die Stille. Ich bin hier so hoch oben. Die ganze Nacht fühlt sich anders an.

Ohne Vorwarnung überfällt mich die Erinnerung an den Traum. Ich habe von Liese geträumt. Liese in einer Menschenmenge. Sie wird von einem Strom von Leuten davongetragen. Ihr dunkles Haar ist nur ein Punkt zwischen vielen.

»Liese!«

Ich schreie ihren Namen.

Ich habe Angst, dass keiner weiß, wer sie ist. Keiner außer mir.

Sie dreht sich um. Ihre Veilchenaugen sind vor Schreck geweitet, unsere Blicke begegnen sich, dann wird sie von dem Menschenstrom davongetragen. Weitergezwungen von den hohen Dämmen aus Soldaten zu beiden Seiten.

Plötzlich bin ich direkt neben ihr. Von den Tausenden Körpern um uns her werde ich gegen sie gedrückt. Sie heben uns vom Boden. Ich spüre, wie mein Gesicht zwischen ihre Brüste sinkt, meine Arme schließen sich um ihren Körper. Ich spüre, wie wir mitgerissen werden, und ihre Beine umschlingen meine Taille … Ich vergrabe mich in ihr. Ich umarme sie, bis wir gemeinsam erbeben.

Und dann bin ich weit weg, über uns beiden, und beobachte, wie sich die Erinnerungen aus mir ergießen. Der Geschmack ihrer Lippen, das Gefühl ihrer Haut unter meinen Fingern, der Augenblick, als ich sie zum ersten Mal sah, wie ihre Hände über die Klaviertasten wanderten, der Tag, an dem ich ihr anbot, ihre Bücher zu tragen … Wir klammern uns aneinander fest und ringsumher tropfen die Erinnerungen wie Regen herab.

Doch der Menschenstrom bewegt sich weiter vorwärts, als wäre überhaupt nichts geschehen.

»Liese«, flüstere ich.

Sie hält mein Gesicht in ihren Händen und wir sehen einander tief in die Augen.

»Peter!«

Ich greife nach ihr, doch schon ist sie außer Reichweite. Hilflos sehe ich mit an, wie sie in der Menge verschwindet. Und dabei meinen Namen ruft. »Peter!«

Ich bin Peter – der Gedanke weckt mich auf.

Das bin ich.

»Ich bin Peter.«

Ich flüstere die Worte in die Nacht.

Ich versuche die erinnerte Wärme von Lieses Körper in den Laken zu halten.

Ich weiß nicht, wie ich die Laken waschen soll. Ich weiß nicht, wie ich meine Schmach verbergen soll. Ich weiß nicht, wie ich weiterleben soll.

Ja, ich bin Peter – aber kann mir irgendjemand sagen, wie ich weiterleben soll?

9. August 1942 –

»Petel! Petel!« Mutters Stimme weckt mich. »Steh auf! Alle wundern sich schon, wo du bleibst!«

Aber ich kann nicht. Es ist immer so dunkel hier drin, als würde es nie wirklich Tag werden. Beim Aufwachen bin ich ganz zerschlagen.

»Ich bin müde!«, sage ich. Ich drehe mich um.

»Ich gebe dir fünf Minuten!«, faucht sie. Ich blamiere sie. Ich sollte auf sein und nicht schlafen. Ich sollte froh sein und nicht Angst haben, dass ich sterben muss. Aber ich will nichts anderes als schlafen.

Die Küche ist direkt neben meinem Zimmer. Alle frühstücken dort. Ich kann alles hören. Vater erzählt der Runde, wie raffiniert er die Leute an der Nase herumgeführt hat, so dass alle glauben, die Franks wären nach Maastricht geflohen. Ich stolpere in den Raum. Niemand grüßt mich, sie werfen nur einen kurzen Blick auf meine vom Schlaf zerknitterten Kleider und meine ungewaschenen Haare. Ich setze mich hin. Sie nicken mir zu und machen weiter.

Ich frage mich, ob ich wirklich hier bin.

Die Geschichte heißt »Was beim Aufbruch der Franks geschah«. Ich habe das alles schon unzählige Male gehört, jeder von uns, aber sie finden einfach kein Ende. Ich versuche die Worte aufzunehmen, doch ihre Stimmen klingen für mich wie aus weiter Ferne. Die Worte ergeben in meinem Kopf durchaus einen Sinn, aber meine Gefühle passen nicht dazu. Mich schaudert, wenn alle anderen lachen.

Anne sieht mich an – mit missbilligendem, verständnislosem Blick. Langsam kriecht die Röte über meine Wangen. Verächtlich wendet sie den Blick ab.

»... und die alte Frau Siedle hat mir selbst erzählt, dass sie gesehen hat, wie ihr alle in ein Militärauto verladen wurdet!«, sagt Mutti.

Ich erinnere mich an den Aufprall meines Fußes auf Lieses Gartenmauer, höre den Lastwagen die Straße entlangkommen.

»Ja!« Papi lacht und ergreift das Wort. »Auch ich habe es mit eigenen Ohren gehört! Und hier sitzen wir, mitten in derselben Stadt! Wer würde das vermuten?«

Alle lachen. Scharf sieht Anne mich wieder kurz an: »Peter findet das gar nicht lustig«, sagt sie.

Allzu hastig stehe ich auf und der Stuhl fällt um. Einer nach dem anderen richten sich alle Blicke auf mich. Ich versuche, gerade zu stehen und höflich zu sein. Ich weiß nicht, was mit mir los ist. Mein Kopf ist voller Gedankenfetzen – übrig gebliebene Bruchstücke ohne Form oder Bedeutung. »Entschuldigt mich«, sage ich und spüre, wie mir die Röte ins Gesicht steigt. Ich verlasse den Raum. Hinter mir höre ich Anne in die Hände klatschen wie ein Kind beim Anblick eines Geschenks.

»Das errät keiner. NIE!« Das Gelächter geht weiter.

Ich lege mich nicht auf mein Bett, ich falle nieder. Ich

sinke nieder, fort von den Gedanken, die unentwegt durch meinen Kopf wirbeln.

Wo bist du, Liese?

Wie kann man das hier witzig finden?

Bin ich der Einzige auf der Welt, der nicht lacht?

Das Einschlafen fühlt sich ganz verkehrt an – es ist eher wie Ertrinken.

Ich kann nicht aufstehen. Die Tage vergehen – halb hell, halb dunkel. Ich schlafe. Ich esse, aber das Essen schmeckt nach nichts. Ich werde rot und stammele, wenn die Franks mit mir reden.

Ich träume von Liese – und manchmal erwache ich mit nassen Laken und wild klopfendem Herzen. Ich weiß nicht mehr genau, was wirklich ist. Ich glaube, Anne kam und stand im Rahmen meiner Tür.

»Gefällt dir dein Zimmer, Peter?«

»Das ist kein Zimmer, das ist ein Durchgang.«

Sie hebt den Blick zur Decke. Sie ist so dünn, ein richtiges Kind, nicht wie Liese.

Liese.

Liese.

Liese.

Wo bist du? Was geschieht mit dir?

Mich schaudert. Als ich aufsehe, ist Anne fort. Ich bin gar nicht sicher, ob sie überhaupt da war.

Wenn ich die Augen schließe, spüre ich, wie Lieses Hände mich berühren. Leicht. Zart wie Schmetterlinge. Fast stöhne ich laut auf. Ich unterdrücke es. Ich verspüre einen sehnsüchtigen Schmerz, ein Ziehen in der Seite. Ich bekomme keine Luft mehr.

Sterbe ich? So wird es wohl sein.

»Ich sterbe!« Ich fasse es kaum, dass ich diese Worte wirklich laut ausgesprochen habe, aber ich muss wohl, denn alle schauen mich an.

Ich werde rot.

»Also wirklich, Peter!«, sagt Frau Frank und zieht ruckartig ein frisches Küchenhandtuch hervor.

»Hast du schon mal das Wort *Hypochondrie* gehört?«, fragt Anne.

»Ich bekomme keine Luft!«, flüstere ich.

»Vielleicht wäre es gut, wenn du dich mehr betätigen und weniger schlafen würdest?«, sagt Herr Frank freundlich.

Mutti und Papi werfen einander empörte Blicke zu.

Niemand glaubt, dass ich krank bin.

Ich gehe wieder ins Bett.

Die Glocke der Westerkerk läutet zur Mitternacht. Ich schleiche die Treppe zum oberen Dachboden hinauf. Eins der Fenster steht einen Spaltbreit offen. Ich lege mich hin und atme die frische Luft von draußen ein. Sauge sie auf in tiefen Zügen.

»Hörst du die Glocken, Liese?«

Ich schaue zum Mond, so, wie wir es einander immer versprochen haben. Wir sagten nie Auf Wiedersehen, sondern immer nur:

»Um zehn.«

»Um zehn.«

Ich flüstere die Worte. Ob sie wohl dasselbe tut?

Wo bist du?

Im Lufthauch des Fensters schlafe ich ein. Ich träume nicht. Im Schlaf frage ich mich, ob der Mond wohl uns beide bescheint. Die ganze Nacht lang höre ich im Halbschlaf die Kirchenglocken läuten.

Kannst du sie auch hören, Liese?

Als ich aufwache, ist es hell. In dem großen Kastanienbaum draußen singen die Vögel. Ich habe einen steifen Nacken und mein Kopf sitzt schief auf dem Hals, so als würde ich ihn lauschend zur Seite neigen. Oder als sei mein Genick gebrochen. Um etwas zu hören, das gar nicht mehr da ist.

Die Uhr schlägt fünfmal. Hinter den Glocken höre ich es wieder, das Räderrattern auf den Schienen, den Zug, der uns alle fortbringt. Wohin? Da sind Flüsterworte wie Räder. Gerüchte wie dunkle Tunnel. Aber im Grunde wissen wir es ja, nicht wahr? Wir alle wissen es, oder? Aber wir können es nicht aussprechen.

Lager.

Todeslager.

Plötzlich weiß ich es, ich spüre es. Sie ist weg. Sie war hier in Amsterdam, wo sie die Kirchturmuhr hören konnte, aber jetzt ist sie fort – in diesem Strom von Menschen.

Steifbeinig klettere ich langsam die Dachbodentreppe hinunter.

»Peter!«

Mutti steht am Fuß der Treppe und starrt mich an. Wie lange war sie schon dort?

»Was?«, setze ich an, und dann sehe ich mein schmutziges Laken zusammengerollt in ihrer Hand. Auf meinem Bett ist ein sauberes, weißes, glattes Laken. Wir schauen einander an und wenden die Blicke wieder ab.

»Ich …«

»Pst!« Sie lächelt mir zu. »Keine Sorge! Ich wasche es, bevor die Franks überhaupt auf sind, und dann ersetzen wir ihr Laken. Sie werden nichts merken.«

»Danke«, murmele ich, doch sie ist schon gegangen.

Das Bett fühlt sich gut an. Kühl und sauber. Ich schlafe traumlos.

Als ich wieder aufwache, ist das Frühstück schon vorbei.

Wenn ich von Mutti träume, sehe ich sie am Fuß der Treppe stehen. So wie damals, als ich noch ein Kind war. Breitbeinig und mit erhobenen Händen wartet sie darauf, dass ich in ihre Arme springe.
Ich träume, dass ich in sauberen Laken auf einer richtigen Matratze liege und mir beim Aufwachen die Sonne ins Gesicht scheint. Und das Beste: Ich drehe mich um und schlafe im Sonnenschein noch einmal ein.
Aber es ist nur ein Traum.
Wenn ich aufwache, krieche ich über all die toten und sterbenden Leiber, um in den Topf zu pinkeln. Ich lausche. Gut, dass der Topf nicht zu voll ist. Hineinzupinkeln, wenn er voll ist, kann tödlich sein. Dann musst du in die eiskalte Nacht hinausgehen und ihn ausleeren. Danach ist kein Schlaf mehr möglich. Alle Hoffnung auf Ruhe ist dahin.
Ich krieche zurück und warte auf den Ruf, der uns von unseren Pritschen reißt:
Wstawać!
Aufwachen!
Aber er kommt nicht.

21. August 1942 -

»Peter! Peter! Peter!«

Ich wusste nicht, dass ich geschlafen hatte. Mein Name dringt an mein Ohr, gefaucht und zornig.

»Peter! Peter! Peter!« Es ist Vater, der mich ruft. Ich fahre auf.

»*Was?*«, will ich schreien, doch seine Hand legt sich rasch über meinen Mund, zwingt meinen Kopf aufs Kissen zurück.

»Ich bin's nur: Papi«, zischt er. »Mach keinen Lärm!«

Ich zwinge mich, alle Muskeln zu entspannen. Ich schließe die Augen. Ich spüre mein Herz schlagen.

»Steh auf!«, zischt er. »Steh auf und hilf mit. Jetzt sofort! Hörst du mich?«

Ich antworte nicht. Ich versuche seine Hand wegzunehmen, ohne die Augen zu öffnen, aber er hält sie fest.

»Du könntest wenigstens versuchen dich wie ein Mann zu benehmen!«, sagt er.

Ich drehe mich um. Ich will wieder zurück ins Reich der Träume, um irgendwo anders zu sein, bloß nicht hier.

»Wie kannst du uns solche Schande machen!«, zischt er. »Du bist fast sechzehn Jahre alt. Steh auf. Komm hoch. Hilf mit! Die beiden Mädchen tun mehr als du!« Er nimmt seine Hand weg.

»Wozu denn, wenn ich nicht kämpfen kann?« Ich weiß nicht, wo diese Worte herkommen, sie sind einfach da, stehen zwischen uns. Erschrocken reiße ich die Augen auf. Wir starren einander an.

»Kämpfen!«, sagt er, lehnt sich zurück und schüttelt den Kopf. »Glaubst du etwa, du könntest dagegen kämpfen? Steh auf und mach dich nützlich, das ist unsere Art zu kämpfen.«

Ich rühre mich nicht. Ich versuche, nicht zu blinzeln. Ich starre ihn an.

»Zeig mir, dass du aus dem Bett kommen und dein Tagwerk verrichten kannst, bevor du vom Kämpfen redest!«, sagt er.

»Du bist mir im Weg«, fauche ich. Er steht auf. Ich fahre mit den Händen durch mein Haar, es ist starr vor Schmutz. Ich richte mich auf, langsam, teils weil ich immer noch zittere, teils um ihn zu ärgern. Er steht an der Dachbodentreppe. Es ist nicht genug Platz, um mich umzuziehen, solange er da ist. Ich kann nicht aufstehen, ohne ihn zu berühren.

»Wir sehen uns in der Küche«, sagt er. »In zwei Minuten.«

Ich sage nichts. Ich warte, bis er hinausgeht, dann ziehe ich mich an.

Ich gehe hinunter. Herr Kugler ist damit beschäftigt, den Eingang zum Anbau zu tarnen.

»Hallo«, sagt er. Er hat ein freundliches Gesicht. »Kannst du mir zur Hand gehen?«

Ich versuche es. Ich sammle Holzspäne und fülle sie in einen Kissenbezug. Ich mache ein Polster für den Türrahmen, damit sich nicht mehr jeder den Kopf daran anstößt. Es ist eine unangenehme, sinnlose Tätigkeit, nicht wie die Arbeiten, die ich immer für Tante Henny gemacht habe: ihre Lieblingsstücke kitten, ihr Sofa reparieren. Das alles muss ich vergessen. Wir haben die Tür als Bücherschrank getarnt und den Türsturz verkleidet, so dass man sich jetzt ducken muss. *Na großartig,* denke ich, *ein Bücherschrank. Als ob es nicht schon schlimm genug wäre, mit den büchernärrischen Franks zusammengesperrt zu sein.*

»Oh!«, sagt Anne. »Beehrst du uns also doch noch mit deiner Anwesenheit!«

Ich antworte nicht. Würde aber gerne. Ich würde sie gerne fragen, warum sie dauernd Sachen kaputt macht, Dinge fallen lässt und überall anrempelt. Warum passt sie nicht besser auf? Warum benimmt sie sich immerzu, als wären wir hier auf einer Hausparty?

Aber ich sage nichts.

»Danke, Peter!«, sagt Margot.

»Ist schon gut!« Ich werde rot. Margot dreht sich um, versucht wegzuschauen, doch Anne starrt mich an, als wolle sie genau feststellen, welche Rotschattierung ich erreiche. Ich wende mich ab und stolpere wieder treppauf.

»So ein Blödmann!«, sagt Anne. Dann fällt ihr die Tasse runter und beide fangen an zu lachen.

Mutti steht in der Tür zu meinem Zimmer und strahlt mich an, als hätte ich gerade eigenhändig ein ganzes Bataillon Nazis erledigt und nicht nur einen Beutel voller Holzspäne angenagelt.

»Besser?«, fragt sie.

»Besser«, sage ich, auch wenn es nicht stimmt.

»Bis auf deine Haare!« Sie lächelt. Ich erwidere das Lächeln. Es fühlt sich sonderbar an, die Muskeln gleiten ächzend in eine neue Form.

»Lass mich sie dir waschen«, sagt sie. Erst will ich ablehnen, aber dann fällt mir ein, dass sie für mich ein zusätzliches Laken aus dem gemeinschaftlichen Wäscheschrank stibitzt hat. Ich denke daran, wie sie meine Sünden fortwäscht und trocknet – alles, ohne ein Wort darüber zu verlieren. Ich denke an die Schelte, die sie meinetwegen von Frau Frank einstecken muss.

»Wenn du meinst, du kannst alle unsere Laken nehmen anstatt eure eigenen, dann täuschst du dich aber gewaltig!«, sagt Frau Frank.

Mutti sagt nichts, auch nichts dazu, wie sie dauernd unsere Schüsseln verwenden und ihre eigenen verstecken. Darüber, wie Anne schon fast alle zerbrochen hat und sich nie dafür entschuldigt. Also sage ich *Ja.* Ich lasse sie meine schmutzigen Haare waschen.

Sie schrubbt und reibt und rubbelt an meinem Kopf herum, als könne sie alle Übel mit ihren Fingern vertreiben. Es tut weh. Endlich ist sie fertig.

»Ah!«, sagt sie. »Das ist mein Petel!«

»Danke!«, murmele ich.

»Margot!« Beide hören wir Annes Stimme vor der Badezimmertür. »Seine Mutter wäscht ihm da drin die Haare! Ich bin erst dreizehn und färbe mir sogar schon selbst den Schnurrbart!«

»Pst!«, sagt Margot schnell, aber der Schaden ist bereits angerichtet. Muttis Lächeln fällt von ihrem Gesicht bis ganz hinunter auf den Fußboden. Arme alte Mutti. Nie ist sie so gut wie die Franks, nie so gescheit oder witzig – oder gebildet. Wenn Anne ein Junge wäre, würde ich ihr eine reinhauen. Ich würde in die Hände spucken, zwischen diesen überheblichen dunklen Augen eine gedachte Linie ziehen und meine Faust genau in die Mitte dieser ganzen Selbstherrlichkeit knallen.

Ich hasse sie.

»Viel besser!«, sage ich laut. »Danke dir, Mutti, ich fühle mich wunderbar.«

Und als ich es ausspreche, merke ich, dass es stimmt.

Ich fühle mich besser.

Ein bisschen.

22. August 1942 -

Anne und Margot haben den Dachboden entdeckt. Es ist eine Plage. Wie sie auf dem Weg dorthin immer mitten durch mein »Zimmer« gehen. Ich weiß. Ich weiß. Außerhalb des Hinterhauses (wie Anne es nennt) ist die Welt zu Ende, zumindest für die Juden und Zigeuner und alle anderen, die den Standards der Nazis nicht genügen! Herr Frank hat gesagt, sie glauben zu erkennen, dass wir Juden sind, indem sie unsere Nasen oder Schädel ausmessen. Mutti hat verächtlich geschnaubt und gesagt: »Also ich kenne eine einfachere Methode, um festzustellen, ob ein Mann ein Jude ist!« Aber das hat sie nicht vor den Franks gesagt, sondern erst als wir oben zu dritt unter uns waren.

Bei alldem, was draußen geschieht, bin ich so dumm, mich über die beiden albernsten Mädchen der Welt aufzuregen. Margot macht wenigstens ein halbwegs entschuldigendes Gesicht, aber Anne! Sie stolziert einfach durch mein Zimmer.

»Na, Petelchen, irgendwelche Wehwehchen heute?«, spottet sie lachend.

Sie bleiben ewig lange dort oben, beanspruchen ihn ganz für sich, den einzigen Ort, an dem wir den Himmel sehen können.

Frau Frank versucht Anne in ihre Schranken zu weisen: »Hannelis Mutter hatte ganz Recht, was dich betrifft, Anne«, tadelt sie. »Weißt du noch, was sie gesagt hat?«

Anne funkelt ihre Mutter an, dann schaut sie zu ihrem Vater, der wendet den Blick ab. Ich glaube, er lächelt.

»Sie hat gesagt: ›Gott weiß alles, aber Anne Frank weiß alles besser!‹ Tja, aber du weißt es eben nicht besser, junge Dame!«, sagt Frau Frank.

Anne wird bleich vor Wut und ihre Lippen beben. Ohne etwas zu erwidern, stürmt sie davon.

Wir tun alle so, als wären wir beschäftigt. Nach einer Weile geht Margot ihr nach.

»Nun«, sagt Frau Frank, »da hat sie Kitty ja sicher wieder etwas Wichtiges zu erzählen!« Herr Frank wirft ihr einen Blick zu – einen warnenden Blick. Ich frage mich, wer Kitty ist und auf welche Weise Anne mit ihr wohl in Verbindung steht.

»Jedes Kind braucht seine Privatsphäre. Was sie in ihr Tagebuch schreibt, ist ihre Sache«, bemerkt ihr Vater ruhig und gelassen in normalem Tonfall. Keiner hat Herrn Frank je laut werden hören. Nie.

»Aber warum heißt das Tagebuch Kitty?«, fragt Frau Frank. Doch Herr Frank antwortet nicht, er schüttelt nur seine Zeitung zurecht.

Aha! Anne führt also Tagebuch. Ich wette, ich weiß, was sie hineinschreibt – wie großartig sie ist!

26. August 1942 –

Tagsüber sind im Erdgeschoss all die Büroangestellten: Miep, Bep, Herr Kugler, Herr Kleiman – und so weiter. Wir sind vollkommen abhängig von ihnen. Sie bringen uns unser Essen. Sie bestellen Fernkurse zum Lernen für Anne und Margot. Sie liefern Annes Illustrierte ab und bringen uns die Zeitung. Sie tun alles für uns.

Alles, was *wir* tun, ist, hier herumzusitzen.

Heute hat Miep noch mehr Bücher gebracht – ein großer Stapel liegt auf dem Tisch. Wir sollen lernen. Für Anne und Margot ist das leicht, denn sie *wollen* Griechisch lernen und Latein und so weiter und so fort, ich aber nicht. Ich will etwas mit den Händen machen, ich will Schreiner werden. Dafür gibt es keine Bücher. Aber dort auf dem Tisch *ist* ein Buch, das ich gerne lesen würde, auch wenn ich weiß, dass es Mutti und Papi nicht recht wäre. Schon wenn ich den Umschlag sehe, muss ich an Liese denken. Ich will es haben. Ich nehme es in die Hand und betrachte es kurz. Niemand merkt es oder sagt irgendwas.

»Er hielt sie in seinen Armen, ihr Atem ging schneller, als seine Lippen sie streiften …« Ich sehe auf und vorsichtig, unauffällig lege ich es auf den Stapel zurück – dann nehme ich einen Armvoll Bücher und gehe weg. Niemand sagt etwas, nur Mutti sieht zu mir hin, mit einem Lächeln in den Mundwinkeln. Unsere Blicke begegnen sich einen Moment und ich weiß, sie verrät nichts.

»Irgendwas Gutes dabei?«, fragt Herr Frank hinter seiner Zeitung hervor.

»Ach! Ich hab ja auch was übrig für einen guten Roman«, sagt Mutti laut. »Am besten einen, wo der Held sehr groß, sehr finster und sehr böse ist … vielleicht ein bisschen so wie du, Otto!«

Herr Frank reißt die Augen auf. »Ich glaube kaum, dass ich die Sorte Mann bin, die … Ach, Gusti«, sagt er, »du foppst mich!« Lächelnd hebt er wieder seine Zeitung. Die anderen Franks sehen Mutti an, als wäre sie nicht ganz richtig im Kopf, aber das kümmert sie nicht. Sie gibt mir Deckung. Nur Anne antwortet.

»O ja!«, flüstert sie Mutti zu, die Hände unterm Kinn verschränkt. »Es gibt nichts Herrlicheres als eine gute Geschichte!«

Ich bin auf dem Dachboden. Die Sonne scheint und ich sitze im Licht und lese. Durch das Buch vergeht die Zeit anders. Sie steht nicht mehr still. Irgendwo hinter mir höre ich den Wind in der Baumkrone. Ich spüre die Sonne auf meinem Rücken, blättere die Seiten um und vergesse alles um mich her. Es gibt nur noch die Figuren auf der jeweiligen Seite und was als Nächstes geschehen wird. Was mit den Personen in dem Buch geschehen wird, nicht was mit mir geschehen wird – oder was mit Liese geschehen könnte. Ich vergesse alles. Ich vergesse sogar die Zeit, bis ich Papi hinter mir höre.

»Peter!«

Er steht am oberen Ende der Treppe. Natürlich. Rufen können wir nicht mehr. Wir können keine Türen schlagen oder Treppen hinaufrennen oder nach draußen stürmen, wenn wir zornig sind. Wir schleichen zueinander hin und zischen, statt zu schreien.

»Peter, komm runter, was hast du gema…« Dann sieht er das Buch in meinen Händen. Er sagt kein Wort, gibt mir keine Gelegenheit, etwas zu erklären, er reißt es mir einfach aus der Hand, dreht sich um und geht rasch die Treppe hinunter. Einen Moment lang bin ich so verdutzt, dass ich nur dasitze, aber dann stehe ich auf und gehe ihm nach. Ich will dieses Buch. Ich will wissen, wie es weitergeht[5].

Alle sind in der Küche, es ist wohl Zeit zum Mittagessen. Ist mir egal. Ich reiße ihm das Buch aus den Händen. Er schnappt es sich zurück. Wir ringen miteinander. Ich gewinne. Ich merke, dass ich größer und stärker bin als er und dass ich … und dann SCHLÄGT er mich!

Ich lasse das Buch fallen. Ich lasse es fallen, damit ich ihn schlagen kann. Ich hole mit der Faust aus und … *Ich kann es nicht. Ich kann es nicht.* Während meine Faust wartet, rasen die Gedanken durch meinen Kopf. Was, wenn ich ihn verletze? Was, wenn er einen Arzt braucht? Wo kriegen wir einen her? Ich drehe mich um und renne aus dem Zimmer. Ich kann nicht einmal meinen eigenen Vater schlagen, was könnte ich dann schon im Widerstand ausrichten?

[5] In Anne Franks Tagebuch zieht sich diese Begebenheit über mehrere Tage hin.

Ich renne auf den Dachboden. Mein Herz klopft wild. Mein Magen krampft sich zusammen … Ich weiß nicht, was ich machen soll. Ich gehe auf und ab. Ich reiße das Fenster auf, es ist mir egal, wer das sieht. Ich überlege, ob ich es über die Dächer schaffen könnte. Ich muss hinaus, aber das Fenster lässt sich nicht so weit öffnen, als dass ich durchpassen würde. Ich bin gefangen.

Ich will …

Ich will …

SCHREIEN.

Ich will mit den Armen ausholen und die Wände einschlagen. Ich will so weit und so schnell rennen, dass ich wieder spüre, wie es ist, wenn der Atem in meinem Körper brennt. Ich will mich bewegen. Ich will leben. Ich will …

Ich pfeife. Ich pfeife so laut, dass es mir vorkommt, als könne ganz Holland mich hören. Ich bin ein Jude. Ich bin ein Jude! Und ich bin hier, mitten in Amsterdam. Versteckt. Hört mich an! Ich hole ganz tief Luft und schreie so laut ich kann durch den Kamin hinab.

»Ich komme nicht runter … *runter … runter!*« Meine Stimme hallt durch das Rohr und in die unteren Räume.

Ich fange an zu lachen.

Lauthals.

Da! Endlich! *Echte* Stille im Hinterhaus. Nicht die Stille, die uns die ganze Zeit umgibt und die wir so sehr zu durchbrechen fürchten, sondern eine wahre Stille. Meinetwegen. Ich stelle mir vor, wie alle mit angehaltenem Atem da unten hocken und warten …

Warten …

Warten, ob mein Schrei irgendwen in den Häusern und Gärten um uns herum veranlasst hat aufzuspringen, nachzusehen und zum Telefon zu greifen … Aber alles, was passiert, ist, dass Papi jetzt ebenfalls schreit.

»Jetzt ist es aber genug mit dem Jungen!«

Ich habe ihn zum Schreien gebracht! Ich habe ihn dazu gebracht, genauso laut zu schreien wie ich! Sie erscheinen am oberen Ende der Treppe. Er und Herr Frank.

»Entschuldige dich!«, fordert Vater.

»Peter, du solltest in dein Zimmer gehen und darüber nachdenken«, sagt Herr Frank.

Ich stehe ganz still, im Grunde bin ich über das, was ich getan habe, so erschrocken, dass ich mich *nicht* bewegen kann.

»Peter?«, fragt Herr Frank.

Sie kommen auf mich zu. Ich weiche zurück, bis ich die Wand hinter mir spüre und nirgendwo anders mehr hinkann. Sie strecken ihre Hände nach mir aus. Sie bringen mich wieder runter, zurück ins Reich der Dunkelheit, des Flüsterns und der Träume. Ich stoße sie weg. Ich trete und schreie und winde und krümme mich wie der Schmerz und die Angst in meinem Inneren, aber sie halten mich fest. Sie heben mich die Stufen hinunter und lassen mich aufs Bett fallen.

Ich drehe mich zur Wand.

»Eines Tages, Peter, und hoffentlich bald, wirst du lernen, nicht nur an dich, sondern auch an andere zu denken!«, sagt Vater.

»Versuch doch vernünftig zu sein«, sagt Herr Frank. »Und bitte, Peter, keinen Lärm mehr. Das ist wichtig!«

Sie gehen.
Meine Finger strecken sich und berühren die Wand.
Mein Gesicht ist nass.
Das müssen wohl Tränen sein.

28. August 1942, abends

Als ich aufwache, höre ich Stimmen in der Küche und das Licht vom Dachboden lässt nach. Ich gehe die Treppe hinauf und stehe am Fenster. Ich sehe nach draußen. Ich beobachte, wie das Licht allmählich vom Himmel verschwindet, bis es ganz fort ist.

Draußen.

Draußen.

Wie kann ein so kleines Wort so große Bedeutung haben?

Ich beobachte, wie die Äste des Kastanienbaumes vor dem Himmel langsam dunkler und schließlich schwarz werden. Der Wind flaut ab. Die Blätter sind unbewegt. Die Sonne sinkt und taucht unter das Rechteck des Fensters. Die Wolken sind erleuchtet und in der Mitte golden; dunkle Linien umrahmen ihre Formen. Ich beobachte, wie die Farbe aus ihnen weicht, beobachte, wie sie in Rosa und Lila verblassen, bis der ganze Himmel in Flammen steht, dann blutunterlaufen aussieht und schließlich schwarz wird.

Ich beobachte, wie die Nacht kommt und der Tag endet. Mir ist klar, dass ich Abschied nehme. Nicht nur von diesem Tag, sondern von der Welt da draußen.

Von der Außenwelt.

Ich gebe sie auf.

Ich muss, denn für mich ist kein Platz in ihr. Wenn ich sie nicht aufgebe, bringe ich uns alle in Gefahr. Das weiß ich jetzt.

Die Uhr schlägt zur halben Stunde nach Mitternacht. Draußen sind an unserem Fleckchen Himmel keine Sterne zu sehen. Im Dunkeln stehe ich auf. Ich fühle mich steif und ertaste meinen Weg zu der steilen Treppe. Einen Moment lang stehe ich still. Ich lausche auf meinen Atem in der Finsternis.

Ich habe Angst.

Angst, dass ich ins Bodenlose falle.

Angst, dass ich nie mit einem Mädchen schlafen werde.

Angst, dass ich ein Feigling bin.

Angst, dass wir in der Falle sitzen.

Angst, dass wir erwischt werden.

Angst, dass mein eigener Geist dort steht und am Fuß der Treppe auf mich wartet. Dass es das gewesen ist – dass mehr von meinem Leben nicht übrig bleibt.

Ich mache einen Schritt nach vorn … erst einen und dann noch einen … Ich erspüre meinen Weg im Dunkeln, bis ich am Fuß der Treppe bin und im Finstern die Hand nach der Bettkante ausstrecken kann.

Ich liege im Bett, die Augen weit geöffnet – und warte auf Schlaf.

15. September 1942 –

Anne steht in meinem Türrahmen. Ausnahmsweise kritisiert sie mich nicht. Stattdessen kritisiert sie nur mein Zimmer.

»Weißt du, Peter, du bräuchtest bloß da einen Teppich hinlegen und an die Wand ein Schränkchen hängen oder vielleicht ein paar Bilder … Hm!«, macht sie und legt die Hand auf die Hüfte und den Kopf zur Seite, einen Finger an den Lippen. Sie besieht sich mein winziges Zimmer, aber ihrem Gesichtsausdruck nach könnte es auch ein Palast sein – mit ihr als Weltklasse-Dekorateurin natürlich. Manchmal muss ich über sie schmunzeln, selbst wenn sie furchtbar lästig ist, vor allem, wenn sie, ohne zu fragen, in mein Zimmer kommt.

»Hm«, macht sie wieder, »du könntest einen Tisch oder ein Regal aufstellen, und hast du einen eigenen Bettüberwurf? Patchwork eignet sich gut, um einen dunklen Raum aufzuheitern, und an deiner Wand wäre noch Platz für Bilder …« Sie wirft mir einen vielsagenden Blick zu, als wüsste sie genau, wen ich mir gerne an die Wand hängen würde. Und sie redet immer weiter. Ich starre sie an. Die Worte nehmen kein Ende. Sie quellen einfach aus ihr hervor. Wenn Worte Gewehrkugeln wären, könnten wir damit eine ganze Armee aufhalten. Ein paar Tausend Annes und die Welt wäre gerettet. Ich sehe ein Bild vor meinem inneren Auge, eine Karikatur. Eine Frontlinie aus lauter Annes.

»Sprecht!«, schreit der befehlshabende Offizier und alle plappern auf einmal los. Wenn die Worte sie treffen, fallen die Gegner um wie Kegel. Ich lache. Dann werde ich rot. Anne bricht mitten im Satz ab. Wir sehen einander an. Sie ist sehr dünn. Ihre Augen sind dunkel und das Licht tanzt darin. Ihr Haar lockt und kräuselt sich um ihr Gesicht wie elektrischer Strom. Doch hinter all ihren Worten ist sie noch immer ein Kind – anders als Liese.

»Was war das für ein Buch, das du gemopst hast?«, platzt sie heraus. Ich werde wieder rot.

»Nichts für Kinder!«, sage ich.

Sie zieht einen Schmollmund und macht auf dem Absatz kehrt. Sie überlegt es sich anders, bleibt stehen und schaut zu mir zurück. Sie ist verärgert, es sind zwei leuchtend rote Flecken auf ihren Wangen.

»Es ist für alle offensichtlich, weißt du!«, sagt sie.

»Was denn?«, frage ich. Ich spüre die Röte heiß auf meinen Wangen und das Herz rutscht mir in die Hose.

»Dass du ein Milchbart mit Liebeskummer bist!«, zischt sie, wirbelt herum und geht.

Als sie das sagt, ist es für mich wie ein Schlag in die Magengrube. Stimmt das? Ist es offensichtlich? Ich hasse sie. Was weiß sie schon? Sie kennt nur Bücher und Worte. Ich bin außer mir vor Wut. Ich laufe rot an und das macht mich nur noch wütender. Was für ein Recht hat sie, in mein Zimmer zu kommen? Für wen hält sie sich? Mutti sagt, wir sollten ihr eine Erbse ins Bett legen und mal sehen, ob sie wirklich so vornehm ist, wie sie sich einbildet.

Ein Milchbart mit Liebeskummer!

Die Worte nagen an mir.

Habe ich Liebeskummer?

Ja. Ich glaube schon.

Ist das ein Grund, sich zu schämen?

Ich weiß nicht.

Vielleicht gibt es manchmal keine Antworten. Vielleicht gibt es manchmal nur Gefühle und Fragen – wie:

Wo bist du, Liese?

Bist du tot?

Warum?

Weil du als Jüdin geboren wurdest.

Warum?

Noch eine Frage, die keiner beantworten kann.

Vielleicht schäme ich mich, weil es schwerfällt, sich *nicht* zu schämen, wenn allein die Tatsache, geboren worden zu sein, etwas ist, wofür man getötet werden kann.

Ich erinnere mich an dieses Gefühl, diese Scham. Doch Scham ist ein Gefühl für freie Menschen. Ich bin nun weniger als ein Mensch. Ich bin ein Häftling – ein Lastesel, der ihren Hass schleppt. Ein Arbeitstier, das an nichts anderes mehr denken kann als an das Bemühen, einen Fuß vor den anderen zu setzen. Und wenn das nicht mehr geht, muss ich einen Atemzug nach dem anderen tun – und überleben.
Ich liege hier und kann nichts tun, außer Gefühle wachzurufen.
Ich will dieses Gefühl nicht.
Diese Schande – die Schande, ein Häftling zu sein.

23. September 1942 –

Nichts passiert. Vieles passiert. Anne liest und redet und treibt uns alle zum Wahnsinn. Margot lernt und putzt, ist freundlich und still. Mutti kocht und flirtet mit Herrn Frank. (Ja, das tut sie, ich weiß es, ich wünschte, sie täte es nicht, aber vielleicht langweilt sie sich, so wie ich.) Papi freut sich auf die nächste Mahlzeit, repariert alles, bis nichts Kaputtes mehr da ist, raucht und erzählt Witze. Frau Frank bessert unsere Kleider aus, lobt Margot und zankt mit Anne. Herr Frank liest, lächelt und bemüht sich, den Frieden zu wahren. An manchen Abenden hören wir Radio. Ich hasse das. Es erinnert mich daran, dass alle kämpfen, während ich nur hier rumsitze – und lausche.

Anschließend diskutieren wir alle darüber, was die Meldungen zu bedeuten haben.

»Ihr werdet sehen, in ein paar Monaten ist alles vorbei!«

»Es nimmt nie ein Ende und wir werden alle in den Lagern sterben!«

Aber im Grunde sagen wir nur, wie wir uns an diesem Tag gerade fühlen. Allerdings darfst du das nicht aussprechen – *niemals!* Wenn du das tust, bist du auf einmal der Feind und wirst wie ein Flugzeug mit schwerem Geschütz beschossen.

Wir wollen keine Vernunft. Wir wollen keine Wahrheit. Wir wollen einfach nur glauben, dass die Briten kommen, denn wenn nicht … nun, wenn sie nicht kommen, werden wir nicht mehr da sein, um irgendwem davon zu erzählen. Und deshalb wollen wir keine Vernunft und keine Wahrheit. Wir wollen einfach nur daran glauben … und so geht es weiter. Immer wieder dasselbe, in denselben Räumen, mit denselben Leuten. Im Halbdunkel. Es ist immer halbdunkel, selbst tagsüber. Nur auf dem Dachboden ist Licht. Und Himmel. Doch im Winter wird an manchen Tagen niemals Licht kommen. Der Gedanke macht mir Angst.

Anne erscheint in meinem Zimmer und fragt: »Ziehst du gerne feine Kleider an?«

Ich nicke. Und erröte wieder. Ich denke an schicke Sachen, um auszugehen, aber darum geht es nicht, sie meint, sich verkleiden wie Kinder mit Sachen aus einer Kostümtruhe.

»Komm schon!«, sagt sie und ihre Augen glänzen so wie sonst niemandes Augen mehr glänzen, nicht einmal Margots. Und ich *langweile* mich wirklich. Nie passiert irgendwas und darüber sollen wir auch noch *froh* sein. Nun, es ist wahr, wir *sind* froh darüber, weil wir solche Angst davor haben, was geschehen *könnte* – und das erklärt vielleicht, warum ich schließlich in Muttis Kleid die Speichertreppe herunterkletterte, den Rock mit Daumen und Zeigefinger gerafft, in der Hoffnung, dass ich nicht die Stufen hinabstürze und dann einen Arzt brauche. Anne ist hinter mir, mit dem Hut ihres Vaters auf dem Kopf und einem aufgemalten Schnurrbart im Gesicht.

Mein Gott, wenn mein Freund Hans mich jetzt sehen könnte! Nicht auszudenken! Anne stürmt in die Küche.

»Wertes Publikum, und nun bitte Applaus für …«

Ich weiß nicht, was ich machen soll. Mir bricht der Schweiß aus.

Anne zischt mir zu: »Komm schon!«

Ich gehe in die Küche und sehe Mutti, sie lächelt. Ohne nachzudenken, lupfe ich den Rock und drehe den Kopf, um über die Schulter zu blicken, wie sie es manchmal tut.

Anne nimmt ein Buch zur Hand und hustet, genau wie ihr Vater, und fängt an, mir in fürchterlichem Niederländisch (all unsere Eltern sprechen schlecht Niederländisch, es klingt bei ihnen wie Deutsch) alles Mögliche über Descartes zu erzählen. Sie redet genau wie Herr Frank! Ich ahme Mutti nach und versuche so dreinzuschauen, als würde ich verstehen, wovon sie redet, nicke mit dem Kopf. Ich dränge mich an Anne und spähe in das Buch, stelle immer neue dumme Fragen. Jedes Mal, wenn sie antwortet, entfernt sie sich einen Schritt von mir und ich trete wieder näher. Sie starrt mich an, die Augen weit aufgerissen in gespieltem Entsetzen (genau wie ihr Vater!).

Ich trete so nahe heran, dass ich dicht an ihrem Hals ein- und ausatme, so nahe, dass ich sie riechen kann. Sie riecht nach der Seife, die wir alle verwenden, und nach etwas anderem … nach etwas, das einfach nur sie selbst ist.

Einfach nur Anne.

Und dann lacht Margot laut los und ich trete zurück. Wir verbeugen uns tief, nehmen unsere Hüte ab und rennen hinaus. Wir lachen so sehr, dass wir uns gegenseitig die Dachbodentreppe hinaufhelfen müssen.

»Ach, war das erfrischend!« Ich höre Mutti lachen. »Bin ich wirklich so leicht zu durchschauen?«

»Auguste, du bist bezaubernd!«, sagt Herr Frank.

Ich kriege das Kleid nicht aus. Ich stecke fest! Mein Rücken schaut an einem Ende heraus und mein Kopf hat sich innen verfangen.

»Ausatmen!«, sagt Anne und zieht. Ich purzele in die eine Richtung und Anne in die andere. Wir liegen auf dem Boden und lachen.

»Schau!«, sagt Anne. »Schau da oben!«

Und ich schaue nach oben. An unserem Fleckchen Himmel glitzern Tausende von Sternen.

»Ist ja unglaublich!«, sage ich.

8. Oktober 1942 –

Miep weint. Sie sitzt in der Küche. Wir sehen, wie ihr die Tränen übers Gesicht laufen. Alle starren sie an. Wir wissen nicht, was wir machen sollen. Was können wir tun? Unser Leben liegt in den Händen, die sie vors Gesicht schlägt. Sie meint, sie sollte jeden retten können, doch heute musste sie eine Wahl treffen und sie hat sich für uns entschieden. Wir sind dankbar, aber auch traurig – und beschämt. Zumindest geht es mir so, weil Miep diese Entscheidung treffen musste.

Eine alte Frau oder wir.

Auf der Flucht vor der Gestapo saß eine alte jüdische Frau vor Mieps Haus. Sie klopfte und klopfte an die Tür, und als Miep schließlich öffnete, bat die Frau Miep, sie zu retten, sie hereinzulassen. Aber wie hätte sie das tun können? Die Polizei wusste, dass die Frau dort war. Wenn Miep sie hereingelassen hätte, hätte sie verhaftet werden können und man hätte womöglich ihren Arbeitsplatz durchsucht. Und was würde man finden? Uns.

Und so sitzt Miep nun am Küchentisch. Und weint.

»Aber diese arme Frau, was wird mit ihr werden?«, fragt sie und wieder fließen die Tränen. Wir weinen nicht. Denken wir alle das Gleiche – dass es das nächste Mal uns treffen könnte? Irgendwann. Jederzeit. Ein anderes Klopfen an der Tür. Wir wollen Mieps Frage nicht beantworten. Wir können nicht. Wir wollen nicht darüber nachdenken, was aus der alten Dame werden könnte, weil das hieße, darüber nachzudenken, was aus uns werden könnte. Miep merkt es, wie sie alles merkt.

»Schluss mit den Albernheiten! Also wirklich! Man könnte ja meinen, *ich* wäre in Gefahr!«

Sie streckt den Rücken und sagt zu Mutti: »Ich will nicht, dass dich je einer findet, Auguste, du machst die beste Suppe von ganz Holland!«

Mutti lächelt. »Für die beste Frau von ganz Holland!«, antwortet sie und wir alle pflichten ihr bei. Denn genau das ist Miep – und die Übrigen im Büro, denn jeder von ihnen setzt sein Leben aufs Spiel. Nur für uns.

Als sie geht, legt Herr Frank ihr die Hand auf die Schulter. »Nicht *du* hast das Böse in die Welt gebracht, Miep, sondern du bist jemand, der dagegen kämpft. Wir sind dir dankbar dafür!«

Sie lächelt ihn an. »Danke!«, sagt sie.

Aber er zuckt die Achseln. »Nein, wir haben dir zu danken«, antwortet er und erwidert ihr Lächeln.

Ich sehe, dass sie sich besser fühlt.

So ist Herr Frank.

Ja. So ist er. So war er.
Wenn ich an derlei glauben würde, dann würde ich sagen, er war von Gott beseelt, aber ich glaube nicht daran. Nicht mehr. Ich denke, Herr Frank hatte etwas Besseres als Gott, etwas, das sie nicht beschmutzen oder bezwingen oder vergasen konnten. Etwas, das sie nicht zerstören konnten – zumindest nicht in ihm.
Er hatte Hoffnung – und eine feste Überzeugung.
Dass die meisten Menschen gut sind.
Ich bin froh, dass ich ihm in Auschwitz bis zuletzt geholfen habe, am Leben zu bleiben.
Bis ich …

Später am Tag

Nach dem Mittagessen gehe ich hinauf auf den Dachboden, stehe da und schaue in den Himmel.

So viele Fragen beschäftigen mich noch immer. Warum helfen sie uns – Miep und Bep und Herr Kleiman und Herr Kugler? Ich versuche sie danach zu fragen, aber sie beschwichtigen mich – als wäre ich noch ein Kind. Sie erklären mir, dass die Holländer die Nazis hassen und, wenn es sein muss, gegen sie ankämpfen, bis ganz Holland leer und leblos daliegt.

Ein leeres Amsterdam, ich stelle es mir so vor: Nur noch die Bäume am Rand der Grachten sehen im Wasser auf sich selbst hinab. Dahintreibende Blätter, leere Boote. Die Möwen. Ich hole meinen Bleistift hervor und beginne zu zeichnen. Als das Bild fertig ist, geht es mir besser.

Ich höre Schritte auf der Treppe und verstecke schnell meine Zeichnung. Herr Frank erscheint.

»Alles in Ordnung?«, fragt er.

»Warum sollten sie uns weiterhin beschützen?«, sprudelt es aus mir hervor.

Herr Frank sieht mir lange in die Augen, bevor er antwortet. »Nun, unter anderem deshalb, weil wir ihre Löhne bezahlen.«

»Wie können Sie so etwas sagen!«

»Weil das *einer* der Gründe ist, Peter. Ein nachrangiger zwar, aber nicht zu vergessen. Hauptsächlich tun sie es, weil sie das, was geschieht, für Unrecht halten und dabei nicht mitmachen wollen. Mehr noch, sie wollen alldem ein Ende bereiten.«

»Aber es betrifft sie ja gar nicht, sie sind doch keine Juden!«

Er seufzt. »Es geht ja nicht nur gegen die Juden, Peter. Es geht gegen alle Menschen, die sie hassen. Ich glaube, die Büroangestellten wissen, dass es sie *sehr wohl* betrifft, Peter – deshalb sind sie etwas Besonderes. Was uns widerfährt, hat nicht nur mit dem Judentum zu tun, auch wenn man uns zuerst, zuletzt und hauptsächlich beschuldigt. Es hat mit Hass zu tun. Wir dürfen nicht tatenlos zusehen, wenn Menschen ermordet werden, nur weil sie anders sind.«

Ich hole tief Luft. »Aber wir sehen tatenlos zu. Warum kämpfen wir nicht?« Er weicht zurück und ich merke, dass ich ihn angefaucht habe. Ich erröte erneut. Das war nicht meine Absicht.

»Wir haben *unsere* Aufgabe, Peter. Sie haben *ihre*. Streckt etwa ein Küken seinen Kopf aus dem Nest, wenn seine Mutter gegen einen Falken kämpft?«

»Was?«

Doch er antwortet nicht. Er schaut nach draußen zum Himmel, über die Dächer bis zum Horizont und den ganzen Weg bis zum Meer. Er sieht hinaus, als ob auch er sich manchmal fragt, ob draußen wirklich noch alles da ist.

»Sie sind voller Hass, Peter! So voller Hass, dass sie ihn

auf uns richten – auf alles, was anders ist – und dann versuchen, es zu vernichten. Sie versuchen uns auszumerzen: Land für Land, Stadt für Stadt, wie eine Seuche. Aber eines fernen Tages, eines Tages, vielleicht sogar erst, wenn wir alle verschwunden sind, müssen sie sich selbst ins Gesicht sehen – und der Hass wird immer noch da sein. Was dann? Das frage ich mich. Doch bis dahin …« Er atmet aus. Schüttelt den Kopf. »Es ist nichts Neues. Unsere Aufgabe besteht nicht darin, zu kämpfen, nicht jetzt. Unsere Aufgabe besteht darin, zu überleben. Vor allem die jungen Leute. Vor allem du. Wie sonst soll die Welt erfahren, was geschehen ist? Wenn keine Jugend mehr da ist, worin liegt dann unsere Zukunft?

Ich trete zurück. Ich habe ihn noch nie so heftig reden hören. Er wirkt ein bisschen beängstigend.

»Bleib am Leben. Das ist deine Aufgabe, Peter. Andere werden da draußen kämpfen.«

»Juden?«, frage ich.

Er lächelt. »Natürlich!«, sagt er. »Was? Glaubst du, von uns leistet niemand Widerstand?«

»Ich weiß nicht«, flüstere ich.

»Nun«, er lächelt, »allein schon nach den Regeln der Wahrscheinlichkeit ist anzunehmen, dass auch einige Juden kämpfen, meinst du nicht?«

Ich zucke die Schultern. »Ich weiß nicht.«

»Nein«, sagt er leise, »wissen können wir es nicht, Peter. Wir können es nicht wissen. Aber wir können daran glauben.«

»Woran glauben? Dass Gott uns rettet?«

»Nun, das wäre hilfreich, ja – doch kann uns blindes

Vertrauen allein retten? Haben wir denn nicht noch andere Möglichkeiten, selbst wenn wir hier drin zusammengepfercht sind?«

»Ich weiß nicht«, flüstere ich, denn mir fällt nichts ein. Die Franks sind so klug, dass es manchmal schwer zu verstehen ist, was sie meinen.

Herr Frank seufzt. »Wir müssen uns anstrengen, Peter. Wir müssen uns anstrengen und daran glauben, dass *unsere* Liebe mächtiger sein kann als *deren* Hass.«

»Sie meinen, ich soll die Nazis *lieben*? Aber ich *hasse* sie! Ich hasse sie. Wenn ich könnte, würde ich …«

Er hebt die Hand. »Nein, natürlich sollst du sie nicht lieben! Was sie tun, ist … ist … böse, aber wenn du ihren Hass erwiderst, Peter, bist du denn dann besser als sie?«

»Es fühlt sich nicht richtig an«, ist alles, was ich sagen kann. Und so ist es. »Ich *will,* dass die Leute leiden, die uns das angetan haben. Ich will, dass sie sterben. Ich wünschte, ich würde … Ich wünschte, ich würde gegen sie kämpfen, statt hier festzusitzen und nur …« Ich breche ab. Ich will nicht den Eindruck erwecken, als wäre ich nicht dankbar dafür, hier zu sein, aber Herr Frank lächelt.

»In deinem Alter hätte ich auch lieber gekämpft. Wir müssen sie bekämpfen. Sie lassen uns keine andere Wahl.«

»Aber Sie haben gesagt, wir müssten sie *lieben*!«

»Nein! Ich habe gesagt, du darfst ihren Hass nicht zu *deinem* Hass machen!«

»Ich will nur, dass sie sterben!«

»Auge um Auge, Zahn um Zahn«, sagt er mit einem Seufzen.

»Ja!«, sage ich.

Er legt seine Hand auf meine Schulter. »Und wenn wir alle blind und zahnlos sind, was dann, Peter?«

»Ich weiß nicht«, murmele ich.

Manchmal hasse ich Herrn Frank.

»Und sie zu hassen, ist sehr viel einfacher, als nicht zu verstehen, warum sie uns hassen, nicht wahr?«, fragt er sanft.

Ich nicke, denn es stimmt. So ist es.

»Ich frage mich, was sie da Entsetzliches verdrängen, indem sie uns alle so sehr hassen!«, murmelt Herr Frank. »Ja, manchmal grüble ich, was das nur Schreckliches sein kann!« Dann dreht er sich um und geht aus dem Zimmer, immer noch vor sich hin murmelnd, bis er an der Treppe stehen bleibt, wo er sich umwendet und mir zulächelt. »Vergiss nicht, deine Englischhausaufgabe zu machen, Peter!«

Das ist Herr Frank!

Otto Frank. Sogar in Auschwitz war er noch ganz er selbst. »Unsere Träume können sie nicht töten, Peter«, hat er gesagt.
Aber er irrt sich, denn hier haben wir alle dieselben Träume. Alle knirschen wir mit den Zähnen, wenn wir von Essen träumen. Essen, das unsere Zähne beißen könnten. Essen, von dem unsere Körper zehren könnten.
Ich habe immer denselben Traum: von Gartenerbsen, noch grün und frisch und knackig. Sie werden mit ein ganz klein bisschen Salat in Muttis Hühnereintopf gedünstet. In meinem Traum ist Frühling und sie bringt eine große, dampfende Terrine davon an den Tisch – mehr, als ich jemals essen könnte. Ich hebe den Löffel

zum Mund. Ich atme den Duft ein, freue mich an der Farbe, das Wasser läuft mir im Mund zusammen voller Vorfreude, wie gut es schmeckt. Ich führe den Löffel an die Lippen, öffne den Mund und schließe ihn … Nichts. Mein Pritschennachbar rammt mir seine Knie in den Rücken … im nächsten Moment beginnen seine eigenen Zähne zu knirschen … der Traum verbreitet sich in der ganzen Baracke … gesellt sich zu den unaufhörlichen Lauten, die wir im Traum von uns geben, während wir verzweifelt versuchen, in diesem oder jenem, in irgendwas einen Sinn zu erkennen … Nein, nicht einmal unsere Träume gehören uns noch. Nicht hier.

13. Oktober 1942 -

Ich träume von Liese. Sie ist nackt. Sie ist so schön, dass ich nicht sprechen kann, nur stöhnen. Da stehen Menschen in Reihen, so weit das Auge reicht. Alle sind nackt. Sie halten sich die Hände vor den Schritt. Sie haben die Köpfe gesenkt. Sie genieren sich.

Liese jedoch nicht.

Sie ist schlank und schön. Sie blickt nicht zu Boden wie all die anderen. Sie schaut nach oben in die Luft über ihrem Kopf, in den Himmel. Ihre Hände bedecken nicht ihre Blöße, sie hängen locker seitlich herab. Wie gebannt beobachte ich, wie sie langsam die Arme hebt. Sie wölben sich in einem geschwungenen Bogen über ihr. Ihre Brüste heben sich. Sie sind wunderschön. In meinem Traum höre ich Musik und sie beginnt zu tanzen. Die schweigenden Menschen heben ihre gesenkten Köpfe und sehen zu, wie sie aus der Reihe tritt.

»Stehen bleiben!«, ruft ein Wachposten. Aber sie bleibt nicht stehen. Ihre Miene ist konzentriert und selbstvergessen, mit aufrechtem, geradem Rücken hält sie das Gleichgewicht. Sie macht einen Schritt nach vorne, hebt ein wunderschönes, nacktes Bein hoch in die Luft und dreht sich. Leichtfüßig und langsam schreitet sie dahin. Dreht und wendet sich zu der unsichtbaren Musik.

Sie bleibt stehen. Direkt vor dem Wachposten.

Sie senkt die Arme. Sie schwitzt. Ihr Atem geht stoßweise. Sie lächelt zu ihm empor. Ich erkenne, dass er in ihrem Alter ist. In meinem Alter. Er gafft auf ihre Brüste.

Alles schweigt und gafft.

Sie macht einen Knicks. Die Knie gebeugt, die Arme nach hinten, die Brüste dargeboten, und dann, in einer raschen Bewegung, schwingt sie die Hände wie zu einer Umarmung nach vorn. Sie zieht seine Pistole aus dem Holster und schießt. Und dann richtet sie die Pistole auf ihren eigenen Kopf, doch noch ehe sie feuern kann, zuckt ihr Körper bereits unter dem Aufprall abgeschossener Kugeln.

»Liese! NEIN!«

Ich wache von meinem eigenen Schrei auf.

Ich liege im Dunkeln.

Warte.

Atme.

Lausche bis zum Morgen dem Stundenschlag der Westerturmglocken.

Denke nach über den Hass.

14. Oktober 1942 –

Ich erwache mit schmerzenden Eingeweiden, voller Angst, dass sie bereits tot ist.

Ich quäle mich aus dem Bett.

Mein Herz ist so schwer, dass ich nicht weiß, wie ich es tragen kann. Einfache Dinge kommen mir fremdartig vor. Den ganzen Tag lang erledige ich meine Pflichten und sehe mir selbst dabei zu, erstaunt, dass ich weitermache, als ob gar nichts wäre.

»Gut gemacht, Peter!«

»Danke dir!«

»Warum isst du denn nicht, Peter? Iss doch noch etwas! Schmeckt es dir nicht?«

»Es schmeckt sehr gut. Ich bin satt!«

In der Nacht liege ich wach, aus lauter Angst vor all den Träumen, die in den Wänden auf mich lauern könnten. Manchmal, mitten in der Nacht, klettere ich die Treppe zum Dachboden hinauf und stehe im Dunkeln, warte darauf, dass die Bomben fallen, denke, wenn ich hier aufbleibe und hinausschaue, könnte ich sie irgendwie daran hindern, uns zu treffen.

Manchmal kommt Mouschi und liegt schnurrend auf meiner Brust. Durch das Fenster beobachten wir die Sterne.

Gestern Abend hat Anne einen Apfel auf mein Bett gelegt. Ich nehme ihn mit auf den Dachboden und esse ihn. Es klingt im Dunkeln sehr laut. Er ist knackig und kühl und süß. Es ist ein Apfel. Ich wusste nicht, dass ein Apfel wie ein Wunder sein kann. Aber so ist es.

Ich esse ihn langsam und sehe zu, wie die Sterne über das kleine Stück Himmel ziehen. Bei Tagesanbruch klettere ich hinab und falle in tiefen Schlaf.

Ich versäume das Frühstück. Anne weckt mich.

»Schlafmütze! Du hast dich nicht einmal für den Apfel bedankt!«

Ich versuche die Augen zu öffnen. Sie sitzt auf meinem Bett und wippt auf und ab.

»Geh runter!«

Aber sie macht weiter. »Steh auf! Steh auf! Steh auf! Wir müssen gewogen werden!«

Ich stöhne. Drehe mich um. Versuche sie wegzudrängen. Mein Kopf tut weh. Meine Ohren tun weh. Mein ganzer Körper ist wie wund von dem Traum, schmerzt davon.

Aber sie gibt keine Ruhe.

»*Peter Piper picked a peck of Opekta pepper.* Hörst du, wie gut ich schon Englisch kann?«

Und dann versucht sie mich durch die Decke hindurch zu kitzeln. Ich stehe schnell auf. Angefasst zu werden kann ich nicht ertragen. Sie lacht, dann bricht sie ab. »Peter«, flüstert sie, »du bist ja noch angezogen.«

Das stimmt. Ich habe keine Lust, mich umzuziehen. Sie erwähnt es niemandem gegenüber, das ist anständig von ihr. Wir werden gewogen. Wir werden jede Woche gewogen. Ich habe innerhalb einer Woche acht Pfund abgenommen. Ich bin bestürzt. Wie kann das sein, wo ich doch gar nichts tue?

»Seht ihr?«, sagt Mutti. »Kein Wunder, dass der arme Junge nichts als schlafen kann. Er braucht mehr zu essen!«

»Wir sind hier sehr gut versorgt, Auguste«, sagt Frau Frank.

»Natürlich sind wir das, ich wollte nicht …«, murmelt Mutti. Als sie an mir vorbeigeht, murmelt sie immer noch vor sich hin. »Diese Waage kann nicht stimmen. Nie im Leben bin ich so schwer. Fast so schwer wie Edith!«

Ich schmunzele.

»Ich habe in drei Monaten siebzehn Pfund zugenommen!«, sagt Anne stolz. So eine Schwindlerin! Doch als ich sie ansehe, ist es wahr. Sie hat zugenommen. Ihre Figur verändert sich.

29. Oktober 1942 –

Vater kommt in mein Zimmer.

»Schon gut! Schon gut!«, sage ich rasch. »Ich steh ja auf, bin schon unterwegs!«

Und dann sehe ich ihn an. Er ist nicht verärgert. Er blinzelt. Als er sich auf die Bettkante setzt, streckt er den Arm aus, um das Gleichgewicht zu halten. Er sieht alt aus. Und erschöpft. Beängstigend.

»Was«, flüstere ich, »was ist los?«

»Unsere Wohnung. Man hat uns alles genommen.«

»Was?«

»Die Wohnung wurde vollständig ausgeräumt, Peter. Nichts ist geblieben. All unsere Sachen …«

»Ach!«, sage ich. »Ach, Papi!«

»Weg, alles. Ein ganzes Leben.« Er schüttelt den Kopf.

Wir sitzen da. Ich kann nichts sagen. Ich sehe unsere Wohnung vor mir, unser Zuhause, die Zimmer tanzen vor meinen Augen.

»Nun denn«, sagt er nach einer Weile, »immerhin sind wir noch hier, hm?«

Ich lege die Hand auf seinen Arm. »Tut mir leid, Papi«, sage ich – und es tut mir leid. Dass all die Sachen, die wir im Laufe der Jahre zusammengetragen haben, all die Dinge, die wir selbst gemacht haben, weg sind, einfach so.

Wir können nicht mehr davon träumen, irgendwohin zurückzukehren.

»Kannst du denn etwas dafür?«, fragt er. Ich schüttele den Kopf. Er lächelt, zumindest versucht er es. »Ich glaube nicht, dass ich es fertigbringe, Mutti davon zu erzählen«, flüstert er.

Den ganzen Tag über erinnere ich mich an Sachen, Sachen, von denen ich gar nicht wusste, dass wir sie besaßen, wie etwa das kleine Flaschenschiff. Ich sehe genau vor mir, wo es immer stand – auf dem Bord in der Diele, und mit der Erinnerung durchzuckt mich die Erkenntnis, dass es fort ist.

Und ich weiß nicht, wohin.

Unsere Wohnung ist nun leer – nichts ist übrig geblieben, um irgendwen daran zu erinnern, dass wir je dort gelebt haben.

Vater meint, ich soll es Mutter nicht sagen. Das ist lächerlich. Es kann doch nicht richtig sein, dass selbst Anne Bescheid weiß, aber Mutter nicht. Anne weiß es.

»Tut mir leid!«, sagt sie. »Aber mal ehrlich, was bedeuten schon *Dinge*? Du hast deine Familie und wir können auf Gott vertrauen.«

Ich starre sie an. Ich sage nichts. Ich kann nicht, ich bin zu zornig. Ausnahmsweise hält sie die Klappe und geht weg. Ich erzähle es Mutti. Ich weiß nicht, ob es richtig ist oder falsch. Es kümmert mich nicht mehr. Ich weiß nur, dass ich es tun muss.

Sie steht am Spülstein und wäscht das Geschirr vom Mittagessen ab.

»Mutti?«, flüstere ich ihr ins Ohr. Sie dreht sich um und lächelt mich an.

»Peter!«, sagt sie und es fällt schwer, die Worte auszusprechen, wenn sie mich mit diesem Blick anlächelt – so voller Freude, mich in ihrer Nähe zu haben. Aber ich tue es. Schnell spreche ich die Worte aus.

»Mutti, man hat unsere Wohnung ausgeräumt.«

Zuerst schließt sie die Augen. Schließt die Augen und steht nur da. Sie wendet sich ab und legt die Handflächen auf die alte Granitplatte und atmet tief ein. Hilflos beobachte ich, wie sie die Zähne zusammenbeißt, die Hände hebt, die Finger um den Messinghahn legt und ihn fest umklammert.

»Ich werde nicht weinen, ich werde nicht weinen«, flüstert sie.

Papi tritt hinter sie und umschlingt sie mit den Armen.

»Putti«, flüstert sie, »unser Heim, unser …«

»Gusti«, sagt er. Und hält sie fest.

»Bitte«, flüstert sie ihm zu, »bitte sag jetzt nicht, dass wir noch Glück haben … bitte nicht … ich ertrage es einfach nicht …«

Papi lehnt seinen Kopf gegen ihre Schulter.

»Nein …«, antwortet er, »tu ich nicht.«

»Alles?«, fragt sie und er nickt, den Kopf immer noch an ihren Körper gepresst. Sie schluchzt.

»Papi«, flüstere ich, »wollt ihr euch in mein Zimmer legen?«

Er nickt noch einmal und sie gehen die paar Schritte in mein Zimmer.

Ich schließe die Tür. Dort liegen sie gemeinsam und

halten einander im Arm. Mehr haben wir jetzt nicht mehr. Diese vier Räume, die nicht einmal unsere sind, sondern nur geliehen sind von den Franks. Diese Räume – und einander.

8. November 1942 -

Heute ist der achte November. Ich bin sechzehn geworden.

Ich höre Anne die Treppe heraufrennen. »Wach auf! Wach auf! Peter, bist du nicht aufgeregt?«

Ich lächele.

Mutti und Papi haben sich große Mühe gegeben. Es gibt ein Brettspiel, einen Rasierapparat, auch wenn ich nicht viel zu rasieren habe, ein Feuerzeug und zwei Zigaretten. Ich denke an die Berge von Geschenken, die ich sonst immer zum Geburtstag bekam, und an das Ausgehen zu Kaffee und Kuchen in ein Lokal meiner Wahl. Nun gibt es nur diese paar Sachen und sie sind ein Wunder, das viel Mühe gekostet hat.

Ich lächele Mutti an. »Danke!«

Gestern Abend kam sie in mein Zimmer. Gesagt hat sie nichts. Sie saß auf meinem Bett und hielt meine Hand. Nach einer Weile ging sie wieder. Manchmal gibt es nichts zu sagen.

Jetzt ist mein Geburtstag und Anne steht in unserer Küche, als wäre es der aufregendste Tag im Jahr, und so muss etwas gesagt werden, egal, wie wir uns fühlen.

»He, Zigaretten!« Ich hebe eine zum Mund und tu so, als würde ich rauchen. Ich stolziere mit einer Hand hinter dem Rücken daher und sage auf Deutsch: »Ach so, ihr habt euch versteckt, ja? Ihr sagt, ihr seid Deutsche? Deutsche? Kann ein Jude denn Deutscher sein?«

»Nein!«, sagt Anne leidenschaftlich. »Wir werden nie wieder Deutsche sein. Wir sind jetzt Holländer!«

»Nein!«, sage ich auf Deutsch. »Ihr seid weder Holländer noch Deutsche. Ihr seid einfach nur Juden!« Alle lachen, nur ich nicht. Ich weiß nicht, warum ich das gesagt habe. Es ist gar nicht komisch. Es ist traurig.

Ich stehe am Fenster und wünschte, ich könnte hinausschauen.

»Ah!«, sage ich. »Es gibt doch nichts Besseres, als am Morgen erst mal schön eine zu rauchen!« Dann drehe ich mich wieder um. »Danke, Papi!«

Mutti steigen die Tränen in die Augen. »Ich bin ...«, sagt sie. »Ich bin so ...«

»Ich weiß«, sage ich schnell und hoffe, dass sie verstummt, hoffe, dass sie es nicht ausspricht. Aber sie fährt trotzdem fort, ich weiß, was sie sagen wird, ich weiß, was sie sagen muss, sosehr ich auch wünschte, sie täte es nicht.

»Ich bin so *dankbar*, dass du hier bist«, sagt sie. Ich nicke und zwinge mich zu lächeln und sie anzusehen.

»Ich weiß«, antworte ich. Und das stimmt. Ich weiß es. Ich weiß, dass Liebe manchmal ebenso schwer zu ertragen ist wie Hass, dass sie genauso wehtun kann.

Ich frage mich, was Herr Frank dazu sagen würde!

Anne bleibt mir den ganzen Tag lang auf den Fersen.

»Nun, Peter van Pels, wie fühlt man sich denn mit sechzehn?« Sie hält mir ein imaginäres Mikrofon vors

Gesicht. »Keine Sorge, ich kann dir in meinem Tagebuch einen anderen Namen geben. Du kannst also sagen, was immer du magst, und niemand wird je erfahren, dass du es warst!« Diese letzte kleine Information gibt sie preis, als ich gerade mit einem Sack voller Bohnen auf dem Rücken am oberen Ende der Dachbodentreppe angekommen bin. Ich drehe mich um und der ganze Sack reißt, die Bohnen prasseln heraus und hüpfen überall herum. Der Lärm ist beängstigend! Anne lässt ihr imaginäres Mikrofon fallen und bedeckt ihren Kopf, als es um sie herum Bohnen hagelt. Immerhin habe ich endlich einen Weg gefunden, sie zum Schweigen zu bringen! Als der Lärm abebbt, hebt sie den Kopf und schaut entsetzt hoch. Sie erinnert mich an ein frisch geschlüpftes Küken, das den Kopf aus der Eierschale streckt. Wir warten, so wie immer nach einem lauten Geräusch.

»Liebe Güte!«, sagt Mutti und streckt den Kopf zur Tür herein. »Ein Glück, dass das kein vorbeigehender Polizist gehört hat! Lest sie alle auf, ihr beiden, Geburtstag hin oder her.«

Wir fangen an, die Bohnen aufzusammeln.

»Du hast eben ausgesehen wie ein Vogelküken!«, sage ich.

»Tja, und du hast ausgesehen wie ein Verbrecher!«

»Was? Hab ich nicht!«

»Hast du doch!« Sie fängt an zu lachen. »Du hast gerade ausgesehen wie einer, der bei einer Missetat ertappt wurde!«

Wir lachen gemeinsam. Leise. Wir lachen so sehr, dass wir uns hinsetzen müssen.

So! Ich komme also in ihrem Tagebuch vor? Ich frage mich, was sie wohl über mich schreibt.

Später gehen wir alle Radio hören.

»Peter«, flüstert Vater, »das ist das beste Geburtstagsgeschenk! Die Alliierten sind in Nordafrika gelandet! Hör nur!«

Ich höre Herrn Churchills Stimme.

»Dies ist nicht das Ende, es nicht einmal der Anfang vom Ende, aber es ist, vielleicht, das Ende vom Anfang.«

Ich schaue zu Anne hinüber und schmunzele. Ihre Lippen bewegen sich, probieren die Worte aus. Im Laufe der nächsten paar Tage sagt sie diesen Satz immer wieder. Sie nimmt die Worte auseinander und setzt sie wieder zusammen, und als sie damit fertig ist, verkündet sie, der Ausspruch sei einmalig.

»Dies ist nicht das Ende, es nicht einmal der Anfang vom Ende, aber es ist, vielleicht, das Ende vom Anfang. Verstehst du, Peter?«, fragt sie zum soundsovielten Mal.

»Dann ist es also noch nicht bald vorbei?«, frage ich.

Und aus irgendeinem Grund lachen alle.

Züge. Ein Bahnsteig.
Das war der Anfang von unserem Ende.
Die Selektierten.
Kaum zu glauben, dass es ein Vorher je gegeben hat.
Oder dass es je ein Nachher geben könnte.
Ist irgendjemand übrig geblieben?
Hört irgendjemand zu?
Die Leiber um mich herum geben immer noch
Geräusche von sich, sie seufzen, obwohl sie doch tot
sind.
Ich warte auf den Befehl.
Aber noch immer kommt er nicht.
Wstawać!
Aufwachen!
Der Ruf, der mich in Bewegung setzt – mich aufstehen
und mit dem Sterben weitermachen lässt.

16. November 1942 –

Letzte Woche verkündete Herr Frank, dass noch eine weitere Person in den Anbau käme. Er hat nicht gefragt, was ich dazu meine, obwohl alle darüber geredet haben.

»Eine gute Sache!«, sagt Anne gleich. »Und es macht mir nichts aus, mein Zimmer zu teilen. Ich meine, was spielt das schon für eine Rolle, wenn wir noch jemanden retten können?«

Ich starre sie an. Ich finde die Vorstellung grässlich, noch eine weitere Person hierzuhaben, selbst wenn es Dr. Pfeffer ist, der Zahnarzt. Er ist recht nett, und Lotte, die Frau, mit der er zusammenlebt[6], ist ganz reizend. Trotzdem, noch jemand – einer mehr in der Küche, im Bad, im Wohnzimmer, im Grunde überall.

Mutti und Papi nicken: »Es wird nicht einfach, aber es ist für eine gute Sache. Anne hat Recht!«, sagt Papi.

Also gestern Abend, nachdem die Franks zu Bett gegangen waren, hat er anders geredet.

Ich sehe Margot an.

»Margot wird bei uns schlafen, es wird euch also so wenig Ungelegenheiten bereiten wie möglich«, sagt Frau

[6] Die beiden waren nicht verheiratet, da ihr als Katholikin die Ehe mit einem Juden nicht gestattet war. Sie heiratete ihn posthum 1953.

Frank – und auf einmal schäme ich mich. Das heißt, sie haben überhaupt keine Privatsphäre mehr, wir aber schon, vor allem ich. Das heißt außerdem, ich kann nichts dagegen sagen. Wir haben kein Recht dazu. Es ist nicht unser Hinterhaus. Ich sehe auf meine Knie hinab und hoffe, dass niemand mir ansieht, was ich denke.

Ich dachte immer, ich mag Dr. Pfeffer, aber jetzt weiß ich, dass ich ihn nicht leiden kann. Im Hinterhaus sieht sein Gesicht anders aus. Es ist teigig und er hat ein Grübchen im Kinn, das sich bewegt, wenn er spricht. Er ist groß und weiß immer alles ganz genau. Er spricht ständig von seiner Lotte. Ein Glück, dass sie keine Jüdin ist, sonst hätten wir sie womöglich auch noch hier reinquetschen müssen! Selbst wenn ich sie immer lieber mochte als ihn.

»Wenn du Zahnschmerzen bekommst, wird dir bald wieder einfallen, wie gerne du ihn hast!«, sagt Herr Frank.

Nein.

Dr. Pfeffer kommt ins Hinterhaus spaziert und die Außenwelt haftet ihm immer noch an. Er bewegt sich anders als wir. Er wirkt zu groß, zu laut. Er passt nicht hierher. Er blinzelt, als wäre es zu dunkel, und beugt sich vor, um uns besser zu sehen und zu hören.

Er bringt Nachrichten mit, die ich nicht hören will und doch nicht ignorieren kann. Er erzählt uns, wie schrecklich es draußen ist, dass man die Juden zusammentreibt, uns fängt wie die Fische. Der Süden der Stadt, wo wir gewohnt haben, wurde abgeriegelt, so dass keiner entkommen kann. Sie gehen von Haus zu Haus. Fahnden. Fragen. Suchen nach Versteckten.

»Aber wo bringen sie uns alle hin?«, fragt Vater.

»Ihr habt die Gerüchte doch sicher gehört?«, antwortet Dr. Pfeffer.

Ich möchte ihm am liebsten eine reinhauen. Genießt er das? Gefällt es ihm, derjenige zu sein, der all die Neuigkeiten kennt?

»Es gibt ein Lager bei Westerbork. Sie rasieren allen die Köpfe. Sie sagen, sie verteilen uns nur. Sie sagen, sie schicken uns in Arbeitslager, sie sagen so dies und das. Wer weiß, was in Wahrheit geschieht?«

Es herrscht ausgedehntes Schweigen.

»Wie lange müssen wir noch warten?!«, flüstert Mutti.

»Nicht nur wir haben zu leiden«, sagt Pfeffer und sieht uns reihum an. »Auch die Holländer! Nach jeder Aktion des Widerstands wird einer umgebracht. Ganz egal, wer! In einem Moment ist ein unschuldiger Mann auf dem Weg nach Hause, im nächsten wird er an die Wand gestellt – schon ist er tot!«

Pfeffer schüttelt den Kopf. Ich streichele Mouschi. Unsere Eltern stellen Fragen über Fragen, so als glaubten sie wirklich, wenn sie es nur erst verstehen könnten, würde es eines Tages vielleicht tatsächlich einen Sinn ergeben.

Margot starrt die Erwachsenen an und seufzt leise.

Anne ist blass und zittert, sie steht auf und geht. Mouschi springt von meinem Schoß und folgt ihr treppab. Nach einer Weile tue ich es ihm gleich.

Sie steht im vorderen Büro am Fenster und späht durch den winzigen Spalt zwischen dem Verdunkelungsvorhang und der Glasscheibe auf die Straße hinab. Ich stehe hinter ihr und schaue über ihre Schulter auf den Straßenausschnitt. Es ist erstaunlich, wie viel man durch einen solch schmalen Spalt sehen kann. Es ist dunkel und das Gaslicht scheint auf das Wasser der Gracht. Eine Reihe von Leuten kommt ins Blickfeld, sie gehen die Straße entlang – Juden im Gänsemarsch. Einige bleiben zurück, doch es sind viele Posten dabei, um sie zu bewachen. Die Menschen sind wie Schatten im Halbdunkel. Sie wirken seltsam unförmig.

»Bestimmt haben sie all ihre Kleider an«, flüstert Anne. Sie hat Tränen in den Augen.

Sie wirken ganz nah, obwohl sie dicht an der Gracht entlanglaufen. Man könnte meinen, wir könnten sie berühren, wenn wir nur die Hand ausstreckten. Wir stehen ganz still, fürchten uns, uns zu bewegen. Fürchten uns, jemand könnte sich umdrehen und hinter den dunklen Fenstern eine Bewegung bemerken.

Ein Baby fängt an zu schreien und eine Frau aus der Reihe bleibt stehen. Sie hat in der einen Hand einen Koffer und im anderen Arm das Baby. Beides zugleich kann sie nicht tragen. Der Wachposten schreit sie an, stößt sie. Sie lässt den Koffer fallen und hält das Kind fest.

Und dann sind sie fort und die Straße ist still. Nur der Koffer ist noch da, er liegt auf der Seite. Die Fensterscheibe beschlägt von Annes Atem.

Keiner von uns sagt ein Wort.

Aus den Schatten taucht ein magerer, zerlumpter Junge auf. Er öffnet den Koffer und fängt an, Kleider und Kerzenleuchter herauszuholen. Bald ist eine lautlose Schar von Kindern auf der Straße, alle zerren und rangeln. Sie kommen aus dem Nichts. Wenige Augenblicke später ist es vorbei und die Straße ist wieder leer. Der Koffer liegt weit offen da. Ein Mann klettert von einem Hausboot auf die Straße. Anne macht hastig einen Schritt zurück, direkt gegen meine Brust. Der Mann wirkt ganz nah. Nur einen Moment lang halte ich sie in meinen Armen und spüre, wie sie zittert.

»Entschuldige!«, flüstert sie, und als wir wieder hinschauen, ist der Koffer weg.

Man sieht nur noch die Laterne auf eine leere Straße scheinen.

»Gossenkinder!«, zischt Anne, doch sie hat Tränen auf den Wangen, zwei glitzern wie kleine Kerzenflammen. Ich antworte nicht und sie rennt die Treppe hinauf. Ich spüre noch immer den unerwarteten Abdruck ihres Körpers in meinen Armen.

Mouschi streicht mir um die Beine.

Ich sehe auf den verlassenen Straßenabschnitt hinab.

Die Leute sind spurlos verschwunden.

Nur eine Erinnerung bleibt zurück.

Meine Erinnerung.

Ich habe Angst.

Angst, dass ich vergessen werde.

In dieser Nacht habe ich einen Traum. Ich träume, ich halte etwas in meinen Händen. Ich kann es nicht ansehen. Es ist borstig wie der Rücken eines Schweins – aber irgendwie auch weich und rund. Ich berge es an meiner Brust. Ich drücke es an mich wie ein Baby. Ich weiß, ich muss gut darauf aufpassen. Es bewahren. Niemals fallen lassen. Für immer festhalten. Es ist sehr schwer.

Ich sehe hinab.

Lieses Augen starren mich an.

Ich halte ihren kahl geschorenen Schädel in meinen Händen.

Das sind meine Erinnerungen. Ich kann ihren Strom nicht aufhalten.
Wenn ich sie vor euch ausbreite, werdet ihr mir glauben?
Ihr, die ihr da draußen übrig bleibt?
Hört ihr mir zu?
Im Hinterhaus konnte ich aus meinen Träumen erwachen, doch in den Lagern nimmt der Traum kein Ende. Ich wache auf und der Albtraum ist Wirklichkeit.
Ich kann selbst kaum glauben, was geschieht, warum solltet ihr es also?
Glaubt ihr es?
Wird es euch auffallen, dass ich nicht mehr da bin – oder dass die Straße merkwürdig leer aussieht?
Ach! Sie hat die richtige Entscheidung getroffen, jene Frau. Dort, wo sie hinging, brauchte sie ihren Koffer nicht. Aber andererseits brauchte sie ihr Kind dort auch nicht.

18. November 1942 –

Es ist dunkel, wenn wir aufwachen, und noch dunkler, wenn wir zu Bett gehen. Wir gehen früh zu Bett. Wir stehen spät auf. Manchmal sind Eisblumen an der Innenseite der Fensterscheiben. Wir schlottern. Wir tragen alle unsere Kleider. Anne und Margot ziehen über alles andere sogar noch ihre Morgenmäntel an. Wir tun alles, was wir können, damit die Zeit vergeht. Wir warten.

Warten auf Neuigkeiten.

Warten, dass der Krieg zu Ende geht.

Werden wir es schaffen?

Werden wir eines Tages wieder die Prinsengracht entlanglaufen? Besser nicht darüber nachdenken. Ich stelle mir selbst Aufgaben. Ich habe alle Straßen ringsumher gezeichnet. Ich habe die Strecke von hier zurück zum Merwedeplein gezeichnet, dem Ort, wo wir gewohnt haben, mit Wegzeichen an den Straßen. Und die Tramstrecke vom Merwedeplein nach Zaandvoort. Ich habe die Straßen in der Umgebung der Prinsengracht gezeichnet.

Wenn ich nachts auf dem Dachboden sitze, stelle ich mir vor, ich wäre in einem Flugzeug. Ich schaue hinab und sehe all die Straßen unter mir ausgebreitet. Ich stelle mir die Apotheken vor und die Cafés. Manchmal versuchen Anne, Margot und ich, uns an all die Geschäfte in einer speziellen Straße zu erinnern – oder an all die Haltestellen einer Trambahnroute.

»Wir sind nicht wirklich weit herumgekommen, was?«, sagt Anne.

»Nun, du bist in Aachen bei Oma gewesen!«, sagt Margot.

»Ja, aber Deutschland und Holland sind ja wohl kaum die Welt!«

»Wohin würdest du reisen, Peter?«, fragt Margot.

Ich rolle mich auf dem Bett zusammen und denke nach. »Ich würde gerne irgendwohin, wo es heiß ist: ein Ort mit Sand für mich und vielleicht einem Wald für Mouschi!«

»Es ist so kalt!«, sagt Anne.

»Eiskalt!«, sagen wir alle im Chor.

Margot seufzt. »Ich ginge nach Amerika!«, sagt sie.

»Wieso?«, fragt Anne lachend.

Margot zuckt die Achseln. »Ich möchte in irgendein neues Land!«, sagt sie. »Irgendwohin, wo nichts von alldem hier geschehen ist!«

Anne starrt sie an. »Ich glaube, ihr spinnt alle beide. Ich möchte nie hier weg!«, sagt sie. »Ich möchte für immer in Holland bleiben!«

»Und Herrn Kug-ler hei-ra-ten!«, kichert Margot.

»Mar-got!«

»An-ne!«, erwidert Margot im gleichen Ton wie Anne.

»Na schön!«, sagt Anne.

Ich stehe vom Bett auf und gehe aus dem Weg. Anne und Margot gehen aufeinander los. Sie ringen wütend und verbissen und geben keinen Laut von sich. Das ist das Komische daran. Sie kämpfen unerbittlich mit den Kissen, aber alles geschieht schweigend. Ich fange Margots Brille auf, bevor sie zu Boden fällt. Anne hält inne.

»Ist sie kaputt?«

»Nein!«

»Gott sei Dank! Tut mir leid!«

»Quitt?«, fragt Margot.

»Quitt!« Und sie können sich kaum halten vor Kichern.

»Herrn Kugler!«, lacht Anne. »Was für eine Vorstellung! Wie verzweifelt müsste man sein!«

Aus irgendeinem Grund sehen beide mich an. Ich gebe Margot ihre Brille zurück und gehe aus dem Zimmer. Ihr Gekicher verfolgt mich den ganzen Weg die Treppe hinauf.

»Wie schön, dich lächeln zu sehen!«, sagt Mutti, doch Papi bedeutet mir wortlos, dass er mit mir sprechen möchte. Ich gehe in mein Zimmer und wenige Minuten später kommt er nach.

»Kannst du eine Menora machen, Peter?«, fragt er.

»Die Franks haben doch sicher eine«, sage ich rasch. Ich will nicht an die Menora denken, die wir zu Hause hatten, den massiven silbernen Kerzenleuchter, den wir Freitagabend immer entzündet haben. Der ist jetzt weg und es gibt nichts, was ich da tun könnte.

»Und was ist mit Mutti?«, fragt er. »Werden die Franks ihre Menora jeden Abend hier heraufbringen? Wird sie Mutti etwas bedeuten?«

Ich antworte nicht.

»Nun?«, fragt er.

»Vielleicht könnten wir Miep fragen …« Ich schaue

auf. Wir wissen beide, was ich sagen wollte – und dass es blödsinnig ist.

»Gut! Und in welche Werkstatt soll Miep bitte gehen, um eine jüdische Menora anfertigen zu lassen?«, fragt Papi.

Ich atme laut aus. Papi setzt sich neben mich.

»Entschuldige«, sagt er. »Ich würde selbst eine machen, Peter, aber du weißt, wie sehr sie sich freuen würde, wenn du es tätest.«

»Also gut. Aber erzähl sonst niemandem, dass ich sie gemacht habe.«

Er steht auf. »Wenn jemand fragt, sagen wir, ich hätte sie gemacht. Danke, Peter.«

»Ich werde im Vorratsraum und auf dem Dachboden daran arbeiten, dann merkt sie es nicht.«

Er lächelt.

Mutti streckt ihren Kopf zur Tür herein: »Was kocht ihr zwei da denn aus?«

»Nichts, was so zum Anbeißen wäre wie du!«, sagt Papi.

»Pst! Die Franks können dich hören!«

»Na und?«, entgegnet er. »Darf ein Mann seine Frau nicht zum Anbeißen finden?«

»Also bitte!«, sage ich.

»Ach, zurzeit könnte sich an mir wohl kaum jemand satt essen«, murmelt Mutti. »Wir sind bald alle nur noch Haut und Knochen!«

Später hole ich mir Papier und fange an zu zeichnen. Ein Chanukkaleuchter muss neun Kerzenhalter haben. Ich mache eine Skizze und beginne mit der Planung.

Herr Voskuijl, Beps Vater, besorgt mir das Holz. Ich würde den Leuchter gerne aus einem einzigen Stück Holz fertigen, aber das geht nicht, also fertige ich mehrere Teile, die miteinander verbunden werden können.

Ich schnitze gerne am Abend, unten im Vorratsraum oder Magazin. Ich mag den Geruch. Ich mag es, allein zu sein. Ich mag es, wie Moffie[7], die Lagerhauskatze, manchmal kommt und sich neben mich setzt. Es ist ein gutes Gefühl, wieder mit den Händen zu arbeiten. Ich erkenne die Form in dem Holz. Die Form, die zum Vorschein kommen wird, wenn ich an den richtigen Stellen die richtigen Schnitte ansetze. Ich denke mich in das Holz, in seine Maserung hinein. Ich spüre nach, wo es mir nachgeben möchte und wo es Widerstand leistet. Die Bögen entstehen unter meinen Händen. Acht gebogene Kerzenhalter, die ich an einem Mittelständer befestigen werde. Neun Flammen – eine für jede Person im Hinterhaus und eine für den Tempel.

An jedem einzelnen mache ich beim Schnitzen ein Zeichen, eingekerbt ins Holz, als Symbol für jede Person. Anne ist ein Auge, denn sie sieht alles. Vater ist ein Lächeln und Mutter eine Hand. Das ist alles ganz leicht. Herr Frank ist ein Buch, auch ganz leicht. Margot ist am schwierigsten. Dies und das geht mir zu ihr durch den Kopf und ich muss abwarten, was mir einfällt. Frau Frank ist eine Nadel. Sie ist spitz, aber sie stopft auch alle unsere Sachen! Pfeffer ist einfach – eine saure Zitrone! Am Ende

[7] Mof (Plural: Moffen) war ein holländisches Schimpfwort für die Deutschen.

ist Margot eine Welle. Ich weiß nicht, warum. Und ich? Ich wähle eine Kippa als Symbol. Ein Jude. Wenn es das ist, was ich in den Augen der Welt bin, dann bin ich das eben.

Das Beste, was ich sein kann.

Ich werde die Menora schnitzen und die Kerzen hineinstecken und für die, die gestorben sind, das Kaddisch sagen. Und ich werde für uns, die übrig sind, Gebete der Hoffnung sprechen. Ich bete um ein Wunder, ganz wie im Tempel. Ich schnitze die Symbole unter jede Kerze. Ich widme jede einer Person. Während ich arbeite, fallen mir die Gebete wieder ein. Ich höre sie in meinem Kopf und flüstere die Worte, während ich arbeite – die Chanukkagebete. Ich habe nie verstanden, warum ich sie auswendig lernen sollte, aber jetzt weiß ich es: Weil sie so immer bei mir sind. Meine Hände bewegen sich im Rhythmus der Worte, schnitzen sie mit meinen Gedanken in das Holz. Endlich habe ich das Gefühl, etwas Sinnvolles zu tun.

Du in Deiner unendlichen Barmherzigkeit
warst ihr Beistand in der Zeit der Not:
warst ihr Richter, warst ihr Rächer,
Du gabst die Starken in die Hand der Schwachen,
die vielen in die Hand der wenigen,
die Unreinen in die Hand der Reinen,
die Sünder in die Hand der Gerechten
und die Gottlosen in die Hand derer,
die sich mit Deiner Lehre beschäftigen …
Und Deinem Volk brachtest Du
wunderbare Rettung und Erlösung.

Ich flüstere die Worte erneut. *Und Deinem Volk brachtest Du wunderbare Rettung und Erlösung.*

Bitte, Gott. Erlöse uns.

Mich und Liese und alle Juden überall. All die Schwachen und die Lahmen und alle, die sie so sehr hassen. Bitte rette uns.

Ich brauche eine ganze Weile, bis die Menora fertig ist. Am Ende habe ich mich mit Moffie gut angefreundet. Er beobachtet mich aufmerksam, und wenn ich bei der Arbeit innehalte, kommt er näher. Er streckt die Pfote aus und berührt das Holz. Ganz sachte.

»Willst du es haben?«, frage ich ihn. »Was gibst du mir dafür?« Moffie sieht mich an, hebt den Kopf und stolziert davon.

»Aha!«, sage ich. »Du bist dir also zu fein, um über Geld zu reden.« Doch er läuft einfach weiter. Ich gehe wieder an die Arbeit. Bald ist Moffie wieder da. Beobachtet mich.

Manchmal, wenn meine Muskeln verspannt sind, strecke ich mich auf dem Boden aus und liege ganz still. Moffie spaziert auf mir herum. Er beginnt bei meinen Füßen und balanciert, eine Pfote nach der anderen, den ganzen Weg von meinen Füßen bis zu meinem Kinn. Er berührt mein Gesicht mit seinen Schnurrhaaren oder hebt eine Pfote und tippt auf meine Augen.

Ich mag es am liebsten, wenn er sich zusammenrollt und auf meiner Brust liegt. Ich mag es, wie warm er sich anfühlt und wie unsere Herzen in dem stillen dunklen Raum gemeinsam schlagen.

Friedlich vereint.

3. Dezember 1942 –

Die Menora ist fertig. Heute Abend beginnt Chanukka. Mutti macht Latkes. Ich denke an unser Haus, das jetzt leer steht, wo niemand ist, um die Kerzen anzuzünden. Ich denke daran, dass es eine Zeit gegeben hat, als ich gar nicht wusste, dass ich ein Jude bin. Nun, natürlich wusste ich es, aber es war nur ein Punkt unter vielen anderen von dem, was mich ausmachte.

Nicht das Einzige.

Ich frage mich, wie viele von uns noch übrig sind? Wie viele von uns hinter dunklen Vorhängen die Kerzen anzünden und von Freiheit träumen?

Ich schmuggle die Menora nach oben in mein Zimmer. Nach dem Mittagessen, als die Franks hinuntergegangen sind, stehen Papi und ich in meiner Tür, halten die Menora hinter unseren Rücken und warten, dass Mutti auf uns aufmerksam wird.

»Was macht ihr zwei denn da?«, fragt sie.

Wir lachen.

»Gibt es hier irgendwas zu lachen?«, faucht sie.

Sie ist bedrückt. Vielleicht haben wir die Lage falsch eingeschätzt? Vielleicht ist die Traurigkeit zu groß? Ich trete einen Schritt zurück, aber Papi sagt: »Ja, gibt es, komm mal her!«, und er fordert sie auf, sich vor uns hinzustellen. Ich aber mache mir Sorgen: Was, wenn das ein Fehler ist? Ich meine, die Menora ist weder kunstvoll noch aus Silber. Ich weiß, sie kann niemals jene ersetzen, die Oma, ihre Mutter, ihr geschenkt hat. Ich meine, wie könnte sie auch?

»Peter!«, sagt Papi.

Langsam hole ich sie hinter meinem Rücken hervor. Mutti schnappt nach Luft. Sie schaut sie an und streckt langsam die Hände danach aus. Sie fährt mit den Fingern darüber und schaut auf und sieht mich an.

»Ich … ich …«, stottert sie und Tränen steigen ihr in die Augen.

»Ich weiß, sie ist nicht besonders schön, nicht so wie die von Oma und ich …«

»Peter, ich … du hast sie gemacht?«, fragt sie.

Ich nicke.

»Ich … ich weiß gar nicht, was …«

»Nun red schon, Weib!« Papi lacht, und dann fängt sie richtig an zu weinen. Die Tränen laufen ihr übers Gesicht und zwischendrin stößt sie Worte hervor wie Hickser.

»Ich hätte nie gedacht, ich könnte jemals … Ich war so … Ich habe geglaubt, ich könnte mich nie wieder an einer anderen Menora so freuen und ich war so … und ihr zwei, und ach, ach, Peter … Danke dir … sie ist wunderschön!«

Das stimmt nicht wirklich, aber ich bin froh, dass sie es so sieht.

12. Dezember 1942 –

Wir haben die Menora in die Küche gestellt. Jeden Abend, wenn die Franks hinuntergegangen sind, zünden wir eine Kerze an. Ihnen gegenüber erwähnen wir das nicht. Ich spreche jeden Abend leise ein Gebet für die Person, deren Kerze brennt. Was sonst könnte ich tun? Wir beten rasch, denn Kerzen sind kostbar. Ich mag es, wenn wir zu dritt unter uns sind. Ich mag die ernsten Gesichter von Mutti und Papi im Kerzenschein. Ich mag es, wie wir zusammen die Worte sprechen – und dann herrscht einige Augenblicke lang Schweigen und jeder betet allein. An dem Abend, als ich für Herrn Frank bete, geht die Kerze nicht aus. Mutti muss zweimal blasen!

Als ein Gebet für mich selbst an der Reihe ist, wird es schwierig. Alles, was ich sagen kann, ist, lass mich am Leben. O Herr, bitte lass mich am Leben – und Liese auch. Hilf, dass wir uns eines Tages wiedersehen. Doch immerzu höre ich dieselbe Frage: Warum? Und darauf gibt es keine Antwort, denn warum sollte ich überleben, wenn so viele sterben? Es gibt keinen Grund.

Das ist die Wahrheit.

Als die letzte Chanukkanacht gekommen ist, sind die Kerzen fast nur noch Stümpfe. Die Franks entzünden sie, und bevor wir essen, sprechen wir alle gemeinsam das

Gebet. Sie sagen es schnell auf und das war's. Für sie ist Chanukka damit beendet. Anne freut sich viel mehr darauf, zum ersten Mal Sankt Nikolaus zu feiern. Als sie gehen, zündet Mutti eine Kerze wieder an und sieht in die Flamme. Ich weiß, dass sie für mich betet und Gott dankt, dass ich am Leben bin. Und wisst ihr was? Sie hat die richtige Kerze gewählt. Sie beugt sich vor, um sie auszublasen – und bricht ab. Ihre Tränen glitzern im flackernden Licht.

»Ich ... ich ...«, flüstert sie. »Ich kann nicht!« Also beuge ich mich vor und blase die Kerze selbst aus. Sie lächelt.

»Meinst du, sie würde acht Tage lang leuchten, wenn wir sie brennen ließen?«, fragt sie. Sie lacht, als machte sie einen Scherz. Aber das macht sie nicht. Ich weiß nicht, woher die Worte kommen. Ich tue mich so schwer mit Worten.

»Wir brauchen ein Wunder«, sage ich. Und sie nickt.

»Gute Nacht, Peter.«

»Gute Nacht.« Papi umarmt uns beide. Ich gehe in mein Zimmer.

Chanukka ist vorbei.

Als ich am nächsten Morgen aufwache, fühlen meine Hände sich leer an. Ich habe nichts zu tun. Ich gehe hinunter ins Lager und suche nach Moffie. Ich kann ihn nirgendwo finden. Manchmal verbringt er den ganzen Tag draußen auf den Straßen, auf Beutezug. Wenn er nach Hause kommt, riecht er nach frischer Luft. Er riecht nach Straße. Ich vergrabe mein Gesicht in seinem Fell und atme den Duft ein. Er ist herrlich. Er ist voll von den feuchten Holzfeuer-Herbstgerüchen Amsterdams. Dem Geruch von Grachten und Straßenlaternen.

Er duftet nach draußen.

18. März 1943 -

Die Türkei ist dem Krieg beigetreten.

»Jetzt werden sie einmarschieren. Endlich gibt es Taten!«, sagt Mutti.

»Und vielleicht auch Zigaretten!«, sagt Papi.

»Also wirklich!«, sagt Frau Frank. »Hör mal, sie kämpfen den Krieg doch nicht nur für uns!«

Schweigen.

»Nein, gewiss nicht«, sagt Herr Frank. »Aber das kann man leicht vergessen, wenn man so wie wir hier eingesperrt ist und wartet.«

»Warum nennen sie es eigentlich Säuberung?«, fragt Anne unvermittelt. Ihr fällt die Stille und die Niedergeschlagenheit gar nicht auf, die uns alle umfängt, wann immer sie Dinge so plötzlich, so ohne Vorwarnung zur Sprache bringt. Herr Frank seufzt.

»Was meinst du denn, Anne?«, fragt er, aber sie antwortet nicht, sondern fragt nur abrupt: »Würden sie wirklich Kinder säubern?«

»Wir wissen im Grunde nicht genau, was passiert, Anne, nur dass es schlimm ist.«

Er will es nicht sagen, denke ich, er will nicht sagen, dass sie natürlich auch Kinder säubern. Und die werte schlaue Besserwisser-Anne merkt es nicht.

»Aber wir wissen es doch!« Sie spricht zu laut. Auch wenn es Mittagszeit ist und alle Arbeiter nach Hause gegangen sind, sollte sie trotzdem leise sein. »Wir wissen, dass sie uns loswerden wollen, und was machen sie denn mit uns, wenn sie uns zusammentreiben?«

Alle schweigen. Sogar Anne fällt das auf, aber vielleicht glaubt sie, es wäre ein Zeichen der Missbilligung. Vielleicht ist ihr nicht klar, dass Fragen etwas sind, womit wir uns allein beschäftigen und bei Nacht. Wir stellen sie uns, wenn wir nichts weiter hören als den Wind am Fenster und das Stundenläuten der Kirchturmuhr. Wir stellen diese Fragen nicht laut. Nur Anne tut das. Anschließend hat sie ein schlechtes Gewissen deswegen und plötzlich sind alle anderen schuld.

Sie springt auf und rauscht die Treppe hinunter.

»Anne!«, ruft ihr Vater.

»Sei vorsichtig auf dieser Treppe!«, zischt Frau Frank. Anne bleibt stehen und dreht sich zu ihr um.

»Du sorgst dich doch gar nicht, dass ich mir wehtun könnte!«, faucht sie. »Du hast doch bloß Angst, dass man uns entdeckt!«

»Anne!«, flüstert Herr Frank laut.

»Ein sehr verwöhntes Kind habt ihr da!«, murmelt Mutti.

Margot starrt fest auf ihren Teller. Sie atmet durch die Nase ein und durch den Mund aus. Ich stehe auf und bitte darum, mich zu entschuldigen.

»Ja, das ist ein höflicher Junge!«, lächelt Mutti.

»Guter Gott, komm herunter und gib mir eine Zigarette für meine Nerven!«, murmelt Papi. Ich glaube, Margot schmunzelt hinter ihren Haaren. Ich werde wieder einmal rot. Ich hasse es, wenn Mutti mich vor anderen lobt – vor allem wegen so etwas Albernem.

Schlechte Nachrichten, die Türkei ist doch nicht im Krieg, stattdessen denken sie nur über eine Aufhebung der Neutralität nach. Wenn sie Juden wären, bräuchten sie nicht lange nachzudenken.

24. März 1943 –

Manchmal kann ich die Stimmung im Hinterhaus nicht ertragen. Margot geht es genauso, das weiß ich. Sie bewältigt das, indem sie sich mit Hausarbeiten und Lesen beschäftigt. Wenn es Abend oder Wochenende ist, gehe ich in den Vorratsraum runter oder sogar bis ganz hinab ins Magazin im Erdgeschoss und suche nach Moffie.

Natürlich kann ich nur an Wochenenden oder Abenden hinuntergehen, zu anderen Zeiten sind die Büroangestellten und Lagerarbeiter dort. Ich mag es, in Socken über die geheime Treppe lautlos bis ganz nach unten zu huschen. Ich mag es, mich immer weiter vom Anbau zu entfernen. Abends muss ich allerdings runtergehen, um die Tür zu verriegeln, und dann morgens erneut, um sie zu entriegeln, damit Herr Kugler seinen Schlüssel verwenden kann!

Im Magazin ist es dunkel wie überall im Hinterhaus – aber genau genommen noch dunkler, weil die Fenster vollständig geschwärzt sind. Und es duftet. »Das ist der Duft der weiten Welt, Peter!«, sagt Herr Frank – und er hat Recht. Ich kann die Gerüche jetzt erkennen. Vor allem den von Pfeffer. Die Katzen müssen davon niesen.

Anne und Margot gehen nicht gerne hier runter, sie finden es unheimlich. Das ist gut, denn dadurch habe ich alles für mich allein. Es dauert eine Weile, bis die Augen sich an die Dunkelheit gewöhnt haben, aber dann ist es schön. Und es ist still. Nur ich und der schnurrende Moffie, das gefällt mir.

Ich spiele mit Moffie, knie mich im weitgehend Finsteren hin und halte in einer meiner Hände eine Bohne hinter den Rücken.

»Rate mal!«, flüstere ich und zeige Moffie beide Hände. Er streckt den Kopf vor und schnuppert an meinen Händen. Seine Schnurrhaare kitzeln. Er setzt sich hin und schaut und dann hebt er behutsam eine Pfote und berührt meine linke Hand. Ich drehe sie um. Öffne sie. Die Bohne liegt darin. »Schlauer Moffie!«, flüstere ich und wir nicken einander zu und beginnen von vorn. Ich verstecke die Bohne hinter meinem Rücken, nehme die Hände nach vorn, aber plötzlich will Moffie nicht mehr spielen – er dreht den Kopf weg.

»He!«, flüstere ich. »Ist da eine Maus?« Aber er gibt keine Antwort, sondern schleicht nur zur Eingangstür und wieder zurück. Dann presst er seinen Kopf fest gegen meine Knie.

»Was ist?« Ich kraule seinen Kopf. Sein Schädel fühlt sich unter dem Fell ganz klein an. Das gefällt mir nicht. Er drückt und drängt sich gegen meine Hände. Ich knie nieder und schau ihm in die Augen. »Was ist denn?« Doch er wendet den Kopf von mir ab und pirscht wieder zur Tür … Ein Krachen durchschneidet die Luft.

Ich fahre zusammen. Ich springe auf und starre in die Dunkelheit, mein Herz klopft laut. Was war das? An laute Geräusche bin ich nicht gewöhnt. Für den Bruchteil von

Sekunden kann ich mir keinen Reim darauf machen, was vor sich geht. Dann beginnt mein Verstand zu arbeiten, rasend schnell. Im Magazin ist eine Tonne umgefallen. Jemand muss da drin sein. Moffie hat versucht, mir zu sagen, dass jemand dort ist. Hat man mich gehört? Weiß jemand, dass ich hier bin? War ich leise genug? Moffie starrt mich an. Ich starre zurück.

Ich verharre mucksmäuschenstill. Ich sehe, wie sich der Türknauf dreht. Er dreht sich einmal ganz herum, dann wird heftig an der Tür gerüttelt. Ich weiche zurück.

Wer ist das? Wenn es Nazi-Sympathisanten wären oder die Grüne Polizei, würden sie doch wohl einfach hereinkommen, oder? Es müssen Diebe sein. Mit Dieben können wir verhandeln. Oder nicht? Die Menschen hungern. Wie hoch ist der Preis für acht Juden? Ich weiß es nicht. Ich weiß überhaupt nicht viel.

Ich sehe, wie Moffie zur Tür spaziert, daran kratzt und ein lautes Miau von sich gibt.

Ich drehe um und ergreife die Flucht.

Schnell und leise husche ich die Stufen hinauf. Es kommt mir vor, als bräuchte ich eine Ewigkeit.

Die Franks sind in ihrem Wohn-Schlafzimmer. Ich spreche flüsternd mit Herrn Frank. Anne merkt sofort, was los ist, und fängt an zu zittern. Sie wird blass und Margot legt rasch einen Arm um sie. Herr Frank erhebt sich geschwind und wir gehen hinunter. Vor dem Privatbüro bleibt er stehen und warnt Mutti, sie soll das Radio ausstellen und nach oben gehen. Sie sieht mich an und will mich umarmen, bis sie die Warnung in meinem Blick sieht – und sie lässt ihre Hand wieder herabsinken.

»Bereit?«, flüstert Herr Frank. Ich nicke, stolz, dass er mich nicht weggeschickt hat, nicht erst nach Vater gesucht hat. Wir schleichen die Stufen hinunter und warten am unteren Ende, lauschend. Mir wird klar, dass wir keine Waffen haben, nichts außer unseren Fäusten. Ich hebe meine Hände. Es ist vollkommen finster. Wir stehen da und hören einander atmen. Sonst gibt es kein Geräusch, gar nichts.

Dann knallt eine Tür.

Peng! Und noch eine. Peng! Wie ein Gewehrschuss. Herr Frank flüstert: »Ich gehe nach oben, um die anderen zu warnen!«, und verschwindet. Ich bin allein.

Mit erhobenen Fäusten mache ich einen Schritt nach vorn, aber nichts geschieht, also folge ich Herrn Frank. Pfeffer ist in seinem Zimmer. In dem Raum, den er mit Anne teilt. »Nach oben!«, sage ich. Es klingt barsch und unhöflich.

»Wie kannst du es wagen, so mit mir zu reden, du junger ...«

Ich gehe zu ihm hin, mein Herz schlägt rasend schnell vor Furcht. Ich packe ihn am Hemd, unterhalb vom Hals. Ich packe ihn zu fest. Vielleicht, weil ich Angst habe. Vielleicht auch nicht.

»Es sind Leute im Magazin! Gehen Sie nach oben, sofort!«, zische ich ihn an. Er wedelt mit den Händen. Mir wird klar, dass er nicht vom Fleck kann, bevor ich ihn nicht loslasse. Er rennt die Treppe hinauf. Mit Gepolter. Idiot.

Ich folge ihm.

Leise.

Alle außer Vater sind im Wohnraum der Franks. Einer nach dem anderen schleichen wir hinauf in die Küche – und warten. Lauschen. Vater hustet. Margot holt ihm irgendeine Medizin. Sie ist flink und ruhig und tapfer. Wir warten. Anne zittert immer noch. Bleich und ausnahmsweise still.

»Alles in Ordnung mit dir?«, flüstere ich.

»Als ich gehört habe, wie du die Treppe wieder heraufgekommen bist«, sagt sie, »ich … ich … wusste nicht, dass … ich meine, ich war mir nicht sicher, dass du es bist, mit Vater … ich dachte, es wäre vielleicht …«

»Pst!«, flüstert Margot. »Nicht jetzt, Anne!«

Wir alle wissen, was sie gedacht hat. Dass sie es sind, die uns holen kommen. Papi hustet wieder. Dann entschuldigt er sich. Dann hustet er. Dann wird er rot vor lauter Bemühen, nicht zu husten. Dann entschuldigt er sich. Und dann hustet er wieder – bis ich ihn am liebsten erwürgen würde.

»Hast du das Radio ausgeschaltet?«, flüstere ich Mutti zu. Sie nickt, aber Anne hört mich.

»Das Radio ist noch dort!«, ruft sie. »Was, wenn der Luftschutzwart vorbeikommt und das Gebäude durchsucht!«, flüstert sie entsetzt. »Dann sieht er acht Stühle um ein illegales Radio stehen, das auf den englischen Sender eingestellt ist … und dann …«

»Anne! Pst! Da können wir im Moment nichts machen!«, wispert Margot. Ich sehe zu ihr auf. Sonst ist sie so still, aber nun, wo die Lage verzweifelt ist, ist sie tapfer und ruhig, und Anne ist diejenige, die zusammenbricht.

Herr Frank steht auf. »Ich gehe nachsehen, was da unten los ist.« Ich stehe mit ihm auf. Vater ebenfalls.

Wir warten einen Moment, ob Pfeffer uns begleitet, aber der bleibt bei den Frauen sitzen. Ich greife nach einem Hammer. Vater zieht Hose und Mantel an und holt einen Meißel hervor. Herr Frank nimmt nichts mit. Wir gehen hinunter ins Dunkle und warten.

Nichts.

Nicht ein Laut ist zu hören.

»Sie müssen gegangen sein«, flüstert Vater.

Wir schleichen ins Privatbüro zurück und stellen die Stühle wieder an ihren Platz, verstecken das Radio und hoffen, dass kein Schutzmann den Einbruch bemerkt und nach dem Rechten sieht. Wir gehen wieder nach oben und warten.

Das ist alles, was wir je tun.

Warten.

Ich verstecke den Hammer unter meinem Bett, nur für alle Fälle.

Sobald ich einschlafe, fangen die Träume an. Männer mit glänzenden Helmen wie Insekten krabbeln von den Wänden. Die ganze Nacht über wache ich immer wieder auf, lausche, warte. Träume.

Beim Frühstück sind wir alle so müde, dass wir kaum sprechen können – außer Anne natürlich!

»Habt ihr letzte Nacht auf die Glocken gehört?«, fragt sie. »Ich habe die ganze Nacht lang die Ohren gespitzt, aber sie haben nicht geläutet. Ich frage mich, wo sie geblieben sind?«

»Aha, das hat mich also so gestört!«, sagt Mutti und klatscht sich auf den Schenkel.

»Ach!«, sagt Vater. »Mit diesen Kirchenglocken ist es wie mit Kindern. Erst plagen sie einen, und dann gewöhnt man sich so daran, dass man ohne sie nicht mehr leben kann!«

Alle lächeln.

»Hm, und ich dachte doch glatt, ich hätte nicht schlafen können, weil bei uns eingebrochen wurde!«, sagt Frau Frank trocken und versteckt sich hinter der Zeitung vom Vortag.

»Glocken, was denn für Glocken?«, fragt Mutti. »Ich habe noch nie irgendwelche Glocken gehört.«

Frau Frank lacht. »Also wirklich, Auguste, wir wissen alle, dass du nur Scherze machst!«

»Man nennt es ein Carillon«, sagt Margot plötzlich. »Das kommt aus dem Französischen, ihr wisst schon, wenn die Glocken eine Tonfolge läuten. Man nennt es ein Carillon, ein Glockenspiel. Ist das nicht hübsch?« Sie stockt und wird rot.

»Das ist schön!«, sage ich. Ich flüstere das Wort vor mich hin. Carillon.

»Also«, sagt Anne, »die Glocken läuten nicht mehr. Ich frage mich, warum?« Dann erfindet sie eine Geschichte, einfach so aus dem Stegreif, die davon handelt, wie die Glocken genug haben und sich weigern, für die Nazis zu läuten.

»Erst an dem Tag, an dem alle Juden befreit werden, läuten sie wieder!«, sagt sie und nimmt noch einen Happen von dem, was wir dieser Tage als Essen bezeichnen.

»Was schaust du so?«, fragt sie.

»Wie machst du das?«, frage ich zurück.

»Mach ich was?«

»So aus dem Stegreif etwas erfinden?«

Sie zuckt die Achseln. »Wie schaffst du es, hinunterzugehen, wenn du glaubst, es wäre vielleicht ein Einbrecher dort? Ich könnte das nicht!«

»Hm«, meint Herr Frank lächelnd, »Gott sei Dank sind wir alle verschieden.«

»Nun, wenn wir es nicht wären, gäbe es keinen Krieg!«, sagt Mutti.

Schweigend denken wir einen Moment lang darüber nach – und dann fangen wir aus irgendeinem Grund alle an zu lachen.

Es gefällt mir, wenn das passiert.

27. März 1943 –

Warum muss ich Englisch lernen? Würden die Briten oder Amerikaner mich töten, wenn ich ihnen auf Holländisch danke? Und Französisch, wozu? Ich meine, ich mag, wie es klingt. Es gefällt mir, die Worte zu sprechen, aber es interessiert mich nicht wirklich, was sie bedeuten. Ich spreche bereits Niederländisch und Deutsch, genügt das nicht?

Répondez, s'il vous plaît. So heißt RSVP in Langschrift – das bedeutet: Schicken Sie bitte eine Antwort. Margot und Anne haben Kurzschrift gelernt. Sie schieben einander darin geschriebene Briefchen zu, lesen sie und kichern. Es geht mir *unheimlich* auf die Nerven.

»Wenigstens lernen sie etwas!«, sagt Frau Frank und wirft mir einen Blick zu, der so stechend ist wie ihre Nadeln.

»Unhöflich zu sein, wie man sieht!«, schnappt Mutti. »Ich frage mich, woher sie das haben.«

Ich stehe auf.

»Was meinst du, Peter?«, fragt Anne. »Ärgert es dich, wenn wir Zettelchen schreiben? *RSVP, tout de suite!*«

»Wollt ihr mich bitte entschuldigen?«, sage ich und gehe.

»*Il répond, ça c'est vrai!*«, stellt Anne lachend fest.

»*Oui, avec ses pieds!*«, antwortet Margot mit einem Lächeln.

Ich sage nichts dazu. Ich weiß nicht, worüber sie sprechen. Vielleicht riechen meine Füße – *pieds* sind doch die Füße, oder?

Ich stehe auf dem Dachboden. Ich zwinge mich, tief und langsam zu atmen, und versuche mich nicht zu ärgern. Ich schaue in den Baum hinauf, er ist voller Knospen. Ich wünschte, ich könnte den Arm ausstrecken und sie berühren. Ich wünschte, ich hätte eine Handvoll davon. Ich wünschte, ich säße in den Ästen des Baumes und würde mit den Beinen in der Luft baumeln. Mit Liese.

Ich habe so viele Wünsche.

Doch keiner davon wird wahr werden.

Manchmal wünschte ich, Anne würde in einer Rauchwolke verschwinden.

Und dann habe ich ein schlechtes Gewissen, dass ich mir das wünsche, denn wir *verschwinden* ja wirklich. In einem fort. Gerade haben wir gehört, dass alle Juden die von den Deutschen besetzten Gebiete verlassen müssen. Vom ersten Mai bis zum ersten Juni werden die Bezirke Nordholland und Südholland gesäubert.

»*We are to be routed out by Herrn Rauter!*[8]«, sagt Herr Frank auf Englisch. Anne lacht, als ob sie den Witz verstanden hätte. Vielleicht ist es auch so und vielleicht ist sie so klug, dass sie es schafft, sich zu retten.

Aber wie säubern sie uns? Das hat Anne gefragt und

[8] Hanns Albin Rauter war ein hochrangiger SS- und Polizeiführer in den besetzten Niederlanden.

ich möchte es auch gerne wissen. Bei Säuberung denke ich an Ameisenhaufen und Gift. Und dann überkommt mich der Wunsch, Stiefel anzuziehen und alle Nazis wie Käfer unter meinen Füßen zu zerquetschen. Ist es das, was Herr Frank meint, wenn er sagt, ich sollte mich nicht von ihrem Hass anstecken lassen? Bin ich dann genauso schlimm, wie sie es sind?

Ich greife hinter die Dachsparren und ziehe eine von Papis Zigaretten hervor. Ich zünde sie an. Von dem Rauch muss ich husten.

»Alles in Ordnung?«, fragt Margot. Sie erscheint so lautlos, dass ich zusammenzucke. Ich habe sie nicht kommen hören.

»Säuberung«, flüstere ich. So ist es mit Margot. Sie ist so still, dass du einfach weiterdenken kannst. »Sie säubern uns wie Kakerlaken.«

»Wir *sind* Kakerlaken – in ihren Augen«, sagt sie. Aber selbst das sagt sie ganz ruhig, wie man eine Tatsache feststellt, nichts, worüber man sich groß aufregen müsste. Sie sitzt neben mir und beugt sich vor, schnuppert den Rauch.

»Willst du eine?«, frage ich. »Du musst bloß aufpassen, dass du den Rauch nicht einatmest – sonst musst du husten!«

Doch sie schüttelt den Kopf. »Ich wollte nur wissen, wie es ist. Ich mag Zigaretten nicht. Sie stinken.«

Wir schweigen eine Weile.

»Wenigstens sind die Holländer noch immer auf unserer Seite«, flüstert sie.

Ich nicke. Vor ein paar Tagen haben sich holländische

Widerstandskämpfer als deutsche Offiziere verkleidet und das Arbeitsamt in die Luft gesprengt! Und noch besser: Als die Feuerwehrleute kamen, haben sie mit ihren Schläuchen nicht nur das Feuer gelöscht, sondern das Wasser absichtlich weiterlaufen lassen und somit alles überflutet. Auf diese Weise sind nun sämtliche Akten vernichtet. Wir sehen einander an und schmunzeln.

»Wir sind keine Kakerlaken, Margot, oder?« Ich weiß nicht, warum ich sie das frage, die Worte kommen einfach so.

»Nein, Peter«, sagt sie, »aber sie wollen, dass wir uns so fühlen, und wenn sie das schaffen, dann haben sie gewonnen.«

Ich sehe sie erstaunt an. Ich glaube nicht, dass ich sie je so viel und so leidenschaftlich habe reden hören. Sie wird rot.

»Das sagt Vater zumindest«, fügt sie rasch hinzu und dann wendet sie sich ab.

»Peter, wo, glaubst du, schicken sie uns hin?«, fragt sie auf einmal. Sie schaut mich nicht an und wartet auch keine Antwort ab, bevor sie die nächste Frage stellt. »Und was, glaubst du, machen sie mit uns?«

Ich antworte nicht. Ich werfe ihr einen Blick zu, einen kurzen Blick. Ihre Brille funkelt im Licht. Ich schaue weg. Fragen zu stellen ist wie über glühende Kohlen zu laufen. Ich schaue nach oben zu den Knospen im Baum. Ich sehe Margot nicht an.

»Ich weiß nicht«, flüstere ich, »aber ich schätze … ich glaube, säubern heißt ausmerzen, vernichten … es heißt töten. Vermute ich.«

»Aber warum?«, wispert sie.

Ich schüttele den Kopf. »Dein Vater sagt, sie sind so voller Hass auf sich selbst, dass sie ihn irgendwie loswerden müssen!«

»Peter!«, schreit sie im Flüsterton und ich merke, dass meine Finger verbrennen. Ich lasse die Zigarette fallen. Ich hatte vergessen, dass sie noch in meiner Hand war.

»Schnell!«, sagt sie. Wir zertreten sie, wieder und wieder, bis kein einziger Funke mehr übrig ist.

»Stell dir nur vor!«, ist alles, was Margot sagt. Und das tun wir. Wir wissen beide, wenn das Gebäude Feuer finge, würden wir hinausgescheucht wie Tiere – oder würden verbrennen. Wir wissen beide, wie gefangen wir sind. Wie hilflos.

Margot ringt sich ein Lächeln ab und wendet sich dann zum Gehen. Ich habe ihre Frage nicht beantwortet. Die Frage, die wir uns alle stellen, wieder und wieder, aber nie laut aussprechen. Außer Anne.

»Margot?«

Sie schaut auf.

»Ich ... ich weiß nicht, warum wir ...«, sage ich.

Sie schüttelt den Kopf. »Ich auch nicht, aber manchmal ...« Sie hält inne.

»Was, Margot?«

Sie sitzt auf dem Treppenabsatz und legt das Kinn in die Hände. Ich warte.

»Manchmal bin ich im Grunde froh, dass nicht nur wir betroffen sind«, sagt sie. »Ich meine, dass es noch andere gibt. Dass sie jeden hassen, der nicht genauso ist wie sie, es ... ach, ich weiß nicht!«

»Ich auch nicht!«

»Findest du, ich bin deshalb böse?«, fragt sie. »Ich meine, weil ich froh bin, dass auch andere Leute leiden?«

Ich lache. »Du, Margot? Böse? Du bist der liebste Mensch, den es je auf der Welt gegeben hat!«

»Oh!«, sagt sie. »Ich ... du ...?«

»Margot, du könntest gar nicht böse sein, selbst wenn du es wolltest!«

»Ich glaube schon«, sagt sie langsam, nachdenklich, als ob es etwas wäre, was sie einmal ausprobieren sollte.

Ich muss lachen. »Nicht, wenn du so lange darüber nachdenken musst!«

Auf einmal lächelt sie. »Vielleicht hast du Recht!«

»Bestimmt!«

»Nun denn, Zeit für meine Lektüre!« Und sie geht die steile Treppe hinab. Ich beobachte sie. Sie geht langsam. Sie geht vorsichtig, wie um keinen Lärm zu machen. Sie tut es, damit ihr nichts passiert. Sie tut es, um weder sich selbst noch sonst einen von uns in Gefahr zu bringen. So leben wir – und manchmal weckt es in uns das Bedürfnis, laut zu schreien. Manchmal weckt es in mir den Wunsch, Leute unter meinen Stiefeln zu zerquetschen.

Ich zermalme den Rest des Zigarettenstummels unter meinem Absatz zu Staub. Ich zermalme ihn, bis nichts mehr übrig ist. Ich hebe die Krümel auf und blase sie restlos fort. Und dann drehe ich mich um und folge Margot die Treppe hinab.

In dieser Nacht träume ich, ich bin ein Fuß – ein riesengroßer Fuß, der auf Soldaten tritt. Ich fühle, wie ihre

Helme unter meinen Stiefeln zerdrückt werden wie die Panzer von Käfern. Der Boden ist glitschig und rot. Ich springe in Blut – wie in Pfützen. Und mit jedem Schritt steigt ein Wort auf: Hass ... Hass ... Hass ... Hass, in einer Rauchwolke, die wabernd ihre Form verändert, und sosehr ich auch versuche sie zu zertrampeln, entweicht sie mir doch.

Plötzlich werde ich im Finstern wach. Ich reiße die Augen weit auf und warte, dass ein Fünkchen Licht zu ihnen dringt.

Nichts.

Ich lausche auf die Glocken, um mit ihrer Hilfe abzuschätzen, wie viele Stunden es noch dunkel bleibt.

Sie sind nicht mehr da.

Die Welt ist still.

Und ich bin voller Zorn.

Soll uns denn nichts, rein gar nichts bleiben? Bin ich denn nicht mehr als das?

Nur ein Loch in der Stille?

Junge, du wusstest es. Du hast es immer gewusst.
Irgendwie hast du es selbst damals schon gespürt.
Die Angst.
Davor, dass sie Erfolg haben und uns vom Erdboden tilgen könnten.
Unsere Geschichte ebenso mühelos ausgelöscht wie unsere Häuser geräumt.
Dennoch ist es kaum zu glauben, dass ich einst dein Leben lebte.
Warst du wirklich einmal ich?
Und ich war du?

Dezember 1943 –

Ich bin schon zu lange hier. Manchmal kommt es mir vor, als wäre mein früheres Leben nur ein Traum gewesen. Manchmal kommt es mir vor, als könnte jeder Gedanke an irgendeine Zukunft nur ein Traum sein, obwohl ich das natürlich nicht ausspreche.

Draußen ist der Himmel blau und kalt. Die Äste des Kastanienbaumes sind wieder kahl, außer hoch oben auf der linken Seite, wo sich ein paar braune, zusammengerollte Blätter an einen Zweig klammern. Anne und ich schließen Wetten ab. Sie sagt, sie werden den ganzen Winter lang dort hängen und im Frühjahr noch da sein, bis sie von neuen Blättern abgestoßen werden. Ich sage, der Wind wird sie bis zum Februar fortwehen.

Ich hoffe, sie hat Recht.

Ich suche nach der Menora. Ich krame sie aus einer Schachtel hervor. Ein ganzes Jahr ist vergangen, seit ich sie gemacht habe. Manchmal war es sonnig, manchmal warm, manchmal kalt. Manchmal heiter, manchmal traurig, manchmal nervenaufreibend und manchmal langweilig.

Langsam wische ich den Staub von den Kerzenhaltern und betrachte die Symbole, die ich geschnitzt habe.

Ein ganzes Jahr.

Ich bin jetzt siebzehn. Siebzehn. Ich habe noch nie mit einem Mädchen geschlafen – oder nur in meinen Träumen. In meinen Träumen erinnere ich mich an Liese in allen Einzelheiten: die Kurve ihrer Taille und das Gewicht ihrer Brüste, ihre pfirsichweiche Haut und das Leuchten in ihren Augen.

In Wirklichkeit weiß ich gar nichts.

Ich halte die Menora in meiner Hand. Ich frage mich, was aus meinen Gebeten geworden ist. Wo sind sie hin?

So viele von uns sind verschwunden. Wir versuchen, nicht darüber nachzudenken, nicht darüber zu reden. Wir leben. Wir machen weiter. Wir harren aus wie die braunen Blätter an dem Baum.

Ein ganzes Jahr ist vergangen. Ich hätte nie gedacht, dass ich 1944 noch hier bin.

Ich stand auf dem Dachboden und habe einen Luftkampf beobachtet, sah Bomben fallen und Feuer ausbrechen. Im Herbst sah ich die Gänse aufbrechen. Jeden Morgen hörte ich sie über den Anbau hinwegfliegen. Sie flogen rufend an den Fenstern vorbei, flogen der Sonne entgegen.

Draußen.

Margot kam und wir beobachteten sie gemeinsam. Meistens konnten wir sie nur morgens hören, doch eines Tages flogen sie genau über unsere Köpfe hinweg, direkt über uns. Zwölf Gänse zogen in einer Formation wie ein langer offener Flügel vorbei – und verschwanden in der Ferne als eine dunkle Linie am Himmel.

»Es ist wie ein Wunder«, sagte Margot.

»Was denn?«, fragte ich.

»Dass sie immer noch dazu im Stande sind. Dass sie immer noch wegfliegen können.«

Und so ist es. Ich weiß, was sie meint. Wenn man so eingesperrt ist, wie wir es sind, scheint es wie ein Wunder, dass in der Welt da draußen das Leben weitergeht. Es ist eigenartig, dass immer noch Blumen wachsen oder dass Miep hinausgehen und zurückkommen kann. Denn unsere Welt hat aufgehört sich zu drehen. Sie steht still. Man kann am Leben sein und man kann lebendig sein. Wir sind am Leben. Vielleicht werden wir eines Tages wieder lebendig sein.

»Ach, leben!«, sagt Papi. »Eines schönen Tages vielleicht wieder.«

Wir sind alle noch hier, alle acht. So wie die Gänse noch immer fliegen können – auch das ist ein Wunder.

Es fällt schwer, an Wunder zu glauben. Es ist leichter, einfach mit dem Alltäglichen fortzufahren, mit Sachen, von denen ich weiß, dass sie machbar sind. Ich habe mich wirklich sehr um Zuversicht bemüht, aber ich glaube, jemand wie ich braucht richtige frische Luft von draußen, um nicht zu verzagen.

Ich kann nicht an einen Gott glauben, der dies zulässt. Ich werde nicht an einen Gott glauben, der sagt, die Juden sind sein auserwähltes Volk.

Ich will niemanden verletzen und ich will nicht überzeugt werden. Ich kann nicht glauben, dass Jude zu sein besser oder schlechter ist als irgendetwas anderes, und wenn Gott Unterschiede macht, wie kann er dann irgendwie besser sein als wir? Denn das ist ja schließlich dasselbe, was *sie* tun, nicht wahr? Nur dass *sie* beschließen, uns am meisten zu hassen, so wie Gott beschließt, uns am meisten zu lieben.

Entweder sind beide im Recht oder beide sind im Unrecht.

Und wir sind auch nur Menschen – daran muss ich immer denken. Wir sind auch nur Menschen, so wie all jene, die am Haus vorbeigehen und nie daran hinaufsehen, nie erfahren, dass wir hier oben sind und darauf warten, dass unsere Welt einen neuen Anfang nimmt.

Ich verstehe es nicht.

Nach wie vor liebe ich die Kerzen. Und ich werde auch nach wie vor das Gebet sprechen. Ich will niemanden wissen lassen, wie ich empfinde. Ich will nicht darüber reden.

Dieses Jahr werde ich an jeden von uns denken und an das, was uns geblieben ist.

An Margot, von der ich manchmal glaube, ich könnte sie lieben.

An Anne und ihre Augen, die immer noch glänzen können.

An Mutti: albern und wunderbar und lästig und lieb.

An Papi mit seinen Witzen und seinem Jähzorn und seinem Bemühen, mich zum Mann werden zu lassen.

Ich will versuchen, mich an all die Dinge zu erinnern, die ich einst kannte und nun vergessen habe, etwa, wie es ist, ohne Angst laut aufzulachen.

Oder wie einem nach einem langen Spaziergang die Beine wehtun können.

Oder aussuchen, was man essen möchte!

Oder das Recht haben, die Schule zu hassen, anstatt sich nach ihr zu sehnen.

Manchmal, selbst jetzt noch, wache ich auf und drehe mich um in der Erwartung, dass Mutti die Treppe heraufruft, ich solle mich für die Schule fertig machen. Dann öffne ich die Augen und sehe die Wände und es fällt mir wieder ein.

Dass ich hier bin.

Darum würde ich beten, wenn ich glaubte, dass es etwas bewirkt: am Morgen aufzustehen und auf dem Weg zum Lyzeum die Zuider Amstellaan entlangzugehen. In meiner Vorstellung wäre es Herbst. Auf den Grachten würde das Laub treiben. Die Sonne würde scheinen. Die Welt wäre golden und ein Freund würde rufen: »He! Van Pels!« Ich würde meine Hand heben und winken.

»Wir sehen uns nachher im Oasis!«, und ich würde nicken und weitergehen.

Das ist er! Das ist mein Traum. Mein Traum von einer Außenwelt, in der ich jeden Tag so leben könnte, als wäre er nichts Besonderes – einfach nur irgendein Tag.

»Peter!« Ich drehe mich um. Papi steht da.

»Wenn du nicht endlich mit dieser Menora herunterkommst, wird dir deine Mutter Feuer unterm Hintern machen!« Er kommt und stellt sich vor mich. Gemeinsam sehen wir aus dem Fenster. Bald wird es dunkel. Es ist tiefer Winter. Dunkel ist es immer im Hinterhaus, aber im Winter ist es irgendwie schlimmer – kalt und feucht. Nicht einmal Anne versucht mehr, so lustig und vergnügt zu sein wie sonst.

Papi lächelt und fährt mit dem Finger über die zum Trocknen aufgehängte Wäsche. Die Kleider sind alt und abgetragen. Frau Frank verdirbt sich beim Nähen im schwachen Licht die Augen, aber die Löcher werden trotzdem immer größer. Wir haben alle unsere Aufgaben: Herr Frank kümmert sich um unseren Verstand und Frau Frank kümmert sich um unsere Kleider. Mutti kümmert sich um unser leibliches Wohl und Papi repariert Dinge und bringt uns mit seinen Witzen zum Stöhnen und Schmunzeln.

Allerdings wünschte ich, es würden nicht alle immer so viel streiten.

»Weißt du noch, wie Anne all ihre Papiere zum Trocknen aufgehängt hat?«, fragt er.

Ich nicke.

»Maria de Medici neben Karl V. – welch schändliche Vermischung der Religionen!«[9]

Ich grinse, verglichen mit anderen ist das einer seiner besseren Witze, aber mit der Zeit nutzen sie sich alle ab.

»Ach«, sagt er und hält ein zerlöchertes Hemdchen zwischen den Fingern. »Sieh dir das an. Ein Jammer! Deine Mutter hat immer so schöne Sachen getragen. So wunderschöne, Petel! Rosa Seide, das hättest du sehen sollen …« Er wendet sich rasch ab und schaut aus dem Fenster. In der Stille fliegt weiß ein Vogel über den Himmel. Vaters Rücken ist ganz gerade, dann lächelt er. Ich kann sein Lächeln nicht sehen, aber ich kann es spüren. Er fängt an, vor sich hin zu flüstern.

Ich rühre mich nicht.

Ich lausche.

[9] Laut Tagebuch passierte dies später.

»Ach, Gusti, du hast so schön ausgesehen. So wunderschön, ich kann's dir gar nicht sagen.« Und dann spricht er laut. »Bahnen von Stoff, Peter! Darin hat man damals die Bräute eingepackt. In Schichten, wie ein Geschenk zum Auspacken für uns. Und alles vom Feinsten! Seide hat sie getragen. Rosa, wie ihre jugendlichen Wangen. Sie hebt sie auf, auch hier noch. Ach, so winzig, ein Taschentuch aus Seide. Weißt du, an dem Abend, als sie erfuhr, dass unser Haus ausgeräumt wurde, hat sie es die ganze Nacht lang in der Hand gehalten. Ein dünnes Stückchen Seide. Ach, was für ein Narr ich doch bin! Da spreche ich mit meinem eigenen Sohn über seine Mutter!«

Ich rühre mich nicht. Ich lächele nicht, ich will, dass er fortfährt und ich will zu ihm sagen: »Weißt du es nicht, Papi? Meinst du, ich würde euch zwei bei Nacht nicht hören?«

Vor allem in der Nacht, als unser Haus ausgeräumt worden war.

Er wendet sich vom Fenster ab, das Hemdchen hängt zerfetzt in seinen Händen. Meint er, ich verstünde ihn nicht? Seine Sorge – seine Sehnsucht nach der Vergangenheit?

Nun, du zumindest hattest eine Vergangenheit, denke ich. *Ich hatte keine, oder zumindest nicht viel davon!*

»Bring jetzt die Menora runter!«, sagt er.

Er dreht sich um und weg ist er.

5. Januar 1944 –

Manchmal verunsichert mich die Art, wie Anne mich ansieht. So ähnlich wie beim Maßnehmen von etwas, wie beim Abmessen von Holz, bevor man den ersten Schnitt ansetzt. Ich bin mir nicht sicher, ob ich diesen Blick mag. Vielleicht ja. Ich weiß es nicht.

Sie ist in meinem Zimmer. Sie stützt die Wange in die Hand und legt den Kopf zur Seite. Ich weiß nicht, wen sie heute darstellt, aber offensichtlich hat sie vor zu bleiben.

Seufzend stehe ich vom Bett auf (der bequemsten Sitzgelegenheit) und setze mich an den Schreibtisch. Ich versuche mit meinem Kreuzworträtsel weiterzumachen, aber sie wippt in einem fort auf dem Bett herum, sieht mir über die Schulter und sagt mir die Antworten vor. Ich trage sie ein.

»Was macht Margot, wenn sie hier ist?«, fragt sie.

»Margot kommt nicht hierher, sie geht auf den Dachboden.«

»Oh!«

Jedes Mal, wenn ich aufblicke, sieht sie mir geradewegs in die Augen. Es ist sonderbar. Vor lauter Bemühen, um sie herumzuschauen, bekomme ich einen Silberblick. Ich seufze. Ich wünschte, es wäre Liese, die da sitzt.

Anne redet. Der Wortschwall nimmt kein Ende. Sie belehrt mich über mein Erröten. Erzählt mir, es würde eines Tages aufhören, dass sie einen Artikel dazu gelesen hat und daher Bescheid weiß. Sie erzählt mir alles darüber. Ich nicke. Ich kann nicht sprechen. Ich nehme ihre Worte gar nicht wirklich wahr. Ich sehe nur Lieses Gesicht vor mir. Die Art, wie ihre Augen immer aufleuchteten, wenn ihr Blick auf mich fiel. Bei Liese bin ich nie rot geworden.

Ich schaue angestrengt auf das Kreuzworträtsel, konzentriere mich, versuche die Lösungen zu finden. Nach einer Weile steht Anne endlich auf. Ich stehe auch auf und verabschiede sie. Merkt sie, wie dringend ich mir wünsche, dass sie endlich geht?

Ich falle aufs Bett. Ich rolle mich zusammen. Ich halte meinen Kopf in den Händen. Doch Lieses Bild will nicht auftauchen. Stattdessen sehe ich immer nur Anne: ihre komischen Haare, ihren seltsamen Blick. Ich ärgere mich – ärgere mich, dass sie in mein Zimmer gekommen ist, ärgere mich, dass ich zu höflich bin, um sie zum Gehen aufzufordern, ärgere mich, dass sie sich zwischen mich und meine Erinnerungen an Liese geschoben hat.

Wo bist du, Liese?

Bist du am Leben oder tot?

Bist du schon irgendwo dort oben und siehst zu mir herunter?

Und dann kommen die Tränen.

Brennend heiß.

24. Januar 1944 –

Anne sagt, sie hat einen Entschluss gefasst: neues Jahr, neue Anne. Heute kam sie zum Mittagessen herauf und hatte die Haare zurückgebunden, so dass vorn ein merkwürdiger Schopf hochstand. Zumindest ragten die Haare eine Zeit lang in die Höhe, bis sie ihr in die Augen fielen.

Margot lächelte mir zu, über den verdorbenen Kohl hinweg (nicht nachdenken, einfach in den Mund nehmen und runterschlucken). Wir reden nichts. Die Eltern reden genug.

»Wer bist du denn heute, Anne? Zeig dich mal von allen Seiten!«, sagt Mutti.

»Das sieht lächerlich aus!«, sagt Frau Frank. »Würdest du dich so auf der Straße blickenlassen?«

Es herrscht Schweigen, doch Anne lacht nur. »Ich würde mich in jeder Aufmachung auf der Straße blickenlassen, wenn ich nur hier rauskönnte!«, faucht sie zurück.

»Anne!«, sagt Herr Frank.

Margot senkt den Kopf und atmet laut aus. Anne stolziert davon. Margot nimmt Annes Teller hoch.

»Stell das hin, Margot«, sagt ihr Vater. Sie sieht ihn durch ihre Brillengläser fragend an. »Setz dich«, sagt er freundlich. Sie setzt sich hin. Er geht und holt Anne, die sich schweigend wieder an den Tisch setzt, bis wir fertig sind, dann räumt sie ab.

»Es gibt überhaupt keinen Grund, warum deine Schwester hinter dir und deinem Getue aufräumen sollte!«, höre ich ihn ihr zuflüstern. Anne nickt und schluckt. Sie hält den Kopf hoch, doch mit ihrem heruntergerutschten Haarschopf sieht sie albern aus.

»Ich helfe!«, sage ich und gemeinsam machen wir den Abwasch. Margot trocknet ab. Es ist erstaunlich, wie leise wir das im Halbdunkel erledigen.

»Du musst nicht mithelfen, Margot!«, sagt Anne, aber Margot antwortet nicht.

»Dich hält doch ohnehin schon jeder für mustergültig und unfehlbar!«, zischt Anne. Margot seufzt.

Anne kichert. »Du hast gedacht, Moffie wäre ein Weibchen, stimmt's, Peter?«

»Lass ihn in Ruhe, Anne!«, sagt Margot.

Ich spüle einen weiteren Teller.

»Hat er aber! Er hat gedacht, Moffie würde Kinder bekommen!«

Ich erröte noch mehr. »Ich hatte nicht nachgeschaut!«, sage ich. »Er hatte einen dicken Bauch.«

»Jeder kann sich mal täuschen, Anne, sogar du!«, murmelt Margot, aber Anne beachtet sie nicht.

»Kannst du Männchen und Weibchen auseinanderhalten? Weißt du, woran man das erkennt?«, fragt sie.

»Hmmm«, sage ich.

»Ihr seid hier nicht unter euch!«, zischt Margot.

»Was du nicht sagst!«, erwidert Anne.

»Ihr Wildkatzen!«, sage ich und werde rot.

Wenn sie Katzen wären, würden sie Buckel machen und die Zähne fletschen. Zumindest Anne täte das. Margot würde einfach nur den Schwanz in die Luft recken und davonspazieren. Und das mache ich auch, sobald wir fertig sind!

»Kommt mit mir nach unten, wenn ihr wollt, und dann zeig ich euch, dass Moffie ein Männchen ist!«, schlage ich vor.

Ich gehe nicht davon aus, dass sie mitkommen, nicht wirklich, aber Anne folgt mir die Treppe hinab. Als wir unten ankommen, ist Moffie nicht da. Ich setze mich an die Wand und wir warten. Reden will ich nicht. Das ist mein Platz, mein stiller Platz. Ich weiß nicht recht, was ich hier mit Anne anfangen soll. Nach einer Weile gehen wir wieder.

Später gehe ich alleine hinunter. Ich versuche in alte Korkfliesen ein Bild zu gravieren. Das ist schön, denn es dauert lange. An beiden Seiten habe ich Vorhänge herausgeschnitten und dazwischen ein Fenster. Ich zeichne das Hausboot auf der anderen Seite der Gracht. Nun, eigentlich kratze ich es heraus. Es ist sehr grob. Ich bin nicht sonderlich gut darin, aber ich mache es gern, denn es braucht Zeit. Alles, was Zeit braucht, ist gut.

Es ist so dunkel in dem Raum, dass ich hauptsächlich nach Gefühl vorgehe, später nehme ich das Bild mit hoch auf den Dachboden und mache die Feinarbeit. Ich höre Schritte, obwohl sie sehr leise sind. Rasch verstecke ich mein Werk und nehme Moffie auf den Arm. Er maunzt und Anne streckt den Kopf zur Tür herein. Sie hat die Haare zurückgebunden, nur ein paar Locken hängen heraus, und sie hat ihren zerlumpten alten Morgenmantel über die Kleider angezogen. Es ist kalt. Manchmal tragen wir fast alles, was wir besitzen – und wenn wir Glück haben, verschwinden die neuen Löcher unter den alten.

»Hallo!«

»Hallo!«

Sie kommt zu Moffie herüber und streckt die Hände aus.

»Was machst du mit ihm?«, fragt sie.

Moffie dreht sich von ihr weg. Ich grabe meine Finger in seinen dicken Pelz und lasse meine Hände über seinen Rücken gleiten, so wie er es mag. Bald beruhigt er sich. Als ich aufschaue, starrt Anne mich an – und meine Hände.

»Was?«, frage ich. Ich wünschte, sie würde weggehen. Ich bin gerne allein im Dunkeln und spüre, wie ein Bild Gestalt annimmt. Ich höre gern, wie Moffie gähnt und umherstreicht.

»Also, woran erkennst du, ob es ein Er ist?«, fragt sie und wird rot.

»Ach so, ja, das sieht man hier!«

Ich drehe Moffie um und zeige es ihr.

»Er ist ein Kater, das sieht man daran, dass er das hier hat.« Ich zeige darauf, das Wort zu sagen, fällt mir schwer.

»Oh!«, sagt Anne. »Und ist das bei Menschen genauso?«

»Ja«, sage ich und sehe Moffie genau an, der sich zappelnd umdrehen will, »aber ohne Fell!«

Wir fangen beide an zu lachen.

Offenbar weiß sie nicht viel. Sie stellt jede Menge Fragen, hauptsächlich dazu, wie man es anstellt, nicht schwanger zu werden. Sie fragt, ob Mutti und Papi nur ein Kind wollten. Es ist schön, zur Abwechslung mal derjenige zu sein, der ein bisschen mehr weiß als sie!

Moffie fängt an, mit der Pfote an meine Hand zu tapsen, er will spielen. Ich verstecke eine Bohne in meiner Hand.

»Peter«, platzt Anne heraus, »Frauen und Männer sind verschieden, nicht wahr?«

»Ja«, sage ich lächelnd. Ich frage mich, was Anne eigentlich wissen will. Wenn sie etwas wissen will, ist sie durch nichts aufzuhalten, nicht einmal, wenn es ihr eindeutig peinlich ist.

Aber dann sagt sie: »Tja, ich weiß, dass man vom männlichen Geschlechtsteil spricht, und ich weiß, wie man bei der Frau dazu sagt, aber wie heißt es beim Mann?«

Ich bin so schockiert, dass ich eine Weile gar nichts sage.

Ich bin schockiert von dem Wort.

Ich bin schockiert, dass sie mich das fragt.

Ich bin schockiert, dass ich mit einem Mädchen über Jungen rede.

»Du weißt alles über die Griechen«, sage ich, »aber darüber nichts?«

»Tja«, sagt sie und lächelt, »man kann nicht alles aus Büchern lernen!«

Ich weiß nicht, was ich sagen soll. Ich will keinen Ärger kriegen. Was wird Herr Frank von mir denken, wenn ich mit seiner Tochter über das Wort Penis spreche? Soll ich mich auf so ein Gespräch überhaupt einlassen?

»Ich werde meine Eltern fragen«, stoße ich hervor. »Schließlich haben sie mehr Erfahrung in diesen Dingen!«

Sie nickt ernsthaft, ohne zu merken, dass das ein Scherz war. Gott sei Dank. Ich möchte nicht, dass Herr Frank denkt, ich verderbe seine Tochter. Auch wenn es eher den Anschein hat, als würde sie mich verderben!

Ich nehme den Schlüssel und steuere auf die Treppe zu.

»*Kannst* du deine Eltern so etwas denn fragen?«, sagt sie.

»Hmm«, brumme ich.

»Es ist nur so, dass ich deine Mutter habe sagen hören, sie hätte mit dir nie über solche Dinge gesprochen!«

»Das hast du gehört?«

»Ich höre vieles«, sagt sie.

»Nun«, ich hole tief Atem, »vielleicht wollte Mutti bloß nicht zu hören bekommen, sie sei ein loses Weibsbild und solle sich unterstehen, ihrem Sohn solche Sachen zu erzählen!«

Ich zeige ihr ein breites Grinsen und renne die Treppe hinauf.

1. Februar 1944 –

Anne sitzt am Küchentisch und kritzelt. Im ersten Moment denke ich, ich könnte vielleicht einen Blick auf das berühmte Tagebuch erhaschen, das sie fortwährend führt, wie sie sagt, aber sie tut nichts anderes, als immer wieder ihren Namen zu schreiben. Sie übt Unterschriften, als würde sie für später üben, wenn sie berühmt ist. Sie stockt und seufzt. Ein schweres Seufzen aus tiefstem Inneren. »Glaubst du, es wird jemals irgendwer von unserem Schicksal erfahren?«, fragt sie, aber leise, denn es ist immer jemand in der Nähe, der zuhören könnte. Und wenn unsere Eltern uns solch eine Frage stellen hören, springen sie darauf an wie eine Katze auf eine Maus und zerpflücken sie in Einzelteile, bis nichts mehr übrig ist, worüber wir überhaupt nur nachdenken *wollten.* Ich setze mich neben sie.

»Ich weiß nicht«, sage ich. »Wen meinst du? Nur uns hier drin oder unsere gesamte Rasse?«

»O nein«, erwidert sie mit angedeutetem Lächeln. »Nur uns, hier drin, im Hinterhaus. Über all die Übrigen nachzudenken, ist einfach zu deprimierend.« Sie flüstert. Noch nie zuvor war mir aufgefallen, dass Flüstern etwas so Vertrauliches ist.

»Es ist ja nicht für immer«, sage ich. »Hoffentlich!«

»Nein?«, fragt sie und sieht traurig aus. Traurig und dünn und müde und jung. Und die dunklen Ringe unter ihren Augen wirken noch dunkler. Ich wuschele ihr durchs Haar. Ich weiß nicht, warum, ich habe einfach das Gefühl, dass sie Trost braucht. Sie lächelt mich an.

Ich betrachte das Heft und sie klappt es rasch zu. Aha, das muss das Tagebuch sein! Ich schaue weg.

»Manchmal«, sage ich, »betrachte ich etwas, das ich gemacht habe, und frage mich, ob es wohl noch da sein wird, wenn ich nicht mehr bin.« Ich weiß nicht, ob es das ist, was sie meint, aber etwas Besseres fällt mir nicht ein.

»Das ist etwas anderes«, wispert sie.

»Anders als was?«

»Als Worte und Geschichten und Ideen.«

Mir fällt auf, dass unsere Köpfe sich beinah berühren. Ich strecke die Hand nach dem Tagebuch aus, streiche darüber. Sie hält mich nicht davon ab.

»Aber auch das ist ein Gegenstand, nicht wahr?«, frage ich. »Ich meine, deine Worte, die werden immer noch da sein, nicht wahr, selbst wenn wir … wenn wir nicht mehr sind?«, bringe ich heraus.

»Sie haben Bücher verbrannt«, flüstert sie. »Sie haben sie verbrannt, stapelweise. In rauen Mengen.«

Ich nicke. »Ich weiß, Anne, aber es ist so, wie dein Vater sagt: Gedanken können sie nicht verbrennen. Jedenfalls nicht alle.« Sie nickt erneut. Und dann hebt sie den Kopf und schaut mir in die Augen.

»Warum sagst du immer so wenig, Peter?«, fragt sie.

Ich lächele. Ob eigentlich jemals *keine* Fragen aus Anne Franks Mund strömen?

»Na, du siehst doch, was dabei herauskommt! Ich gerate nur ins Stocken und werde rot oder sage etwas Unpassendes. Überhaupt, die meiste Zeit über wünschte ich nur, ich wäre noch immer zwei Jahre alt und könnte jemanden boxen, anstatt zu reden!«

»Wie Pfeffer?«, fragt sie.

Ich nicke. Der regt mich auf.

»Ich rede *zu* viel!«, sagt sie.

Und weil es sonst nicht viel anderes zu tun gibt und weil ich das Gefühl habe, dass sie es sich wünscht, versuche ich mit ihr zu reden. Ich rede, so wie ich Mouschi streichle, um ihn zu beruhigen. Ich rede, weil Annes Blick mich daran erinnert, wie mir zu Mute war, als ich hier ankam, allein und verängstigt und unfähig, über die Situation nachzudenken. Sie kuschelt sich aufs Sofa und schaut mich an und irgendwie wird es dadurch einfacher, denn es kommt ja nicht wirklich darauf an, was ich sage. Anne macht wahrscheinlich sowieso etwas ganz anderes daraus! Das, was sie hören will!

3. Februar 1944 -

Ich wünschte, ich könnte so mit Worten umgehen wie Anne und Margot. Ich wünschte, ich könnte schreiben, statt zu zeichnen. Ich wünschte, ich könnte schildern, wie es sich anfühlt, hier festzusitzen. Eine Lehrerin hat einmal mit uns über Folter gesprochen. Sie hat gesagt, es ist nicht nur der Schmerz, der Qualen verursacht, sondern auch das Wissen darum. Zu wissen, dass der Schmerz kommen wird. Genauso ist es hier. Wir alle wissen, was kommen wird, aber wir müssen so tun, als wüssten wir es nicht.

Wozu sonst das alles?

Wozu weitermachen, wenn man sowieso sterben wird?

Werden wir es schaffen?

Die Frage nagt an uns. Sie frisst uns von innen her auf. Sie ist wie ein nächtliches Kratzen hinter den Wänden. Du willst aus dem Bett springen und dem nachgehen. Du willst die Maus oder Ratte töten, die da kratzt. Aber du willst auch weiterschlafen, im warmen und gemütlichen Bett bleiben.

So tun, als wäre sie gar nicht da.

Aber unsere Eltern können nicht aufhören, sich wegen der Ratte Sorgen zu machen, sie packen sie und schütteln sie zwischen den Zähnen. Wann wird die Invasion kommen? Warum sind die Briten nicht schneller? Werden die Briten kommen oder die Amerikaner? Spielt das eine Rolle für uns? Nein! Was, wenn die Lebensmittel zur Neige gehen? Wie stark sind die Deutschen? Wie lange werden die Holländer Widerstand leisten? Wie hoch ist das Kopfgeld für acht Juden? So geht es in einem fort, Tag für Tag dieselben Fragen, dieselben Diskussionen.

Ohne Ende.

Es sieht wirklich so aus, als käme bald das Ende. Alle glauben, es wird bald kommen. Alle sind aufgeregt. Alle haben Angst.

Ich glaube, die Büroangestellten werden erleichtert sein, wenn wir fort sind.

Und ich werde erleichtert sein, wenn ich Pfeffers Gezappel nicht mehr mit ansehen muss. Er steht auf. Er setzt sich hin. Steht auf. Setzt sich hin. Er zupft an seiner Nase und reibt an seinem Kinn. Wenn ich das sehe, würde ich ihm am liebsten die Finger abschneiden. Ich verlasse den Esstisch, obwohl ich noch hungrig bin. Ich bin immer hungrig. Nur Pfeffer kann mich dazu bringen, vom Essen aufzustehen.

»Peter! Setz dich hin!«

»Entschuldigt mich, ich habe keinen Hunger.«

»Sei nicht ungezogen!«

Ich setze mich. Nicht ich bin hier derjenige, der ungezogen ist. Ich habe nicht bei Tisch den Finger in der Nase. Ich senke den Blick, damit ich ihn nicht sehe.

»Ich finde es unerträglich, wenn Kinder schmollen!«, sagt er.

Ich seufze. Margot wirft mir einen teilnahmsvollen

Blick zu. Anne wirkt einfach nur erleichtert, dass ausnahmsweise mal nicht sie in Schwierigkeiten ist.

Ich denke an meinen Freund Hans. Seit Ewigkeiten habe ich nicht an ihn gedacht. Ich wünschte, er wäre hier. Warum müssen die Franks nur Mädchen haben? Wenn Margot ein Junge wäre, könnten wir auf dem Dachboden Fangen spielen. Hans würde verstehen, was mich an Pfeffer so aufregt. Ich wünschte, *er* säße mir gegenüber und nicht Margot. Ich überlege, wo er jetzt wohl ist. Nein, das überlege ich nicht. Wir haben immer gewitzelt, wir sähen beide so deutsch aus, dass wir glatt der Hitlerjugend beitreten könnten. Vielleicht ist er ein Spion? Könnte ich ein Spion werden, wenn ich hier rauskäme?

Das könnte ich!

Der Gedanke erfüllt mich mit Begeisterung.

Ich könnte gleich jetzt aufstehen, die Treppe hinunter und auf die Straße gehen.

Was würde passieren? Vielleicht gar nichts!

»Darf ich bitte aufstehen?«

»Ja«, antwortet Mutti rasch, bevor irgendwer anders etwas sagen kann. Frau Frank stößt ein scharfes missbilligendes Schnauben aus. Ich gehe in mein Zimmer. Ich kann die anderen natürlich immer noch hören. Sie sind direkt nebenan. Ich liege auf dem Bett und stelle mir vor, ich wäre ein Spion. Ich infiltriere den Nazi-Geheimdienst und sprenge das Arbeitsamt in die Luft. Ein gutes Gefühl.

Bis ich aufstehen muss, um mit Französisch und Englisch anzufangen.

Auf Französisch sagt man nicht »Ich liebe dich«, man sagt: *»Je t'adore.«*

Englisch: *I love you.*

Italienisch: *Te amo.*

Deutsch: *Ich liebe dich.*

Holländisch: *Ik hou van jou.*

Anne und Margot könnten wahrscheinlich auch sagen, wie es auf Latein und Griechisch heißt, und es noch dazu in Stenografie aufschreiben! Na, viel Glück damit. Wie oft verliebt man sich schon in einen antiken römischen oder griechischen Gott?

Wenn ich jemals hier rauskomme, will ich in all diesen Sprachen Liebeserklärungen machen – einem Mädchen aus jedem dieser Länder (außer Deutschland). Oder wenn ich Liese finde, werde ich nur einem Mädchen Liebeserklärungen machen, aber in jeder dieser Sprachen.

Ich habe eine Liste, was ich tun will, wenn ich jemals hier rauskomme.

Ich will Geld verdienen.

Ich will essen, was immer ich mag.

Jeden Tag andere Kleider anziehen.

Einen Trilby-Hut kaufen.

Ich will kein Jude, kein Christ oder sonst etwas sein.

Einfach nur ein Mensch.

Ich will Möbel bauen. Ich will im Meer schwimmen. Ich will Katzen haben. Ich will leben. Ich will Pfeffer oder die Franks nie wiedersehen. Aber jetzt muss ich erst einmal Handelsenglisch lernen. Das ist schrecklich langweilig. Es geht um Verschiffungen, um Zugladungen und so weiter.

Hier ist mein Brief:

Dear Sir/Madam,

I am pleased to inform you that we have requirement of one shipload of prophylactics, as requested. These are for your newly freed Jews.

As you are aware, they are captive for years many now. And the need is quite high up, I believe. Please dispatch, forthwith, the said sum.

Yours faithfully,
Peter van Pels

Die wichtigen geschäftlichen Wendungen muss ich unterstreichen. Diesen Brief habe ich Herrn Frank nicht zur Benotung vorgelegt, auch wenn er für meine Verhältnisse ziemlich gut ist. Vielleicht zeige ich ihn Margot, vielleicht auch nicht.

Manchmal sehe ich sie gern erröten.

13. Februar 1944 -

Pfeffer treibt mich in den Wahnsinn. Er kann nicht stillsitzen. Wir hätten vorher klarstellen sollen: Kommen Sie bitte nicht, um mit uns auf so engem Raum zu leben, wenn Sie es sich nicht verkneifen können, sich zu bewegen. Wir wollen Radio hören, er springt immer wieder auf und fummelt an der Sendereinstellung herum, tut so, als würde der Empfang davon besser, bis ich es nicht mehr aushalte.

»Bitte, können Sie damit nicht einfach aufhören?«, murmele ich.

»Ich höre überhaupt nicht auf!«, sagt er.

»*Anderen* auf die Nerven zu gehen!« Ehe ich mich versehe, sind die Worte heraus. Ich werde rot.

»Ja, Fritz, setz dich hin und lass uns alle in Ruhe zuhören!«, sagt Vater. Mutti wirft ihm einen anerkennenden Blick zu. Ich sehe zu Boden.

14. Februar 1944 -

Ich liege auf dem Dachboden in einem Flecken Sonnenschein. Es ist kalt, kalt und staubig überall um mich her. Zu meiner Linken trocknet die Wäsche. Manchmal hänge ich sie um, nur so aus Spaß. Ich hänge Muttis große Schlüpfer neben Herrn Franks Unterhosen. Das bringt mich zum Schmunzeln. Mutti ärgert sich, wenn die Wäsche durcheinandergerät.

Ich konzentriere mich auf die Sonne in meinem Gesicht. Ich versuche zu vergessen, dass nicht wirklich Sommer ist. Ich stelle mir vor, wir wohnen noch immer in der Zuider Amstellaan nahe dem Merwedeplein und ich mache einen Tagesausflug an den Strand. Neben mir kann ich die Wellen hören und unter mir den Sand spüren. Rings um mich her frische Luft und freier Himmel. Bald werde ich mich aufsetzen und wir machen ein Picknick, und wenn ich wieder zu Hause bin, gehen wir alle ins Oasis, die Eisdiele, wo wir als Kinder immer zusammen hingegangen sind. Anne war ständig dort, sie hätte jeden Tag des Jahres ein Eis spendiert bekommen können! Alle liebten sie. Ein andermal bin ich in Gedanken am Strand in Zaandvoort und manchmal treibe ich einfach im Meer.

Schwerelos.

Anne und Margot spielen gern, sie wären auf dem

Flachdach am Merwedeplein. Anne sagt dann, sie sei mit ihrer Großmutter dort. Margot sagt wie üblich nichts, denkt sich aber ihr Teil. Manchmal sehe ich den beiden zu, sie stecken die Köpfe so dicht zusammen, dass ihre Haare sich ineinander verfangen. Aber heute bin nur ich hier.

»Peter?«

Ich hatte gar nicht bemerkt, dass Anne in der Ecke eine Kiste mit Büchern durchstöbert.

Sie ist so leise, dass ich sie überhaupt nicht gehört habe. In letzter Zeit ist Anne nicht mehr so tollpatschig. Es gab Tage, da konnte sie keinen Raum durchqueren, ohne irgendwo gegenzurennen oder etwas umzuwerfen.

»Hmm«, antworte ich.

Ich öffne die Augen. Nur ein bisschen. Der Kastanienbaum über mir ist vom Licht ganz golden. Die Sonne bildet einen Strahlenkranz um seine braunen Zweige. Im Herbst sind die Blätter golden wie Münzen. Oder braun – und manchmal, aber nicht oft, ist ein rotes dabei. Sie fallen scharenweise vom Baum.

»Ich wünschte, ich könnte das auch«, flüstere ich.

»Was?«, fragt Anne.

»Davonschweben wie die Blätter.«

Ich spüre, wie ihr Kopf neben mir den Boden berührt. Sie muss ihn dort hinlegen. Der Flecken Sonnenlicht ist nur ganz klein.

»Aber dann sterben sie alle, du Dummerjan!«, sagt sie.

Ich schließe die Augen. Ich antworte nicht. Nach dem langen Winter ist der Sonnenschein einfach herrlich. Wundervoll. Wir liegen nur da, es ist schön. Ich wünschte, wir könnten so in der Sonne davonschweben. Wie Blätter. Doch das können wir nicht – und es ist erst Februar, daher ist es trotz gegenseitiger Körperwärme zu kalt, um lange dazuliegen. Wir setzen uns auf.

»Manchmal hasse ich Pfeffer«, höre ich mich sagen.

»So schlimm ist er nicht! Bloß kaum zu ertragen!« Sie lächelt.

»Ich wollte gestern nicht unhöflich sein, ich war nur so … manchmal kommen die falschen Worte heraus und ich …«

»Das kenne ich.«

»Das kennst du nicht, du bist doch nie um Worte verlegen!«

»Und deshalb rede ich manchmal zu viel!«

»Manchmal wünschte ich einfach, ich könnte ihm eine reinhauen. Warum sprichst du nicht mal mit ihm, Anne, dann würde er wenigstens zuhören!« Aber Anne lacht nur.

»Peter«, setzt sie an, »glaubst du wirklich …«

Aber ich will keine Fragen mehr. Ich bin ihrer überdrüssig. Ich will einfach einen Moment ohne Fragen. Ich will nur den Himmel und den Baum und das Gefühl der Sonne auf meinem Gesicht. Und so hebe ich meine Hand zu ihren Lippen und berühre mit der Fingerspitze ihren Mund. Ihre Augen weiten sich. Ihre Lippen fühlen sich unter meinen Fingern weich an, aber trocken – rissig. Unverwandt sieht sie mich an. Ich nehme den Finger weg und sie lächelt.

Und ausnahmsweise sagt sie kein Wort.

Wir beobachten, wie der Fleck Sonnenlicht die Wand

hinaufkriecht und verschwindet. Sie legt den Kopf an meine Schulter. Und ich lege meinen Arm um sie. Sie ist dünn, wie ein Kätzchen. Eine Zeit lang sitzen wir beisammen.

Und es ist schön.

Es tut nicht gut, hier im Lager an solche Sachen zu denken. Wir sind manchmal zu fünft in einer Schlafkoje. Aber da ist keine Wärme. Wir sind allein. Jeder ist für sich. Jeder im Kampf gegen sein Los, um noch eine Stunde durchzuhalten. Noch einen Tag. Noch eine Nacht. Noch ein Leben. Wir kämpfen, indem wir auf anderen stehen. Wir kämpfen, indem wir beisammenstehen. Doch am Ende kämpft jeder für sich allein.
Was sonst kann man tun, wenn der Tod wartet?

16. Februar 1944 –

Am Morgen gehe ich rüber und gebe Margot ihr Geschenk. Es ist ein Türstopper. Das ist als Scherz gedacht. Ich meine, bei uns muss man Türen nicht offen halten, bei uns muss man sie zumachen. Sie schließt die Augen und lächelt. »Danke, Peter!«

»Ist schon gut, ich hoffe … also, ich meine …«

»Dass ich ihn eines Tages brauchen kann?«, fragt sie sanft.

»Ja!«, sage ich erleichtert. Margot scheint immer zu wissen, was ich meine.

Anne spaziert den ganzen Tag lang in meinem Zimmer ein und aus, weil sie auf den Dachboden gehen muss. Erst um Kaffee zu holen und dann für Kartoffeln.

»Ich verwöhne Margot!«, sagt sie. »Was kann ich ihr sonst schon schenken außer meiner Arbeit!«

Ich stehe rasch auf und räume meine Papiere von der Dachbodentreppe. Verstecke die Zeichnungen. Es hat eine Weile gedauert, bis ich es kapiert habe, aber nun bin ich mir sicher. Anne hat beschlossen, sich in mich zu verlieben. Margot war es, die mir den entscheidenden Hinweis gab.

»Anne kommt dauernd in mein Zimmer«, habe ich ihr erzählt.

»Oh!«, hat Margot gesagt. »Wahrscheinlich spielt sie, sie ist Deanna Durbin in einem Sportwagen, die ständig hofft, dass sich nicht *noch* ein Mann in sie verliebt!« Und dann schlägt sie die Hand vor den Mund. »Das war nicht nett«, sagt sie. »Entschuldige.«

»Nein«, antworte ich ihr, »das ist die Erklärung!« Und so ist es. Arme Anne, sitzt in einer engen Kammer mit Peter van Pels und wünscht, sie wäre ein Filmstar!

Ich mache mir nichts vor. Wenn wir nicht in diesem Hinterhaus festsäßen, würde Anne Frank mich keines zweiten Blickes würdigen. Ich erinnere mich an ihren elften Geburtstag. Ich war dreizehn. Ich habe ihr Schokolade geschenkt, und selbst als sie sich bei mir bedankt hat, hat sie über meine Schulter geschaut, um zu sehen, wer gerade zur Tür hereinkommt. Ich weiß nicht, was ich jetzt machen soll.

Es war schön, neulich auf dem Speicher, Arm in Arm miteinander … und es ist schön, jemanden zum Plaudern zu haben. Aber … da gibt es nur *ein* Problem. Mich. Ich weiß nicht, ob ich Annes Ersatzgeliebter sein will!

»Soll ich die Falltür zumachen?«, fragt sie auf dem Weg treppauf.

Ich schüttele den Kopf. »Das mach ich schon. Klopf einfach, wenn du runterwillst!«

Ich glaube, sie hofft, dass ich anbiete, mit ihr nach oben zu gehen, aber ich kann nicht.

Ich weiß nicht, was ich machen soll.

Sie verbringt gute zehn Minuten auf dem Dachboden. Ihr muss eiskalt sein.

Ob sie hofft, dass ich hinaufgehe?

Ich weiß nicht.

Ich sitze da und warte, dass sie herunterkommt.

»Ach«, sagt sie unbekümmert, »ich habe ja Ewigkeiten gebraucht. Kleinere konnte ich nicht finden!«

Ich nehme ihr den Topf ab und sehe hinein. Die Kartoffeln sind alle so groß wie Eier! Sie sind winzig! Ich lächele sie an. Sie bibbert. Ich weiß nicht, was ich sagen soll.

»Die sehen doch prima aus«, stoße ich hervor, doch bei dem hoffnungsvollen Blick in ihren Augen verschlägt es mir gänzlich die Sprache.

Ich wünschte, ich könnte sagen: »Ist schon gut. Keine Sorge. Ich weiß, wie es ist, wenn man sich jemanden zum Liebhaben wünscht. Ich weiß, wie es ist, wenn man sich nach Liebe sehnt.« Doch ich sage gar nichts. Ich sehe sie nur an, und dann ist sie fort.

Als sie wiederkommt, halte ich es nicht mehr aus. Ich versuche sie aufzuhalten. Ich biete an, für sie auf den Dachboden zu gehen und die Kartoffeln zu holen. Wir diskutieren. Sie gewinnt. Ich lasse sie gehen. Ich setze mich an den Schreibtisch und stütze meinen Kopf in die Hände. Ich betrachte die steile Treppe und weiß, dass sie dort oben wartet.

Ich werde nicht hinaufgehen. Ich kann nicht. Ich will nicht.

»Was machst du gerade?«, fragt sie, als sie endlich herunterkommt. Sie wirft ihre Haare zurück, legt den Kopf zur Seite und schenkt mir ein Filmstarlächeln. Ich lächele zurück. Sie setzt sich aufs Bett. Ich bleibe am Schreibtisch.

Ich rede. Ich rede mit ihr über alles Mögliche: darüber,

wie es bei uns zu Hause war, über den Garten, Muttis Kochkünste. Es ist sonderbar. Sie zieht die Worte aus mir heraus. Sie wachsen. Ich rede über den Krieg, ich erzähle ihr sogar, dass ich glaube, Russland und England werden eines Tages zu Feinden werden – es ist unausweichlich, die Unterschiede sind zu groß.

»Und wir Juden, alle meinen, wir sind anders, und das sind wir auch!«, sagt sie.

Ohne nachzudenken, sprudele ich hervor: »Müssen wir aber nicht!«

»Wie meinst du das?«, fragt sie so entsetzt, dass ich wieder rot werde. Ich spreche darüber, wie schwer ich mich mit Worten tue – und dann versuche ich es irgendwie noch einmal.

»Wir könnten doch alles Mögliche sein, oder nicht? Ich meine, ich hätte auch als Christ zur Welt kommen können!«

»Wünschst du dir das?«, fragt sie.

»Nein! Das ist es nicht. Das meine ich nicht. Es ist mehr so, nun ja, warum muss man überhaupt *irgendwas* sein?«

Sie schaut mich entgeistert an. »Wo würdest du denn sonst hingehören?«, fragt sie. »Wofür sollten wir kämpfen, wenn wir alle gleich wären?«

»Wir wären nicht alle gleich! Wir sind beide Juden und sind doch ganz verschieden, oder nicht? Und überhaupt verstehe ich nicht, wieso es wichtig ist, dass irgendwer weiß, ob ich Jude bin oder nicht, zumindest nicht, wenn der Krieg vorbei ist.«

»Aber warum willst du lügen?«, ruft sie.

»Ich meine nicht lügen, sondern …« Aber es ist anders, als wenn ich mir im Stillen etwas ausdenke oder wenn ich mit Mouschi rede. Ich kann es nicht erklären. Mir fehlen die Worte.

»Ach, die Juden werden immer das *auserwählte* Volk sein«, sage ich zornig.

»Tja! Es wäre schön, wenn wir ausnahmsweise mal für etwas Gutes auserwählt wären!«

Sie lacht und der Augenblick ist vorbei. Dann redet sie weiter und es ist schön, ihrer Stimme zu lauschen. Es ist, wie in Zandvoort dem Meer zu lauschen, das über den Sand wispert.

»Hast du Angst, Peter?«, fragt sie auf einmal.

Ich denke darüber nach. Habe ich Angst? Manchmal schon. Bei dem Einbruch hatte ich Angst. Aber meistens habe ich keine Angst. Nicht vor so was. Ich habe eher Angst, nie zu verstehen, wie all dies geschehen konnte – oder warum. Am meisten Angst habe ich vor mir selbst. Vor den Gedanken, die ich habe und mit denen ich nicht umzugehen weiß. Und das sage ich auch.

Aber was weiß ich schon?

Ganz zu Recht hatte ich Angst. Ganz zu Recht.
Wir alle sollten uns davor fürchten, uns selbst kennenzulernen.
Liebende machen diese Erfahrung; sie lernen es auf die sanfte Art. Wir hier, wir haben es auf die harte Art gelernt – und die Erfahrung gemacht, dass unser Körper stärker ist als unser Verstand. Bis zum Tod wird unser Körper um das Leben in ihm kämpfen, ganz gleich, was wir von uns selbst gerne halten möchten.

17. Februar 1944 -

Anne ist jetzt ständig oben in unseren Räumen. Ich höre, wie sie Mutti nebenan etwas vorliest. Ich höre ihre Stimme, aber nicht die Worte. Ich mag den Klang ihrer Stimme, wenn sie liest.

»Erstaunlich!«, sagt Mutti, als sie fertig ist. »Und das hast du dir wirklich alles selbst ausgedacht? Oder war es ein echter Traum von dir?«

»Also«, sagt Anne, »wissen Sie, man nennt das eine Personifizierung! In den griechischen Sagen werden Bäume und Flüsse und alles Mögliche zu Göttern, aber ich habe einfach Ideen daraus gemacht. Und so steht in Evas Traum die Rose für Hochmut und die Glockenblume für Bescheidenheit.«

»Und was hast du aus uns gemacht, Fräulein Schlaumeier?«, fragt Mutti.

Anne fängt erneut an zu lesen. Diesmal lacht Mutti laut auf und auch Anne bricht ab und kichert. Ich frage mich, worüber wohl?

»In dieser Geschichte sind wir van Pels also die Bäuche und ihr Franks seid Köpfe!«, sagt Mutti.

»Oh!«, ruft Anne. »Ich hatte nicht vor ...«

Ich betrete den Raum.

»Ich hör dich gerne lesen«, sage ich.

Diesmal wird sie rot. »Warte kurz!«, sagt sie und rennt nach unten. Mutti sieht mich fragend an. Im Nu ist Anne wieder oben. Wir gehen in mein Zimmer.

»Hör dir das an!« Sie beginnt zu lesen.[10] Sie liest die Worte so fein und klar, dass ich irgendwie merke, es sind ihre eigenen Worte. Dass sie sich diese Geschichte ausgedacht hat. Ich lege den Kopf auf den Tisch und höre zu. Sie erzählt von einem Mädchen, ein Mädchen wie sie selbst, das in einem Garten auf einer Bank sitzt. Ein Junge kommt vorbei. Ich merke, wie mir unter den Armen langsam das Blut ins Gesicht steigt. Ich bin froh, dass mein Kopf verdeckt ist. Der Junge ist siebzehn. Der Junge und das Mädchen beginnen ein Gespräch, die Worte klingen in meinem Kopf.

»Sehe ich so aus, als ob man sich davor fürchten müsste, mich anzusprechen?«, fragt das Mädchen.

»Tja, jetzt, wo ich dich genauer ansehe, eigentlich nicht!«, sagt der Junge.

Sie schreibt über uns. Der Junge in der Geschichte bin ich – oder zumindest glaube ich das. Sie liest weiter. Erlebnisse, Worte, Sachen, die ich gesagt habe – Sachen, die sie gesagt hat, Sachen, die wir gemacht haben. All das hat sie durcheinandergeworfen, zusammengemischt und in die Worte gefasst, die sie nun vorliest. Ich weiß nicht, was ich tun oder sagen soll. Ich halte den Kopf gesenkt. Ich höre weiter zu. Der Junge und das Mädchen sprechen über Gott. Die Fragen, die Zweifel sind meine. Die Antworten und der Glaube sind Annes. Es ist alles schriftlich

10 In Wirklichkeit las Peter die Geschichte selbst.

festgehalten. Gott sei Dank habe ich ihr nichts von meinen wahren Zweifeln erzählt. An Gott selbst.

»Peter?«, fragt sie und ich merke, sie hat aufgehört zu lesen, sie wartet darauf, dass ich etwas sage. Ich hebe den Kopf. Was soll ich sagen? Kann ich ihr die Wahrheit sagen – dass ich mich bestohlen fühle?

»Vielleicht ist Gott auch eine Personifizierung?«, schlage ich vor, doch sie hört nicht zu. Ihre Augen sind groß und glänzen und warten auf mehr. Wir sehen einander an. Ich kann nirgendwo anders hinschauen. Ich weiß nicht, was sie will oder was ich sagen soll, außer: »Ich wünschte, du hättest das nicht gemacht. Ich wünschte, du hättest mich nicht in eine Geschichte gepackt und mir das Gefühl gegeben, dass nichts, was ich sage, vor dir noch sicher ist.« Ich kann das nicht sagen, nicht, wenn sie mich mit so einem hoffnungsvollen Blick ansieht und hören will, wie gut ich es finde.

Mutti erscheint im Türrahmen. »So viele Einfälle!«, sagt sie. »Es wundert mich, dass dir nicht alle Haare ausfallen! Kein Wunder, dass sie so kraus sind!« Dankbar sehe ich sie an und sie zwinkert mir zu.

»Ich wollte dir nur mal zeigen«, sagt Anne und sieht mir unentwegt fest in die Augen, »dass ich nicht nur witzige Sachen aufschreibe! Ich kann auch ernst sein!«

Ich nicke. Aber ich mag das Gefühl nicht, dass jeder eine Seite aufschlagen und mich herausziehen könnte. Jeder könnte erfahren, was sie von mir hält, ohne je zu ahnen, was ich wirklich denke. Ich kann nichts dazu sagen. Anne merkt es nicht, oder doch? Ich weiß es nicht. Ich weiß nur, dass sie lächelt und geht. Worüber ich erleichtert bin.

23. Februar 1944 -

Die Sonne scheint. Jeden Vormittag gehe ich die Treppe hinauf zum Dachboden und setze mich dorthin. An den meisten Vormittagen kommt auch Anne. Wir sitzen in einem Flecken Sonnenschein. So mag ich es am liebsten. Ruhig. Schweigend. Einfach nur genießen, was ist. Wenn ich nicht im Hinterhaus eingesperrt wäre, wäre mir vielleicht nie aufgefallen, wie wunderschön ein Baum sein kann, einfach nur ein Baum. Oder ein Flecken Sonnenschein. Oder das Glitzern von Regentropfen auf einem Zweig. Aber das ändert nichts daran, dass ich, wenn ich hier rauskomme, ganze Landschaften zeichnen werde und weite Meere und Horizonte, die sich ins Unendliche erstrecken.

Ich recke mich, stehe auf und fange an, Holz für den Ofen zu hacken. Anne folgt mir. Ich denke: O nein! Gleich fängt sie wieder an zu reden. Aber das tut sie nicht. Sie bleibt still und sieht zu, wie ich hacke – so still, dass ich ihre Gegenwart nach einer Weile vergesse.

Ich hacke gerne Holz. Ich mag es, mich ganz darauf zu konzentrieren. Ich mag es, auf die Maserung zu achten, zu überlegen, wo ich zuschlage, es mit meinen Augen abzumessen und genau richtig zu treffen. Mit voller Kraft oder in schrägem Winkel, wie auch immer sich das Scheit am besten spaltet. Ich mag den Schwung der Axt. Manchmal, wenn ich allein bin, stelle ich mir vor, dass ich unsere Feinde in winzig kleine Stücke hacke. Das fühlt sich gut an. Ich seufze. Als ich fertig bin, blicke ich auf und lächle und mir fällt wieder ein, dass Anne auch da ist.

»Manchmal stelle ich mir vor, ich wäre im Wald, draußen vor einer Hütte, und würde Holz hacken.«

Sie lächelt und wir schauen beide aus dem Fenster, über die ganze Stadt hinweg bis zum Meer. Die Luft ist klar und kalt. Ich stelle mir die Luft auf meinem Gesicht vor. Ich seufze und schließe für einen kurzen Moment die Augen.

»Herrlich!«, sage ich leise.

Anne nickt.

Ich bin erstaunt. Erstaunt, dass es ihr möglich ist, ohne Worte zu sprechen.

Und mit mir zufrieden zu sein.

26. Februar 1944 -

»Ach, aber das Wetter ist so schön, *bitte,* Pim!«, sagt Anne.

»Nein, Anne.« Seine Stimme klingt freundlich, aber ich an Annes Stelle würde nicht weiter diskutieren. Er meint es ernst. Sie schmollt und kneift die Augen zu.

»Bitte?«, fragt sie noch einmal.

Er lächelt. »Nein«, erwidert er.

»Warum nicht?«, zischt sie.

»Weil auch wenn die Sonne scheint und auch wenn uns nicht danach ist, die Arbeit getan werden muss.«

»Aber ich mache sie jeden Tag. Sogar hier, obwohl es wahrscheinlich gar keinen Sinn hat!«, sagt sie.

»*Anne!*«, faucht ihre Mutter, doch Herr Frank spricht ganz ruhig weiter.

»Gerade dann. Gerade wenn es keinen Sinn hat, brauchen wir etwas, das uns Halt gibt«, sagt er. »Also mach jetzt weiter. Setz dich hin und erledige deine Aufgaben!«

Anne seufzt schwer, dreht sich um und stapft die Treppe hinab in ihr Zimmer. Sie sieht nicht, wie ihre Eltern einander anlächeln.

»Ich muss zusehen, dass ich unsere Kleider einfach noch ein kleines Weilchen länger zusammenhalten kann!«, sagt Frau Frank.

Herr Frank klopft ihr auf die Schulter. »Was täten wir ohne dich, Edith!«, flüstert er.

Sie lächelt. Ich sehe, wie viel sein Lob ihr bedeutet. Ich denke, es muss schön sein, jemanden zu haben, der so für dich empfindet, für den deine Meinung wichtig ist.

Ich gehe in mein Zimmer. Ich will Herrn Frank zeichnen. Das will ich schon lange, aber irgendwie habe ich nicht den Mut. Ich bin mir nicht sicher, ob ich ihn richtig treffe. Ich denke, wenn ich mich eine Weile aufs Bett lege und ihn mir bildlich vorstelle, dann komme ich vielleicht darauf – wie ich sein Gesicht am besten abbilden kann.

»Peter?«

Ich schlage die Augen auf und da ist er. Schnell setze ich mich auf. Ich sehe, dass er nicht viel davon hält, wenn ich den Tag verdöse.

»Ja«, sage ich, »ich wollte nur …«

»Entschuldige, dass ich dich störe, können wir etwas besprechen?«

Ich nicke. Ich merke, dass er die Tür zugemacht hat. Ich merke, dass es draußen still ist. Ich merke, dass niemand uns hören kann. Ich frage mich, worum es wohl geht.

Nein, tu ich nicht.

Ich weiß, worum es geht.

»Anne«, sagt er.

Ich nicke wieder. Sein Gesicht ist freundlich. Seine Augen sind dunkel und neugierig wie die von Anne.

»Wir sind in einer schwierigen Situation, findest du nicht auch, Peter?«, beginnt er und dann wartet er ab.

Ich sage nichts. Ich weiß nicht, was ich sagen soll.

»Anne ist sehr jung«, sagt er nach einer Weile, »und

sehr willensstark!« Das entlockt mir ein Lächeln. Er erwidert es.

»Ich würde niemals …«, setze ich an, doch er hebt die Hand.

»Ich bin nicht hier, um einem von euch Vorwürfe zu machen«, sagt er sanft. »Ich bin hier, um zu reden, um zu überlegen.«

Ich nicke erneut.

»Ich nehme an«, fährt er fort, »das Problem innerhalb dieser Mauern ist, dass ihr jungen Leute so wenig Auswahl habt.«

Ich nicke wieder. Viel mehr als das *kann* ich nicht tun.

»Aber es ist nicht nur Anne hier, Peter. Du weißt, Margot ist auch noch da, und sie …«, er seufzt, »sie würde nie, nun ja, sagen wir mal, sie würde sich nie so sehr darum bemühen, Aufmerksamkeit zu gewinnen, wie Anne es tut.«

Ich nicke wieder.

»Zwei Mädchen, aber nur ein Junge!«

Ich lächele und erröte.

»Was willst du da tun?«

Ich weiß nicht recht, ob er diese Frage wirklich an mich richtet oder ob er mehr zu sich selbst spricht.

»Ich weiß nicht«, sage ich.

»Nun, vielleicht sollten wir darüber nachdenken?«

»Ich … Herr … Herr Frank … ich glaube, für Margot bin ich mehr so wie ein Bruder.«

»Hm, wenn du weißt, was in Margot vorgeht, Peter, dann weißt du deutlich mehr als sonst einer von uns.«

Eine Zeit lang sagen wir nichts. Ich frage mich, ob ich

zur Sprache bringen soll, wie dringend Anne mehr über den männlichen Körper wissen will oder wie herrlich es ist, auf dem Dachboden zusammen in einem Flecken Sonnenschein zu sitzen. Ich frage mich, ob Herr Frank je fürchten musste, womöglich nie im Leben mit einem Mädchen zu schlafen. Ich frage mich, wieso es ihnen allen so leichtfällt, solche Dinge in Worte zu fassen. Allein bei der Vorstellung, es zu versuchen, werde ich rot und fange an zu stottern. Also sage ich gar nichts.

»Und Anne?«, fragt er.

»Anne will einen Verehrer!«, platze ich heraus. »Und außer mir gibt es hier keinen!«

Er lacht.

»Ach! Ich weiß, draußen würde Anne mich nicht mal bemerken!«, sage ich.

»Peter, du bist so gar nicht eitel, das ist ein wunderbarer Charakterzug bei einem Menschen!«

»Danke!« Jetzt werde ich *wirklich* rot.

»Herr Frank?«

»Ja?«

»Danke, dass Sie uns verstecken.« Die Worte klingen sehr förmlich. »Ich würde nie irgendetwas tun … wodurch sie es bereuen.«

Er klopft mir auf die Schulter. »Nicht *absichtlich*, Peter, das weiß ich, aber ich weiß auch, dass in eurem Alter der Körper stärker sein kann als gute Vorsätze. Anne ist erst vierzehn, auch wenn sie sich schon immer für reifer gehalten hat, als sie ist. Und sie ist nicht immer nett, Peter.«

»Ich … aber …«

»Nun, ich fürchte, sie könnte es sich womöglich nicht

verkneifen, Margot gegenüber mit ihrer Eroberung zu prahlen. Und die Mädchen mussten auf so vieles verzichten, alle beide. Das auch noch ertragen zu müssen, wäre für Margot … nun ja …«

»Es ist kompliziert«, sage ich, und so ist es, mir dreht sich der Kopf.

»Ja«, stimmt er zu.

»Ich glaube, es wäre am besten, wenn ihr alle drei einfach gute Freunde seid«, sagt er schließlich.

Ich nicke.

»Ich denke dabei auch an dich, Peter.«

Ich nicke wieder. »Herr Frank?«

»Ja?«

»Wollen Sie nach dem Krieg weiterhin Jude sein?« Er stutzt und schaut mich an.

»Nun«, sagt er nach einer Weile, »es wäre gewiss eine schöne Vorstellung, dass wir da eine Wahl hätten!« Und er verschwindet die Treppe hinunter.

Es dauert lange, bis ich begreife, dass er meine Frage gar nicht beantwortet hat.

27. Februar 1944 –

Herr Frank hat wahrscheinlich Recht. Wir sollten uns nicht so oft sehen, aber so einfach ist das nicht. Die Worte sind das Problem. Sie machen süchtig. Wenn Mutti wüsste, wie das ist, würde sie mich vielleicht ermahnen, so wie sie Papi wegen seiner Zigaretten ermahnt. Sich unterhalten, plaudern, das ist ansteckend. Gestern Abend haben wir ewig lange über Pfeffer gesprochen – *mal wieder* – und warum wir ihn so verabscheuen.

»Er fummelt herum!«

»Ich weiß.«

»Die Art, wie er die Sachen immer befingert, bevor er sie in die Hand nimmt. Uh!«

»Die Art, wie er immer Recht hat!«

»Dieses Grübchen in seinem Kinn – am liebsten würde ich eine Nadel reinstechen!«

»Wenn er redet, kriege ich Juckreiz, als ob ich einen Floh loswerden müsste!«

»Weißt du noch, wie Mouschi Flöhe hatte?«

»Er betet eine ganze Viertelstunde lang! Manchmal muss ich dabei sogar seinen nackten Rücken ansehen! Uh!«

Bei dem Gedanken wird mir übel. Anne kichert und ahmt die Geräusche nach, die er in der Nacht macht.

Schnaufen, wie von einem Tier, lautes Atmen. Stöhnen. Ich stehe auf.

»Peter?«, fragt sie und legt den Kopf zur Seite.

»Es ist grauenhaft, dass du ein Zimmer mit ihm teilen musst«, sage ich.

Sie hat die Arme um die Beine geschlungen und zuckt die Schultern. »Wieso?«, fragt sie. Ich lächele ihr zu. Sie ist wie Mouschi, wenn er gestreichelt werden möchte. Wartet auf die richtige Berührung, die richtigen Worte.

»Du bist kein Kind mehr!«, sage ich.

»Nicht?«, fragt sie zurück. Sie wirft ihr Haar über die Schulter. *Aber sie ist ein Kind,* höre ich Herrn Frank in Gedanken sagen. Mir fällt auf, dass sie ihre Haare wieder frisiert hat, hochgesteckt, um so auszusehen wie die Filmstars an ihrer Wand. Sie wartet. Sieht zu mir hoch. Mit strahlendem Lächeln. Ich stehe vom Tisch auf. Ich setze mich neben sie. Ich blicke sie an und sage: »Nein. Nein, du bist kein Kind mehr!« Sie legt den Kopf in den Nacken und sieht mich durch gesenkte Wimpern an.

Ich muss den Blick abwenden.

Einen Moment lang kann ich ihr nicht in die Augen schauen.

Irgendetwas in meinem Inneren ist ins Wanken geraten.

Als ich wieder hinsehe, hat sie aufgehört zu posieren, ist einfach wieder Anne.

»Peter?«, fragt sie.

»Es ist nichts«, sage ich, doch das ist nicht wahr. Es ist alles … Es ist wegen Liese. Der Klang ihrer Stimme, wenn sie meinen Namen sagt, die Erinnerung an ihren Tanz in meinem Traum. Das Gewicht ihres geschorenen Schädels in meinen Händen. Das Geräusch der ratternden Waggonräder. All das, was man nicht aussprechen kann, all das hält mich davon ab, Anne in die Augen zu sehen.

Sie lächelt. Vielleicht denkt sie, ich wäre betört von ihren Flirtversuchen. Von ihrer Schönheit. Von ihrer Klugheit. Vielleicht bin ich das. Ich weiß es nicht. Ich weiß nur, dass ihr Anblick mich schmerzt. Und dass ich gerne allein wäre. Oder bei Mouschi. Oder irgendwo, nur nicht hier und jetzt – mit Anne.

Anne und ihre Augen, die so voller Wissensdurst, voller Sehnsucht, voller Hoffnung sind, dass ich ihnen etwas zurückgeben könnte. Das ist es, was ich nicht aushalte. Ihre Hoffnung. Es ist, wie jemanden nackt zu sehen. Ich glaube nicht, dass ich diese Bürde auf mich nehmen kann.

Ihre Erwartungen.

»Wir sollten jetzt hinuntergehen.« Ich versuche es behutsam zu sagen, doch sie ist sichtlich enttäuscht. Und dann findet sie die richtigen Worte, um sich wieder zu fassen.

»Du bist wirklich ein feiner Kerl, Peter!«, sagt sie.

Ich reiche ihr die Hand und sie steht auf. Ich öffne die Falltür und gebe ihr mit meinem Körper Deckung, als wir rückwärts die steile Treppe hinuntergehen. Am Fuß der Treppe dreht sie sich zu mir um.

»Ich danke dir!«, sagt sie so förmlich wie eine Dame. Sie wendet sich zum Gehen. Doch dann bleibt sie in der Tür stehen und mit einer halben Drehung lächelt sie mir über die Schulter hinweg zu. Ein strahlendes, einstudiertes Lächeln. Ein Lächeln, das von tausend Kameras abgelichtet und in der ganzen Welt verbreitet werden sollte – ein geübtes Lächeln.

Was für eine Verschwendung, dass nur ich hier bin. Und gar nicht weiß, was ich mit solch einem Lächeln anfangen soll.

Bin ich gut?

Bin ich anständig?

Ich weiß es nicht.

Ich weiß überhaupt nichts mehr.

Erinnerungen machen auch süchtig. Sie wachsen. Wie Froschlaich. Sie vermehren sich. Wie Ratten. So, wie wir uns nach Meinung der Nazis vermehren. Wir standen vor ihnen, nackt und bloß. Nicht nackt wie Hoffnung, sondern nackt wie Niederlage. Es waren nicht nur unsere Kleider, die sie weggenommen haben, als sie uns entblößten – es war unsere gesamte Existenz. Auch dieser Teil der Geschichte muss kommen.
Sag mir,
bitte, sag mir:
Bist du da?
Hörst du zu?
Wirst du dich von mir abwenden?
Oder wirst du es aushalten – so wie ich es muss?

29. Februar 1944 -

Vater ist ärgerlich.

»Peter!«

»Ja!«

»Was fällt dir ein, unten solche Unordnung anzurichten?«

»Was?«

»Kannst du die wenigen Dinge, um die wir dich bitten, nicht ordentlich erledigen?«

»Tu ich doch!«

»Findest du es angemessen, das Büro in so einem Zustand zu hinterlassen? Und die Türen sperrangelweit offen?«

»Hab ich nicht!«

»Und jetzt lügst du auch noch! Die Vordertür ist abgesperrt, wer sonst kann es also gewesen sein?«

»Weiß ich nicht, ich weiß nur, dass ich Bep im Büro geholfen habe und wir es ordentlich verlassen haben!«

»Werd nicht auch noch frech, wenn du schon faul bist!«

Mutti kommt mit dem Arm voll sauberer Kleider vom Dachboden herunter.

»Wenn Peter sagt, er hat es so gemacht, dann hat er es so gemacht!«, erklärt sie.

»Und wenn die Logik dir etwas anderes sagt, wirst du immer noch beide Augen zudrücken!«, schreit er zurück.

Leise.

»Was meinen Sohn angeht, drücke ich die Augen zu, wie ich es für richtig halte. Könntest du nicht auch hin und wieder mal ein Auge zudrücken?«

»Und wenn ich es wieder aufmache, was sehe ich dann?«, faucht er. »Ein Schlamassel im Büro und womöglich auch noch ein Mädchen im Schlamassel!«

»Hermann!«

»Vater!«

»Nun, ich spreche nur aus, was alle denken. Wir sind doch nicht blind! Dieses Mädchen läuft dir nach wie ein junger Hund. Zu meiner Zeit hatten die Mädchen noch ihren Stolz!«

»Was weißt du denn schon über Mädchen und Stolz?«, entgegnet Mutti fauchend, während sie zornentbrannt die Wäsche faltet. »Ist in der Liebe Raum für Stolz? Ist innerhalb dieser Mauern Raum für Träume? Hast du überhaupt noch irgendwelche Gefühle außer für Zigaretten?«

»Ach! Als ob sich die Probleme dieser Welt lösen ließen, indem ein Mann auf seine letzten paar Glimmstängel verzichtet!«

»Vielleicht.«

»Jetzt redest du albernes Zeug!«

»Und du? Redest du kein albernes Zeug?«

Ich verlasse den Raum. Die beiden können stundenlang so weitermachen.

»Siehst du! Eines Tages wirst du ihn noch ganz vertreiben!«

»Wohin denn? Wohin werde ich ihn treiben, Auguste? Wo soll er denn hin, außer ins Nebenzimmer, du dummes Weib!«

»Nenn du mich nicht dumm! Du mit dem Verstand einer – einer Fliege!«

Ich steige die Treppe zum Dachboden hinauf und lehne den Kopf gegen die Balken. Das Holz fühlt sich rau und tröstlich an.

Beim Abendessen versucht Anne meinen Blick aufzufangen. Margot hält den Kopf gesenkt. Herr Frank beobachtet uns alle drei. Sobald ich kann, stehe ich auf. Ich gehe in mein Zimmer. Gehe hin und her. Ich bleibe am Fenster stehen und atme ein bisschen Frischluft. Schließlich setze ich mich hin und beginne zu zeichnen. Ein Bild von Herrn Frank, doch sosehr ich mich auch bemühe, ich bekomme es nicht richtig hin. Sein Gesicht entgleitet mir.

Ich versuche zu schlafen, aber ich bin zu aufgebracht. Ich wache früh auf und warte, dass aus der Dunkelheit Dämmerung wird. Die Gedanken kreisen in meinem Kopf: *Warum wir? Warum müssen wir hier sein? Warum kann Papi mich nicht in Ruhe lassen? Warum streiten sie dauernd – und fast immer meinetwegen?*

Am Ende stehe ich auf und beschließe nachzusehen, ob im Büro wirklich Unordnung herrscht. Im Halbdunkel schleiche ich nach unten. Kein Laut ist zu hören. In Momenten wie diesem ist es kaum zu glauben, dass wirklich Krieg herrscht.

Ich spüre einen Luftzug im Gesicht. Zuerst ist mir gar nicht klar, was es ist. Ich stehe ganz still auf der Treppe und spüre es am ganzen Körper. Eine Brise. Nicht nur auf meinem Gesicht. Nicht nur das Rauschen des Windes in den Blättern des Kastanienbaumes, sondern ein Luftzug überall um mich her. Und dann geht mir auf, was das bedeutet: Die Vordertür am Fuß der Treppe kann nicht verschlossen sein, sie muss offen stehen. Jemand war im Gebäude. Daher kam also das Durcheinander im Büro. Es gab wieder einen Einbruch! Ich überprüfe das vordere Büro, Herrn Kuglers Aktentasche ist weg und ein Projektor fehlt.

Ich renne zurück die Treppe hoch und wecke Herrn Frank. Er schickt mich wieder hinunter, um die Tür zu verriegeln. Nun habe ich Angst. Was, wenn dort jemand ist? Was, wenn ich der brennenden Versuchung nicht widerstehen kann, nach draußen zu schauen, oder dem noch stärkeren Drang, einen Moment lang auf der Straße zu stehen – nur einen Augenblick. Was kann das schon ausmachen? Ich könnte die Straße vollständig überblicken. Nicht nur ein Stück davon durchs Fenster. Es ist wie die Sehnsucht nach einer anständigen Mahlzeit, diese Sehnsucht meiner Augen, etwas im Ganzen wahrzunehmen.

Nach oben zu schauen und den Himmel zu sehen.

Schnell knalle ich die Tür zu und verriegle sie. Zitternd stehe ich dahinter. Ich lehne mich dagegen. Ich höre Schritte vorbeigehen. Wie weit waren sie entfernt? Wenn ich es getan hätte, wenn ich ins Freie getreten wäre, hätte man mich gesehen? Waren es deutsche Schritte? Holländische? Hätte man mich verraten oder bemitleidet? Ich kann es nicht wissen, denn Schritte klingen alle gleich.

Ich mache mich wieder auf den Weg nach oben.

Alle stehen in der Küche um den Frühstückstisch. Nur dass es jetzt noch keine Küche ist, denn Mutti und Papi sind noch im Bett.

»Wir halten Hof!«, sagt Papi, in den Kissen sitzend. »Irgendwelche Gesuche an König und Königin?«

»Es war jemand im Büro!«, sagt Anne. »Man hat Herrn Kuglers Aktentasche gestohlen und uns womöglich gehört!«

»Und dein Vater hat dir etwas zu sagen, Peter«, sagt Mutti.

»Offenbar hast nicht *du* die Unordnung unten gemacht«, sagt er.

»Und daher?«, sagt Mutti.

»Und daher habe ich dich zu Unrecht beschuldigt.«

»Und du …?«, fragt Mutti.

»Ich bin doch kein kleines Kind!«, explodiert Papi.

»Nun, dann hör auf, dich wie eins zu benehmen, und entschuldige dich!«

»Ist schon gut«, sage ich, »aber warum stand die Eingangstür immer noch offen?«

Alle verstummen.

»Sie müssen unterbrochen worden sein, als ich gestern Abend hinuntergegangen bin«, sagt Papi.

»Dann wissen sie, dass sich jemand hier versteckt?«, fragt Anne leise. Sie sieht bleich und verängstigt aus. Margot legt den Arm um sie. »Es ist alles gut, Dummerchen, wir sind ja alle noch hier.«

»Anne«, sagt Herr Frank leise, »viele Leute wissen, dass wir hier sind. Wir verlassen uns darauf, dass sie uns ernähren und für unsere Sicherheit sorgen.«

»Aber niemand, dem wir vertrauen, würde Herrn Kuglers Aktentasche stehlen.«

»Und wie kann es sein, dass die Tür gestern Abend zugesperrt war?«, frage ich.

»Es muss jemand sein, der einen Schlüssel hat«, sagt Herr Frank. »Wir müssen warten und weiter nachforschen, wenn die Angestellten kommen. Bis dahin sollten wir versuchen, etwas zu essen. Einverstanden?«

Alle schauen Mutti an und sie erwidert die Blicke. »Ja?«, antwortet sie mit einem Lächeln.

»Öh … also …«, sagt Herr Frank.

»Also, wenn ihr alle den Raum verlasst, werde ich aufstehen und das Frühstück machen, das alle haben wollen!«, sagt sie.

Alle drängen sich in mein Zimmer, um zu warten. Dr. Pfeffer furzt. Anne und Margot fangen an zu kichern.

»Also wirklich!«, sagt Frau Frank.

»Wir sind so weit!«, ruft Mutti und wir stürmen in die Küche zurück und atmen tief ein. Anne hat vom Luftanhalten einen ganz roten Kopf. Ich fange ihren Blick auf. Wir müssen erst schmunzeln und dann lachen.

Leise.

Herr Frank sieht mich eindringlich an. Ich schaue weg.

»Also wirklich, Anne!«, blafft Frau Frank im Flüsterton. »Musst du denn Peter dauernd belästigen?!«

Anne stockt. Sie bleibt ruckartig stehen. Es ist, als hätte ihre Mutter ihr kaltes Wasser ins Gesicht gekippt.

»Anne?«, frage ich und sie dreht sich zu mir, das Gesicht blank vor Schmerz. »Kannst du mir nach dem Frühstück helfen, das Kreuzworträtsel fertig zu lösen? Du weißt ja, wie schwer ich mich am Ende immer tue!«

Sie lächelt wieder und wirft ihr Haar zurück, bedenkt ihre Mutter mit einem bösen Blick.

»Natürlich!«, sagt sie.

Herr Frank sieht mich mit hochgezogener Augenbraue an.

»Und du natürlich auch, Margot«, sage ich. »Nur versprich bitte, dass wir erst mal *versuchen* dürfen, die Antworten herauszubekommen!« Hinter den Brillengläsern kann ich ihre Augen nicht sehen, aber Margot lächelt ihr süßes Lächeln und senkt den Kopf. Ich bin erschöpft. Ich wünschte, es wäre Wochenende und ich könnte ins Magazin entfliehen und eine Weile bei Moffie sitzen, aber es ist ein Werktag und wir haben noch nicht einmal gefrühstückt. Sofern man das Frühstück nennen kann: Kaffee-Ersatz, Brot mit einem winzigen Klecks Butter – und Marmelade. Marmelade, so viel wir wollen. Wir könnten Marmelade scheißen, vielleicht muss Pfeffer deshalb so viel furzen. Schade, dass es nicht nach Erdbeeren riecht.

Außerhalb des Hinterhauses erklingen Schritte,
Schritte, die näher kommen und vor der Tür anhalten.
Außerhalb des Hinterhauses ist jemand neugierig.
Wundert sich jemand. Jemand ist die Treppe
hinaufgeschlichen und nach Feierabend im Büro
gewesen. Jemand hat Papi über das Durcheinander
schimpfen hören.
Jemand ahnt, dass wir hier sind.
Jemand wird es herausfinden.

Später am Tag

Erst am Abend kann ich mich ins Magazin davonmachen. Ich sitze gegen die Wand gelehnt und schließe die Augen. Ich mag nicht zeichnen oder Kork schnitzen, ich will einfach nur allein sein und im Dunkeln nachdenken.

Fast wäre ich nach draußen gegangen.

Ich habe das Tageslicht gesehen.

Wir leben im Dunkeln. Wir haben uns daran gewöhnt, aber wenn man im Sommer auf den Dachboden geht, ist man wie geblendet. Unsere Augen haben sich verändert. Wir sehen im Dunkeln mehr, als wir im Licht erkennen können. Manchmal denke ich, wir werden blind, wenn wir je wieder hier herauskommen. Ich weiß es nicht. Aber ich weiß, dass wir im Dunkeln herumschleichen. Und beim Anblick von Licht verschwinden, genau wie Kakerlaken, die wir im Grunde auch sind, wie sie sagen.

»Stimmt's, Mouschi?« Ich spüre, wie Mouschi sich um meine Beine schmiegt. Er schaut hoch. Ich strecke meine Hände aus und er hebt den Kopf und schnuppert, legt seinen Kopf in meine Handfläche.

Ich bin dankbar.

Ich will im Dunkeln etwas Warmes in meinen Armen spüren, umgeben vom Geruch der Fässer und der Stille um mich her. Du findest vielleicht, das sei nicht männlich.

Das stört mich nicht. Nicht zu kämpfen, ist nicht männlich. Da zu hocken wie eine Ente und darauf warten, abgeschossen zu werden, ist nicht männlich. Keinen Fluchtweg zu haben, der hier rausführt, ist nicht männlich. Von Liese zu träumen und sich vorzustellen, meine Hände wären ihre Hände, anstatt es wirklich zu tun, ist wahrscheinlich auch nicht männlich. Und das ist noch so ein Punkt, wenn man hier drin ist. All die Dinge, die draußen sinnvoll sind, die zählen nicht. Wir spielen ein anderes Spiel. Unser Spiel heißt Überleben.

»Stimmt's, Mouschi?« Ich höre auf, hin und her zu gehen. Mir war nicht einmal bewusst, dass ich das tue. Ich schreite die ganze Länge des Raumes ab, vor und zurück, während Mouschi sich zwischen meinen Knöcheln hin und her schlängelt. Ich setze mich hin und Mouschi rollt sich in meinem Schoß zusammen, er beginnt sein motorenähnliches Schnurren.

Überleben.

Dazu brauchst du eins mehr als alles andere und das ist dein Stolz. Ich glaube, so ist es wirklich. Herr Frank bewahrt sich seinen Stolz, weil er glaubt, es wird am Ende alles gut gehen. Dass wir überleben, irgendwie. Ich bin mir da nicht so sicher. Zumindest nicht, wenn ich allein bin im Dunkeln.

»Oder, Mouschi?« Mouschi schnurrt.

Manchmal frage ich mich, ob Herr Frank je aus dem Fenster schaut. Die Menschenherden werden kleiner. Es gibt immer weniger von uns. Wir sind wie Wasser, das wirbelnd durch den Abfluss rinnt – bald ist nichts mehr von uns übrig. Dann ist die Wanne leer.

Für die spielt es überhaupt keine Rolle, ob ich mich als Jude begreife oder nicht. Ob ich gläubig bin, ob ich meine Religion ausübe oder nicht. Für die kommt es nur darauf an, ob etwas Jüdisches in meinem Blut ist, schon ein Tröpfchen davon genügt, um mich völlig zu verseuchen.

So sehen die das.

»Hm, Mouschi?« Aber Mouschi antwortet nicht.

Wir haben hier so viel Zeit. Du kannst entweder verzweifeln und ewig im Bett bleiben – oder du kannst aufstehen. Du kannst lernen. Du kannst zeichnen oder schreiben oder lesen. Du kannst so tun, als ob eine Zukunft vor dir läge. Aber wenn du das tust, dann musst du dich auch den damit zusammenhängenden Fragen stellen. Das macht man am besten allein, glaub mir. Margot hat das gleich begriffen. Sie behält ihre Gedanken grundsätzlich für sich. Ich bin einfach zu langsam, von daher ergibt sich für mich nie die Gelegenheit, mich am Gespräch zu beteiligen. Jeder andere ergreift vor mir das Wort! Anne will, dass sich jeder ihre Fragen anhört, aber es kommt nichts anderes dabei heraus, als dass dann alle innerlich aufgewühlt sind. Und wenn das geschieht, gerät jeder in Fahrt. Was bedeutet, dass wir uns die immer gleichen Diskussionen anhören müssen. Und dann regt Mutti sich auf und wird rot. Annes Mutter wird kühl, redet, als wüsste sie alles, und weist Anne zurecht. Herr Frank seufzt und schaut, als würde er am liebsten alle mit den Köpfen zusammenstoßen, und dann versucht Papi die Lage wieder ins Lot zu bringen, indem er einen seiner schrecklichen alten Witze erzählt.

Also ist es wirklich am besten, du bist still und behältst

deine Fragen für dich! Es sind so viele. Nimmt es je ein Ende, und wenn ja, werden überhaupt welche von uns übrig bleiben? Werden die Nazis uns alle töten, wenn die Alliierten näher rücken? Sollen wir glauben, Gott hat uns dazu ausersehen?

Warum?

Du siehst: Ich habe keine Antworten. Ich bin nicht so klug wie Anne oder Margot oder Liese. Ich bin langsam und ich habe nur Fragen ohne Antworten. Ich kann meine Gedanken nicht lenken. Ich bin sicher, irgendwo ist ein Fehler drin, aber so geht es, wenn du zu viele Fragen stellst. Du erzeugst in deinem Inneren nur immer mehr davon.

Werden wir eines Tages Fantasiegestalten sein? Sind wir dann nur noch wie eine von Annes Geschichten? Oder noch schlimmer: Wird das, was überdauert, die Geschichte der Nazis sein – dass wir von vornherein nur dazu taugten, ausgemerzt zu werden?

Wie?

Wie könnte irgendwer so etwas tun?

3. März 1944 –

Es schneit. Ich stehe auf dem Dachboden und betrachte die Zweige des Kastanienbaumes. Sie sind alle ganz weiß bedeckt. Dahinter leuchten die Sterne. Die Nacht ist von einem klaren, eigentümlichen Blau. Ich weiß, ich könnte mein ganzes Leben lang zeichnen, doch ein so dunkles Blau könnte ich nie aufs Papier bringen. So tief. So wunderschön. Nie würden mir Sterne gelingen, die aussehen wie kleine Lichtlöcher in der Nacht. Selbst van Gogh hat das nicht geschafft. Ich erinnere mich an das Knirschen des Schnees unter meinen Füßen. Ich erinnere mich ans Schneeballwerfen. Manchmal war der Schnee so hoch, dass wir keine Schule hatten. In Banden sind wir dann auf der Grünanlage am Merwedeplein ausgeschwärmt und haben uns mit Schneebällen beworfen. Uns hinter den Sträuchern und Bäumen versteckt. Nasse Haare. Rote Backen. Luft so kalt, dass man den Atem sah. Ich schaue aus dem Dachbodenfenster. Ich wünschte, die Glocken würden läuten. Anne hat Recht: Wie sollen wir je erfahren, dass wir frei sind, wenn keine Glocken da sind, um zu läuten? Ich würde gerne den Schnee auf meinem Gesicht spüren. Er bedeckt alles. Er bedeckt uns. Vielleicht taut die Welt eines Tages auf und wir schmelzen von hier fort?

Vielleicht.

Schnee.
Ich werde nie wieder dastehen, ihn ansehen und schön finden können!
Der Schnee von Auschwitz ist grauenhaft. Er ließ uns wie vor Kälte tanzen. Energie verbrauchen, die wir nicht hatten. Er ließ meinen Atem in den Löchern meiner Zähne brennen. In dünnen Pyjamas standen wir im Schnee, Stunde um Stunde, Tag um Tag. Nie wurde es leichter. Jeder Tag war genauso schrecklich wie der vorige. Es gibt kein Wort für diese Auschwitzkälte.
Und am Ende des Tages: eine Baracke, eine Tracht Prügel, eine wässrige Suppe, ein weiterer Tag voller Ungewissheit, ob du leben oder sterben wirst.
Die Angst vor einer Selekcja[11]*.*
Wissen, dass das Kommando kommen wird. Jeden Morgen. Es dringt in deine Traumbilder ein, deinen Halbschlaf, reißt dich zurück in den Albtraum, der dein Leben ist.
Wstawać!
Aufwachen!

[11] Das polnische Wort für Selektion.

7. März 1944 –

»Aber Peter!«, sagt Anne. Sie ist vergnügt. Ihre Augen leuchten. »Du findest das doch auch? Oder nicht?«

»Was finde ich?«

»Dass Mutter Unrecht hat! Ich meine, sie sagt immer, wir sollten durchhalten, indem wir uns vor Augen führen, um wie viel *schlimmer* das Leben für alle anderen ist.«

»Manchmal kann das helfen«, antworte ich leise.

»Ach ja?«, fragt sie. »Wenn das so ist, warum schaust du dann immer in den Himmel? Warum hackst du Holz, als wäre es dir eine Freude, es möglichst gut zu machen?«

Ich lächele.

»Du sollst mich nicht bloß anlächeln! Sag etwas!« Sie lächelt allerdings auch.

»Was?«, frage ich wieder. Sie wirft ein Kissen nach mir.

»Was, falls dir diese Tatsache neu sein sollte, drückt keine Meinung aus, und warum bin ich ausgerechnet mit dem allerärgerlichsten Jungen von ganz Holland eingesperrt?« Aber ärgerlich sieht sie nicht aus. Ich fange das Kissen mühelos. Kein Problem! Nun lächeln wir beide.

»Du redest zu viel! Was spielt es für eine Rolle, was deine Mutter tut? Hindert sie dich etwa daran, dich am Himmel zu freuen? Sie hat ihre Art, du hast deine!«

Ich werfe das Kissen zurück. Sie greift nicht danach. Sie lässt es ihr Gesicht treffen und plumpst rücklings auf den Speicherfußboden.

»Anne?« Sie regt sich nicht. Ich weiß, ich habe nicht fest genug geworfen, um ihr wehzutun, aber trotzdem. »Anne?« Ich gehe zu ihr und nehme behutsam das Kissen von ihrem Gesicht. Sie lächelt. Neuerdings lächelt sie viel. Am meisten, wenn sie mit mir zusammen ist. Das gefällt mir. Sie macht eine Geste, als zöge sie ihren lächelnden Mund wie einen Reißverschluss auf. Ich lache.

Leise.

Ich strecke die Hand aus, um ihr aufzuhelfen. Sie nimmt sie. Wir sitzen beisammen und schauen aus dem Fenster. Der Himmel ist blau und wunderschön. Die Sonne ist hervorgekommen. Unter dem Schnee sind am Kastanienbaum winzige Knospen. Anne seufzt tief und legt ihren Kopf an meine Schulter. Ich schließe die Augen. Ich rieche ihr Haar. Mir fällt auf, dass ich ihre Hand nicht losgelassen habe. Sie liegt klein und zart in meiner. Sie ist kalt. Sie ist immer kalt. Ich lege meine andere Hand darüber. *Ich will sie wärmen, das ist alles,* sage ich in Gedanken zu Herrn Frank. *Ich will nur, dass sie es warm hat.* So sitzen wir eine Weile und blicken aus dem Fenster.

»Aber weißt du, Anne«, sage ich nach einiger Zeit, »es gibt viel Leid da draußen. Keine Juden auf den Straßen. Nichts zu essen. Todeslager, ich meine, vielleicht hat deine Mutter Recht, für andere ist es noch schlimmer.«

»Aber wir sind auch da«, seufzt sie träumerisch und ihr Körper sinkt schwerer gegen meinen. »Wir sind immer noch hier, nicht wahr? Selbst wenn nur dieses kleine Stückchen Dachbodenhimmel uns sehen kann. Wir sind hier und …« Sie stockt und sieht mich an.

Und da gäbe es so vieles, was ich gerne sagen würde. Ich finde, sie ist wie die Möwen, die wir silbern über den Himmel huschen sehen. Und ich bin wie der Kastanienbaum, der ganze sechs Monate braucht, um nur ein einziges Blatt zu entwickeln. Ich seufze, denn sie hat Recht, manchmal ist es herrlich, genau da zu sein, wo man ist. Wie in diesem Moment.

Genau jetzt.

Und alles andere zu vergessen.

Doch ich kann nicht all meine Gedanken aussprechen. Das habe ich noch nie gekonnt. Und so flüstere ich stattdessen einfach nur ihren Namen. »Anne.« Und sie sieht mich an. Wir sehen einander in die Augen und der Himmel und der Baum da draußen wachen über uns. Und wir alle warten.

Warten.

Und fragen uns, was wohl geschehen wird.

22. März 1944 –

Anne ist zäh, aufgeweckt und ehrlich, doch innerlich ist sie voller Sehnsucht – so, wie ich mich manchmal nach Liese sehne und stattdessen dann Mouschi in den Arm nehmen muss.

Ist es denn verkehrt, Anne in den Arm nehmen zu wollen?

Ist es verkehrt, mich darüber zu freuen, dass ich sie glücklich machen kann?

Nun, ist das verkehrt?

Ich weiß es nicht.

Noch immer gehe ich manchmal nachts auf den Dachboden und lausche dem Geschützfeuer. Es sind Flugzeuge über uns. Sie machen mir keine Angst mehr. Ich weiß nicht, warum. Ich glaube, es ist vielleicht, weil ich weiß, dass nichts den Lauf der Dinge aufhalten kann. Wenn wir getroffen werden, werden wir eben getroffen. Wenn das Haus Feuer fängt, fängt es eben Feuer und wir werden hinausgetrieben. Schutzlos. Ich überlege, ob ich dann versuchen würde so zu tun, als wäre ich Deutscher. So tun? Was soll das heißen? Ich *bin* Deutscher, oder etwa nicht? So verrückt ist das alles. So schwer sind heutzutage selbst die einfachsten Sachen zu verstehen.

Bep kam nach oben. Sie hat gehustet, als sie uns von den Fliegern erzählt hat. Sie ist dünn geworden. Wir alle sind dünn geworden. Wir kriegen nicht genug zu essen. Niemand hat genug. Jeder ist krank. Sie hat uns erzählt, wie die Flieger vom Himmel gestürzt sind und die Nazis sie dabei auch noch mit Kugeln durchsiebt haben. Herr Frank hat den Kopf geschüttelt und gesagt, zu seiner Zeit war alles ganz anders.

»Es sind nicht genug Lebensmittel da!«, hat Mutti gesagt. »Für niemanden. Man will die Flieger nicht auch noch durchfüttern müssen, darum hat man sie erschossen.«

»Es dreht sich nicht immer nur alles ums Essen, Auguste!«, hat Frau Frank geantwortet.

Sie fangen an zu streiten. Frau Frank sticht mit ihrer Nadel in unsere Kleider. Rein, raus, rein, raus, im Takt ihrer Worte. Mutti läuft rot an.

Ich gehe in mein Zimmer. Noch immer höre ich ihre streitenden Stimmen.

»Es tut mir leid!«, flüstere ich den toten Fliegern zu. Bep hat nicht gesagt, dass sie tot sind, aber ich nehme es an. Wenn ich wüsste, dass ich morgen sterbe, würde ich Anne dann um einen Kuss bitten? Um mehr als einen Kuss? Wenn sie wüsste, dass dies unser letzter Tag auf Erden wäre, würde sie Ja sagen? Würde es etwas ausmachen, wenn wir uns nur küssen würden, weil wir wissen, dass wir morgen vielleicht schon tot sein könnten?

Wünschen wir es uns allein deshalb?

Ich weiß es nicht.

Wie kann man das auch wissen?

Anne kommt leise in mein Zimmer.

Nervös windet sie ihre Hände vor dem Körper. Ich weiß, ich war gemein zu ihr, weil ich versucht habe, mich von ihr fernzuhalten. Es krampft mir das Herz zusammen. Es ist grässlich, sie wegzustoßen, wenn sie sich so viel Mühe gibt. Es ist, als würde man einen flügellahmen Vogel treten.

»Können wir auf den Dachboden gehen?«, fragt sie.

Ich nicke. Ich gehe zuerst hoch, öffne die Falltür und helfe ihr hinauf. Als wir neu ins Hinterhaus kamen, haben wir uns langsam und vorsichtig die Stufen hinaufgetastet, weil sie so steil sind. Jetzt können wir sie schon beinahe hinaufrennen. Wir setzen uns auf die Kissen.

»Bist du wütend auf mich, Peter?«, fragt sie.

Ich weiß nicht, was ich sagen soll oder wie ich es sagen soll. Ich bin wütend, aber nicht auf Anne. Ich bin wütend, dass wir im Hinterhaus festsitzen. Wütend, dass alle uns zusehen, bei dem, was wir tun. Wütend, dass ich ihrer Mutter ganz offensichtlich nicht gut genug bin und dass ihr Vater sich um Margot sorgt.

»Es ist wegen vieler Dinge!«, platze ich heraus.

»Hat Mutter Recht? Belästige ich dich?«, fragt sie, und ihre Stimme klingt scharf, nicht aus Ärger, sondern vor Verlangen, es wissen zu müssen. So ist es mit Anne, sie hat immer das Bedürfnis, Bescheid zu wissen, ganz gleich wie die Wahrheit aussehen mag. Ich lächele.

»Das ist nicht lustig!«, sagt sie.

»Hör mal«, sage ich, »hör einfach zu.«

Sie wartet. Ich warte. Ich warte, bis ich weiß, was ich sagen soll. Es dauert lange. Ich werde rot. Die Vögel singen.

Tief unter uns fährt dröhnend ein Lastwagen vorbei. Ich stehe auf und schließe die Falltür, wenngleich wir es hören würden, wenn jemand heraufkommen wollte.

»Es ist alles zusammen, Anne. Hier festzusitzen, nicht zu wissen, sich zu fragen …«

Ich stocke. Sie wartet.

»Ich meine, was, wenn es das gewesen ist? Was, wenn uns das Leben mehr nicht zu bieten hat? Oder wenn wir entdeckt werden, was geschieht dann? Warum haben wir keinen Fluchtweg … und was, wenn dies unsere einzige Gelegenheit ist, um …?« Sie ist still, so still, dass es mir schwerfällt, weiterzusprechen. »Um sich zu verlieben, einander kennenzulernen …« Mir fehlen die Worte. Ich habe schon zu viel gesagt. Ich breche ab. Ich werde rot. Anne sieht mich ernst an und wartet.

»Was denkst du?«, frage ich.

»Ich weiß nicht genau, was du meinst«, sagt sie, aber sie zittert.

»Anne! Was geschieht, wenn wir hier nie wieder rauskommen?«

»Nicht!« Abgehackt und verzweifelt stößt sie das Wort hervor. »Bitte, Peter, nicht!« Sie beginnt, unkontrolliert zu zittern. Ich nehme sie in den Arm.

»Ach, entschuldige! Es tut mir leid, Anne! Was habe ich getan?«

»Es ist nur so, dass …« Sie versucht zu sprechen, doch ihre Stimme ist zu brüchig.

»Es ist nur so, dass ich so vieles in mir trage. So vieles, das ich tun möchte – und ich muss überleben, Peter, *wir* müssen überleben!«

»Das werden wir, das werden wir«, flüstere ich erschrocken. »Keine Sorge, Anne, dein Vater bringt uns durch. Wenn es einer kann, dann er.«

Ich halte sie, so fest ich kann. Ich halte sie, als könnte ich dieses Gefühl, diese Angst eindämmen, so dass sie uns nicht überflutet und ertränkt. Nach einer Weile weicht ihr Zittern einem Schaudern.

»Es tut mir leid!«, flüstert sie.

»Braucht dir nicht leidzutun«, entgegne ich flüsternd. Sie atmet tief durch.

»Ich habe Angst«, sagt sie. »Angst, dass all die Dinge in meinem Inneren nie ans Tageslicht kommen.«

»Ich weiß.« Ich wiege sie. »Ich auch.«

»Wovor« – sie hickst – »hast du am meisten Angst? Ich meine, von den Sachen, die du vielleicht nie tun kannst?«, flüstert sie und sieht zu mir hoch.

Ich weiche ihrem Blick aus. Ich kann es nicht sagen – oder doch? Können wir einander wirklich all unsere innersten Gedanken erzählen? Ist das möglich?

Ich weiß nicht, wie.

»Nein, sag du mir, was du machen möchtest«, flüstere ich.

Sie zögert nicht, nicht für eine Sekunde. Die Worte strömen über ihre Lippen, als hätte sie schon jetzt Sorge, die Zeit reiche nicht, um sie auszusprechen.

»Es sind die Geschichten«, sagt sie. »Es gibt so viele Geschichten, Peter. Denkst du je daran, wie viele es sind? Wie viele es von uns gibt, und jeder hat eine Geschichte – und all die Einfälle. Manchmal denke ich, ein ganzes Leben würde nicht ausreichen, um alles zu erzählen ...« Sie packt meinen Arm. Ihr Griff ist leidenschaftlich und fest. »Aber ich habe nach dir gefragt«, sagt sie lachend.

Ich schlucke.

»Peter?«

Ich hole tief Luft.

»Peter?«, fragt sie sanft. »Da muss es doch etwas geben!«

»Ich habe Angst, nie im Leben mit einem Mädchen zu schlafen«, antworte ich leise. Sanft und leicht sinken diese Worte zwischen uns. Ich spüre, wie sie die Hand zurückzieht.

»Oh!«, sagt sie. Und sie setzt sich auf, rückt von mir ab. Ihre Augen werden so groß wie ihr Gesicht. Ihr Mund bewegt sich, doch nichts kommt heraus! Und dann bedeckt sie ihr Gesicht mit den Händen und fängt an zu lachen. Ihr ganzer Körper bebt.

»Das ist so … ich …« Sie verschluckt sich an den Worten. »Das hatte ich nicht erwartet, das hätte ich nie gedacht! Dass du das aussprechen würdest!«

»Ich auch nicht!«

Und dann können wir beide nicht sprechen, weil wir so lachen. Sie holt ein paarmal tief Luft und wischt sich die Tränen aus den Augen.

»Anne?«, frage ich nach einer Weile.

»Ja«, antwortet sie.

»Schreib das nicht in dein Tagebuch.«

»Warum nicht?«

»Ich weiß nicht.«

»Ist gut«, sagt sie rasch. »Ich mache es nicht.«

Wir reden. Wir reden, bis das Licht schwindet und vergeht. Wir reden, bis es sich anfühlt, als führten unsere Worte ein Eigenleben und würden sich unabhängig von uns von in der Dachbodenluft abzeichnen.

»Anne«, sage ich, »ich weiß, dass du mich nie beachtet hättest, wenn wir nicht hier festsäßen!«

Sie lacht und ergreift meine Hand. »Ach, Peter!«, sagt sie. »Ich hätte vielleicht auch nie bemerkt, wie wundervoll ein einzelner Baum ist oder ein Stückchen Himmel. Ich wäre ein anderer Mensch! Wahrscheinlich ein schlechterer! Ich bin nicht immer stolz darauf, wie ich war, Peter.«

»Du bist unglaublich!«

»Du auch!«

»Anne?«

»Ja.«

»Draußen gab es ein Mädchen. Sie hieß Liese.«

»Liese Lieberman?«

Es ist schwer, jemand anderen ihren Namen laut aussprechen zu hören.

»Wie ist es bei dir?«

»Es gab einen Jungen namens Peter, Peter Schiff.«

Wir schweigen. Wir sitzen im Dunkeln und halten uns bei der Hand. Wir wissen nicht, was Liese oder Peter widerfährt. Wir wissen nicht, ob sie am Leben sind oder tot. Wir wissen nur, dass sie in uns lebendig sind – und dass es wehtut.

Als wir aufstehen, um nach unten zu gehen, küsse ich die Oberseite von Annes Kopf. Sie drückt fest meine Hand. Mehr sagen wir nicht. Brauchen wir nicht, wir wissen beide: Wir sind hier und sie sind es nicht.

26. März 1944 –

Sie hat eine Schleuse geöffnet. Die Gefühle quellen hervor. Am liebsten würde ich sagen: »Mein Name ist Peter van Pels. Ich bin hier. Ich bin echt, nicht nur ein Traumbild. Was würdest du tun, Anne Frank, wenn ich dich in die Arme nehmen und küssen würde?«

Aber ich weiß, das darf ich nicht. Ich muss an Herrn Frank denken – und an Margot. Ich atme tief durch und konzentriere mich auf das, was sie sagt.

»Ich will keine Hausfrau werden!«, sagt sie. Ich lache. Anne könnte nie eine Hausfrau sein. Dazu ist sie viel zu ungeschickt. Sie würde eine Geschichte schreiben und vergessen, das Abendessen zu kochen. Sie hätte einen Einfall und vergäße einzukaufen.

»Du könntest keine Hausfrau sein, selbst wenn du es versuchst!«

»Könnte ich wohl!«, sagt sie hochnäsig. »Ich will nur nicht!«

»Nun«, lache ich, »dann musst du dir einen Mann suchen, den das nicht stört!«

»Vielleicht werde ich gar nicht heiraten.«

»Wirklich?«

Sie wirft mir einen ihrer verruchten Blicke zu, tut, als hielte sie eine Zigarette in der Hand, zöge langsam und genüsslich daran und nähme sie lässig mit zur Seite gleitender Hand wieder aus dem Mund.

»Glaubst du, das ist wirklich notwendig?«, näselt sie affektiert. »Ich meine, in diesen modernen Zeiten?«

Ich schmunzele. Es gibt so vieles, was ich ihr gerne sagen würde.

»Ja, ist es, wenn du Kinder haben willst.«

Sie legt die Pose ab und sieht in die Ferne, dann wirft sie mir einen raschen Seitenblick zu. »Vielleicht werde ich keine Kinder haben!«, sagt sie trotzig. »Ich meine, dazu ist man ja schließlich nicht verpflichtet, oder?«

»Nein!«, sage ich.

»Ich kann mir nicht vorstellen, Kinder in die Welt zu setzen«, sagt sie auf einmal, »nur Geschichten.«

Ich weiß nicht, was ich dazu sagen soll, also sage ich nichts.

»Findest du das schlimm?«, fragt sie.

Ich zucke die Achseln. »Was wäre daran schlimm? Nach alldem hier sollten wir machen können, was wir wollen!«

»Ich will schreiben, Peter!«

»Du schreibst doch bereits!«, sage ich. Sie kommt und setzt sich neben mich. Ergreift meine Hände.

»Aber werde ich je etwas Großes schreiben?«, fragt sie. »Etwas Herausragendes, etwas Weltbewegendes?«

»Warum nicht?«, sage ich, denn wenn Anne so ist wie jetzt, scheint es, als könnte sie alles tun, alles denken, alles werden. Manchmal. Manchmal kommt mir der Gedanke, ich könnte in dieser Zukunft bei ihr sein, im Hintergrund. So wie ich hier bin. Ich glaube, das könnte mir gefallen. Ich könnte die Türen kontrollieren. Für ihre Sicherheit sorgen. Ich lege den Arm um sie. Wir liegen auf dem Boden und ihre Träume ergießen sich über uns. Sie sind immer da – dort drüben. Irgendwo anders. In der Zukunft.

Sie weiß nicht, dass ich anfange, diesen Ort zu *mögen*. Ihretwegen. Durch sie wird alles anders. Ich freue mich darauf, hier heraufzukommen und in der Sonne zu liegen. Ihr zuzuhören. Zu hören, wie der Baum im Wind rauscht. Die Augen zu öffnen. Zu sehen, wie eine Möwe am Himmel aufleuchtet. Und zu wünschen, es könnte immer so bleiben.

Es gefällt mir.

Aber Anne will mehr.

Nicht von mir.

Von der Welt.

»Hast du schon einmal geküsst?«, fragt sie plötzlich.

Beide schauen wir zu den Dachbalken hinauf.

»Nein!«, sage ich. Ich erinnere mich daran, wie sich Lieses Haut angefühlt hat, der Rücken ihrer Hand, als ich sie zum Abschied geküsst habe. Weich. Warm.

»Ich auch nicht«, sagt Anne. Sie setzt sich auf. Fährt sich mit der Zunge über die Lippen und presst sie aufeinander. Ich lächele zu ihr empor. Zu ihrem ängstlich entschlossenen Gesicht.

»Ich glaube, so geht es nicht!«, sage ich. »Ich meine, es passiert einfach, wenn es passiert, oder?«

Aber vielleicht geht es doch *so*. Vielleicht haben wir nicht die Zeit, um auf eine passende Gelegenheit zu warten. Vielleicht haben wir gar keine Wahl.

Es gibt nur das Hier.

Es gibt nur das Jetzt.

Es gibt nur Anne – die wissen will, wie es ist, geküsst zu werden, und mich – der wissen will, wie es ist, mit einem Mädchen zu schlafen.

Ihr wäre ein Filmstar lieber, oder zumindest jemand Kluges. Mir wäre Liese lieber.

Aber die sind nicht hier.

Und wir sind es.

Ich setze mich auf. Ich kann es nicht, nicht so.

»Wir sollten jetzt hinuntergehen«, sage ich.

Bilde ich es mir nur ein oder ist sie erleichtert?

Oder vielleicht enttäuscht?

Ich weiß es nicht.

Ob *sie* es weiß?

Wenn ich diese Gelegenheit noch einmal hätte? Wenn sie so dasäße wie damals, voller Fragen, voller Verlangen? Wenn ich wüsste, was ich jetzt weiß? Hätte ich irgendetwas anders gemacht? Denn wir hatten weniger Zeit, als wir dachten.
Weitaus weniger.

27. März 1944 -

Ich liebe es, Anne zum Lächeln zu bringen. Es gelingt mir, indem ich ihr zuzwinkere. Es gelingt mir, indem ich sie frage, wie es ihr geht oder ob sie mit auf den Dachboden kommen will. Zurzeit mache ich es ständig, denn ich versuche sie zu zeichnen und bekomme ihre Grübchen nicht richtig hin. Ich habe ihr Gesicht nie wirklich genau betrachtet. Wie dunkel ihre Augen sind, wie fein ihre Züge – so wie ihr Verstand, klar und scharf. Sie weiß und denkt so viel, doch von den Menschen versteht sie eher weniger.

Alle im Anbau haben ein neues Gesprächsthema. Uns.

»Annes zweites Zuhause«, sagt Pfeffer, wenn sie zu meinem Zimmer geht. »Vergiss nicht, wieder zu uns zurückzukehren, Anne!«

Anne schmunzelt und zwinkert und benimmt sich, als wäre das alles völlig normal. Sie genießt es, genau wie Herr Frank gesagt hat. Ich sage wie üblich nichts – doch insgeheim bin ich wütend. Ich hasse es. Geht das die anderen denn irgendetwas an? Mussten sie sich denn *ihren* Eltern erklären? Können sie nicht wenigstens so tun, als hätten wir eine gewisse Privatsphäre?

29. März 1944 -

Gestern Abend verkündete Minister Gerrit Bolkestein im Radio, dass die Aufzeichnungen aller Versteckten nach dem Krieg als Zeitzeugenberichte gesammelt werden sollen. Auf einmal spricht das gesamte Hinterhaus über Annes Tagebuch. Jeder will wissen, was drinsteht. Jeder will, dass sie über ihn schreibt. Herr Frank spricht von Zeugnis ablegen. Frau Frank spricht von einem historischen Dokument. Papi erzählt noch mal all seine Lieblingswitze, nur für den Fall, dass sie die schon vergessen hat! Jeder findet es großartig. Jeder außer mir – und Margot.

Margot sagt nichts.

»Was, wenn ich nicht darin vorkommen möchte?«, frage ich beim Abendessen (stinkender Kohl mit Kartoffeln), denn das will ich nicht.

»Schnell, schreib das auf, Anne!«, sagt Papi und alle lachen.

Doch ich grübele. Ich frage mich, ob die anderen wissen, wie leidenschaftlich sie ist und wie viel es ihr bedeutet. Ich schaudere. Das könnte alles verändern. Anne hängt den anderen ohnehin schon an den Lippen. Ich versuche ihren Blick aufzufangen, doch sie sieht eindringlich Margot an und wartet auf eine Reaktion.

»Das ist großartig«, sagt Margot freundlich, aber sie holt tief Luft, bevor sie es sagt.

»Wir müssen dir mehr Zeit lassen, daran zu arbeiten«, sagt Frau Frank. Anne macht ein erstauntes Gesicht.

»Nicht in *meinem* Zimmer. Ich kann es nicht haben, dass Anne noch mehr Zeit in meinem Zimmer braucht, es ist einfach nicht richtig, sie zu sehr zu ermutigen«, sagt Pfeffer.

»Das ist absolut kein Problem, Pfeffer. Anne bekommt Zeit in *unserem* Zimmer. Sie werden davon gar nicht betroffen sein!«, sagt Herr Frank.

Margot schließt die Augen. Und wo soll sie dann hin? Niemand fragt sie und sie fragt niemanden.

Anne lächelt. »Danke dir, Vater!« Frau Frank nickt zustimmend. »Und dir, Mutter!« Aber Margot dankt keiner.

Ich kann mir schon vorstellen, wie Anne uns wohl sieht. Mutti als einfältige, dicke Kokette; Margot als nervtötend vorbildliche Tochter; und ich – wer bin ich? Der Gedanke ängstigt mich. Vor allem wenn ich daran denke, was ich ihr alles erzählt habe.

30. März 1944 –

Ich warte auf dem Dachboden, aber sie kommt nicht. Ich gehe nach unten ins Zimmer der Franks. Sie ist nicht im Wohnzimmer, also klopfe ich an ihre Tür.

»Ach, geh einfach rein«, sagt Margot, »sie hört nie etwas, wenn sie schreibt.«

Ich öffne die Tür. Anne sitzt am Schreibtisch, den Kopf gesenkt, und ihre Finger fliegen über die Seiten. Sie sieht nicht auf – sie merkt gar nicht, dass ich da bin.

»Anne?« Sie zuckt zusammen und schaut zu mir hoch, ihr Blick ist aufgebracht und leer. Sie starrt mich an, dann sagt sie meinen Namen.

»Peter?«

»Wir, äh, wir hatten ausgemacht, wir treffen uns auf dem Dachboden.«

»Oh!«, sagt sie. Einen Moment lang ist es, als wäre sie ganz woanders. Sie sieht beängstigend aus, wütend.

»Ist schon gut«, flüstere ich. »Bis später.«

»Vielleicht gibt es gar kein Später!«, zischt sie und dreht sich wieder zum Schreibtisch. Sie merkt nicht, dass ich gehe. Ich schließe die Tür und stehe einen Moment lang verdattert da.

Margot schaut von ihrem Buch auf. »Beeindruckend, nicht wahr?«, sagt sie trocken.

Ich nicke und verlasse den Raum. Später, als wir uns auf dem Dachboden treffen, sprechen wir nicht darüber, keiner von uns. Es ist etwas Geheimes, wie das Verstecktsein.

Wir treffen uns nun abends, weil ihre Tage so ausgefüllt sind – wir treffen uns auf dem Dachboden. Kerzen können wir nicht haben, also sitzen wir im Dämmerlicht und in der Dunkelheit.

»Ich habe dir nachspioniert«, sagt sie, »neulich, als du mit Moffie im Magazin warst.«

»Ja«, sage ich, »du spionierst uns ständig hinterher, nicht wahr?« Aber ich weiß nicht, wie ich es beschreiben soll, dass es mir vorkommt, als wäre alles anders geworden. Und ich weiß nicht, inwiefern oder warum.

»Du ... du hast Moffie und Mouschi, und ich ... ich ...«, fängt sie an, aber sie beendet den Satz nicht. Plötzlich ist ihr Kopf in ihren Händen und ihre Haare bedecken ihr Gesicht und schluchzend stammelt sie Worte hinter ihren Tränen hervor.

»Ich vermisse sie! Ich vermisse sie so sehr!«, sagt sie.

»Wen?«, frage ich.

»Moortje!«, sagt sie.

So heißt ihre Katze.

»Deine Katze?«, frage ich. Sie nickt. Erst will ich lachen. Dann versuche ich mir ein Leben ohne Mouschi vorzustellen. Ich kann es nicht.

Ich schätze, Anne hat Margot, aber das ist nicht dasselbe. Menschen haben Gedanken und Ansichten. Sie stellen dich in Frage. Mouschi ist einfach da. Ich berühre Annes Gesicht. Ich lege meine Arme um sie und fühle sie zerfließen wie Wasser, das durch meine Hände rinnt. Ihr Körper bebt, aber sie bemüht sich trotzdem, leise zu sein …

»Ich … ich … wünschte …«

»Was wünschst du?«

»Dass …«, und sie schluchzt und hickst, »dass ich etwas Eigenes ganz für mich hätte.«

Ich sage nichts. Vielleicht umarme ich sie ein klein bisschen fester. Ich weiß es nicht. Ich lasse sie reden, aber die ganze Zeit über denke ich: *Meint sie mich? Kann es sein, dass sie mich ganz für sich allein haben möchte?*

Allmählich beruhigt sie sich. Sie streicht sich das Haar aus dem Gesicht. Ich helfe ihr. Es ist feucht. Lockig. Sie sieht völlig aufgelöst aus. Noch nie zuvor habe ich ein Mädchen weinen sehen. Nicht so. Nicht, als würde die Welt untergehen. Ich weiß nicht, wie lange wir schon hier oben sind oder was die anderen wohl denken. Ich weiß nicht, ob das alles in ihr Tagebuch kommt. Gibt es für Anne irgendetwas Privates? Manches sollte man doch wirklich für sich behalten, oder?

»Tut mir leid«, sagt sie rasch. Unvermittelt. Sie ist verlegen.

»Keine Ursache!« Mir tut es auch leid.

»Im Grunde weine ich einfach um alles, was wir verloren haben!«

»Wird denn nicht alles nur noch schlimmer, wenn man darüber schreibt und darüber nachdenkt?«, frage ich, doch sie antwortet nur mit einer Gegenfrage.

»Vermisst du etwas?«, fragt sie.

Wir schweigen wieder. Sie wartet. Ich warte. Fragen

sind gefährlich, selbst wenn sie nicht in einem Tagebuch festgehalten und an die Regierung geschickt werden.

»Natürlich!«, flüstere ich.

»Was denn?«, fragt sie leise.

Eine Weile weiß ich nicht, was ich sagen soll. Nicht, weil es da nicht genügend gäbe, sondern weil es zu vieles gibt. So vieles vermisse ich. Und wenn ich das alles hervorhole, wie soll ich es dann jemals wieder wegpacken? Das sind meine Gedanken im Dunkeln, während ich spüre, wie sie auf eine Antwort wartet.

»Ich vermisse den Regen«, sage ich nach einer Weile. »Den Regen auf meinem Gesicht.« Und als ich die Worte ausspreche, kann ich ihn spüren, frischen Regen, der auf mein Gesicht fällt wie Tannennadeln. Ich vermisse den Regen so sehr, dass es körperlich wehtut, es ist wie ein Schmerz in meinem Inneren.

»Rausgehen!«, haucht Anne. »Das vermisse ich mehr, als ich sagen kann!«

Sie weint immer noch. Ich wünschte, ich könnte irgendwas tun, damit sie aufhört. Ich wünschte, ich könnte alles gut werden lassen. Ich wünschte, ich hätte Worte, so wie sie, um Sachen zu erklären. Aber die habe ich nicht. Ich sage ihr nicht, dass sie aufhören soll zu weinen – das wäre dumm. Ich umarme sie, auch wenn ich nicht weiß, ob das richtig ist. Es fühlt sich eigenartig an. Ich weiß nicht, ob ich es richtig mache oder was sie womöglich in ihrem Tagebuch darüber schreibt.

Die Tränen fließen weiter, bis ich alles andere vergesse, bis auf den Wunsch, sie fester zu umarmen. Ich helfe ihr aufzustehen. Wir setzen uns auf die Holzkiste und sie legt ihren Kopf auf meine Schulter, wo ich die Tränen langsam durch mein Hemd sickern spüre. Sie bebt.

Ich bin zornig.

Was für eine Chance haben wir?

Was für eine Wahl?

Keine.

Draußen vor dem Fenster bewegt der Wind im Dunkeln die Äste des Kastanienbaumes. Auf einmal zwitschert ein Vogel, bis ihm einfällt, dass es Nacht ist, und Anne weint weiter. Ich wusste nicht, dass sie so traurig ist. Nach einer Weile gehe ich und hole ihre Schürze von dort, wo sie zum Trocknen hängt. Sie trocknet ihr Gesicht.

»Besser?«, frage ich und dann werde ich rot. Wie dumm, so was zu sagen. Wie kann irgendwas davon besser werden? Ich warte, dass sie so etwas sagt. Aber das tut sie nicht.

»Eigentlich ja!«, sagt sie leise.

»Gut«, sage ich, »da bin ich froh.«

Sie schnieft.

»Manchmal habe ich einfach ... einfach das Gefühl, es wird alles zu viel, all das, worauf wir verzichten müssen!«, flüstert sie.

Ich nicke. »Muttis Hühnereintopf mit Erbsen!«

»Was?«, fragt sie.

»Noch etwas, das ich vermisse!«, sage ich und sie schmunzelt.

»Blödmann! Gibt es für euch van Pels denn nichts Wichtigeres als Essen?«

»Gibt es für dich etwas Wichtigeres, als dein Tagebuch zu schreiben?«

»Nein!«, erwidert sie lachend, und obwohl ich wusste, dass sie das sagen würde, tut es weh, dass ich an zweiter Stelle nach einem Schreibheft mit Stift komme!

Ich ziehe ein Paar von Pfeffers riesigen Unterhosen von der Leine und biete sie ihr an, um sich die Nase zu schnäuzen. Sie kichert. »Tu sie zurück. Ich ertrage es nicht, die auch nur anzufassen.«

»Anne?«, frage ich und sie nickt. »Du hast etwas Eigenes ganz für dich.«

Sie antwortet nicht, schüttelt nur den Kopf.

»Doch«, sage ich, »du hast dein Tagebuch.«

Sie sieht zu mir auf. Unvermittelt. Mit scharfem Blick. Und genau so würde ich sie zeichnen, wenn ich es könnte.

Ganz genau so.

Und genau so sehe ich sie in meinen Träumen. Bin ich wach oder schlafe ich? Bin ich lebendig oder tot? Ich weiß es nicht. Ich weiß nur, dass sie hier die ganze Zeit bei mir ist.
Ihre Augen sind groß und ihre Hände sind eifrig damit beschäftigt, zu schreiben und zu schreiben – sie halten jede Erinnerung fest.
Sie hört alles.
Sieht alles.
So wie immer.

9. April 1944 –

Ich schlafe schon fast, als Anne mit einem Kissen in den Händen im Türrahmen erscheint. Wir nehmen es mit nach oben und bauen uns ein Sofa. Ich lege das Kissen auf eine Holzkiste und schiebe sie gegen zwei Kartons.

»So«, sage ich.

»Was kostet diese Garnitur im Ganzen?«, fragt sie.

»Sie steht nicht zum Verkauf, aber für Sie ist die Benutzung gratis. Nehmen Sie Platz.«

»Ah!« Mit einem Seufzen lässt sie sich nieder. »Es geht doch nichts über einen Kognak und eine Zigarette, nachdem man den ganzen Abend lang Mozart gehört hat.«

»Ganz meine Meinung!«, sage ich. Ich lerne, bei ihren Spielen mitzumachen. Ich werde immer besser. Aber sie auch – im Stillsein. Wir sitzen da und schauen aus dem Fenster. Da es schon fast Sommer ist, dauert es nun länger, bis die Nacht kommt. Der Himmel durchläuft alle Schattierungen von Blau, bevor er schwarz wird. Der Baum ist nicht mehr nur eine Silhouette von Zweigen. Er hat dicke, dicke Knospen und zusammengerollte Blätter, die darauf warten, aufzuplatzen. Knospen, die sich vor der Dunkelheit abzeichnen. Wir setzen uns. Langsam lege ich meinen Arm um Anne. Langsam lehnt sie sich an mich. Mouschi liegt quer auf unseren Beinen und wärmt uns.

Es ist sehr kalt. Es ist immer kalt. Wir tragen sehr viele Kleider.

»So sieht man wenigstens nicht, wie abgemagert wir sind«, sagt Papi.

Aber wir waren ja gar nicht abgemagert. Nicht wirklich, noch nicht!

Es ist friedlich mit Anne auf dem Dachboden, zumindest eine Zeit lang.

»Die Lage ist schlimm, nicht wahr?«, fragt sie.

Ich nicke in ihr Haar.

»Alles geht zur Neige«, sagt sie. »Das Essen, die Kohlen.« Sie stockt einen Moment.

»Sogar die Juden!«, flüstere ich. Wir müssen lachen. Wir wissen, das sollten wir nicht. Wir wissen, das ist nicht komisch, und bald hören wir auf. Abrupt hören wir auf.

»Miep sagt, dass sogar die Kinder stehlen.«

»Sie sind verzweifelt!«, sage ich.

»Ich weiß«, antwortet sie rasch. Ihr ist klar, dass ich es nicht leiden kann, wenn sie von Gossenkindern spricht. Wir würden es an deren Stelle bestimmt genauso machen.

»Ich muss dauernd an all die Leute in Ungarn[12] denken. Wie kann man so viele Menschen umbringen, Peter? Glaubst du, es …«

»Pst!«, sage ich. Denn es gibt keine Antwort und die Frage ist zwecklos. »Wir können nichts tun, noch nicht.«

Sie setzt sich auf, Mouschi rückt ab und rollt sich auf meinem Schoß zusammen.

[12] Am 19. März 1944 haben Anne und Peter von der deutschen Besetzung Ungarns gehört.

»Doch, können wir«, sagt sie. »Wir können davon erzählen!«

»Du kannst das«, sage ich.

»Jeder kann das«, gibt sie zurück.

»Vielleicht.«

»Miep sagt, draußen ist es ganz schrecklich! Die Holländer halten nicht mehr zusammen, sondern bestehlen sich gegenseitig.«

»Wir haben Glück«, sage ich. »Glück, dass wir es warm haben, zu essen kriegen, vielleicht durchkommen!«

»Ich weiß. Na ja, halbwegs warm!«, flüstert sie und schmiegt sich enger an mich. »Das Gute am Schreiben ist, dass es die Zeiten überdauert«, sagt sie auf einmal.

Ich lächele. »Das ist wunderbar!«, sage ich und denke, es muss herrlich sein, wenn man Anne Frank ist und nie allein, weil man immer etwas in sich trägt. Eine Geschichte zu erzählen. Menschen zu beschreiben. Einen neuen Einfall zu ergründen.

Zufrieden lehnt sie sich an mich. Das sind die schönsten Momente. Nicht jene Augenblicke, in denen sie sich nach etwas sehnt, von dem ich nicht weiß, ob ich es ihr geben kann, sondern diese Momente. Die einfachen Momente, in denen ich Ja zu ihr sagen kann.

»Peter, ich habe nachgedacht über das, was du erzählt hast, über die Dinge, die du dir wünschst … und ich …«

Da ertönt ein leises aufforderndes Pfeifen und wir springen auf, schuldbewusst, obwohl wir uns kaum berührt haben. Papi steht auf der Treppe.

»Dr. Pfeffer sagt, ihr habt sein Kissen geklaut!« Wir grinsen einander an und eilen treppab.

»Ach, Anne«, meckert Pfeffer und klopft das Kissen an seinen Oberschenkeln aus. »Jetzt werde ich wegen der Flöhe die ganze Nacht herumhüpfen.«

»Nein, nein, nur ich habe darauf gesessen und ich habe keine Flöhe!«, antwortet Anne lächelnd.

»Wusstet ihr, dass Flöhe ein Vielfaches ihrer Größe hoch springen können?«, fragt Margot und wir schmunzeln alle und verkneifen uns das Lachen bei der Vorstellung, dass Pfeffer überhaupt irgendwie hüpft.

»Liebe Güte«, sagt Papi, »Pfeff, da könntest du uns huckepack nehmen und mit uns den ganzen Weg bis in die Freiheit springen!«

»Das ist nicht witzig!«, sagt Pfeffer und stürmt in sein Zimmer.

Ich liege in meiner Kammer und frage mich, was Anne als Nächstes sagen wollte.

Ich war so damit beschäftigt, über Anne nachzudenken, dass ich es nicht mitgekriegt habe. Denn die Schritte kamen näher – und wir haben nicht hingehört. Selbst als der Einbruch passierte, ist es uns nicht wirklich aufgefallen – wir waren zu bequem geworden. Wir hatten vergessen, wie gefährlich sie war.
Die Außenwelt.
Wir glaubten, wir würden es schaffen.

Später am selben Abend

Sobald ich hinter dem Bücherschrank hervortrete, höre ich es. Zwei laute Schläge, und mir stockt das Herz. Ich warte auf einen weiteren Schlag, aber es kommt keiner. Ich ziehe die Schuhe aus und renne die geheime Treppe hinab. Bis ganz nach unten. Lautlos. Die Tür zum Magazin ist verschlossen, aber ein großes Brett ist herausgebrochen, die Luft pfeift hindurch.

Ich renne wieder nach oben und bitte Herrn Frank, mir bei meiner Hausaufgabe zu helfen. Ich sehe, dass Anne die Lüge durchschaut, hoffe aber, sie sagt nichts zu Mutti. Wir greifen uns Werkzeuge (zumindest Vater und ich, Herr Frank weigert sich wieder) und rennen ins Magazin hinunter.

»Polizei!«, ruft Papi und wir hören auf der Straße davonrennende Schritte. Im Dunkeln heben wir das Brett auf und gehen daran, es wieder einzusetzen. Ohne Lärm zu machen, ist das nicht möglich. Wir versuchen, nicht daran zu denken, dass uns nur wenige Zentimeter von der Außenwelt trennen, und auch nicht daran, wie laut das Einschlagen von Nägeln durch die Nacht tönt.

»Das wird genügen!«, flüstert Herr Frank. Wir atmen alle tief durch und lauschen, können kaum glauben, dass es vorbei ist. Ich stoße die Luft aus und wende mich ab.

Da höre ich ein lautes Bersten und das Brett fliegt von der Tür. Ich wende mich um, ein Stiefel ragt zur Tür herein, ein großer schwarzer Stiefel drängt sich ins Magazin, in die Stille und Finsternis und Sicherheit. Bedroht uns. Ich schwinge meinen Hammer dagegen und versuche, den Stiefel geradewegs wieder nach draußen zu befördern.

Der Hammer knallt gegen das zersplitterte Brett. Vater schlägt vor Wut mit der Axt auf den Boden. Funken fliegen auf. Rennende Schritte. Stille. Schwer keuchend, lehnen Vater und ich uns aneinander.

»Nun, das scheint gewirkt zu haben«, flüstert Herr Frank trocken. »Lasst uns das Brett wieder festmachen.«

Kaum haben wir es hochgehoben, hören wir weitere Schritte. Wir halten inne. Eine Taschenlampe leuchtet durch die geborstene Tür. Dahinter sieht man die Schattenumrisse von einem Mann und einer Frau.

»Was zum ...«, sagt Papi und wir laufen alle davon. Nun sind wir die Einbrecher. Papi und Herr Frank laufen zu ihren Frauen. Ich renne ins Büro und sorge für Durcheinander, so als ob jemand eingebrochen hätte. Ich reiße Fenster auf. Papi erinnert sich, dass Herr Pfeffer auf dem Klo ist, und bringt ihn die Treppe hoch. Ich mache den Bücherschrank sorgfältig zu und bleibe lauschend einen Moment dahinter stehen. Nichts. Ich lasse den Hammer in meinen Händen baumeln und warte.

Kein Laut ist zu hören.

Herr Frank holt die Frauen nach oben. Wir machen mein Fenster auf und lauschen. Kein Laut.

Und dann hören wir sie. Schritte im Büro – auf der Treppe und schließlich direkt beim Bücherschrank.

Es wird an der Tür gerüttelt.

Keiner spricht.

Keiner rührt sich.

Ich glaube, es hat nicht einer von uns geatmet, aber wir haben alle denselben Gedanken. Das war's. Jetzt ist es aus. Doch noch immer rührt sich keiner von uns. Wer auch immer da draußen ist, rüttelt erneut am Bücherschrank. Und noch einmal. Eine Dose fällt vom Regal.

Die wissen Bescheid!, denke ich. *Sonst würden sie das doch nicht machen?*[13]

Wir hören, wie jemand durchs Büro zurückläuft, Fenster schließt und die Treppe hinabgeht. Aber es scheint noch immer Licht unter der Tür hindurch. Warum hat man das Licht angelassen? Will man zurückkommen, um nachzuforschen? Ist man Werkzeuge holen gegangen? All diese Gedanken schießen mir im Stillen durch den Kopf. Wir drängen uns in der Küche zusammen.

»Von all der Aufregung muss ich auf den Topf!«, sagt Papi. Da wird uns klar, dass die Nachttöpfe auf dem Dachboden sind und wir nichts zum Reinpinkeln haben. Am Ende benutzen wir meinen Blechpapierkorb – alle. Es stinkt. Es stinkt richtig schlimm. Das ganze Zimmer riecht nach Pisse und Angst und Schiss. Denn Angst haben wir. Wir fürchten um unser Leben.

Ich würde mich gerne zu Anne unter den Tisch legen. Ich würde sie gerne in meinen Armen halten. Ich würde gerne *etwas* im Arm halten, *irgendwas* – doch alles, was

[13] Als die Polizei schließlich kommt, geht sie direkt zum Bücherschrank. Hat, wer auch immer bei diesem Einbruch dort war, sie informiert? Wir wissen es nicht. Wir können es nicht wissen. Wir können es nur vermuten.

zu haben ist, ist eine Zigarette. Also rauche ich. Ich atme den Rauch nicht ein, damit ich nicht husten muss. Ich sitze beim Spülstein und frage mich, wer die beiden waren, das Paar mit der Taschenlampe. Ich hoffe, es war ein nettes junges holländisches Pärchen auf einem Spaziergang. Ich hoffe, unsere erschrockenen Gesichter haben Mitleid erweckt und keinen Hass.

Ich glaube, mir fallen die Augen zu, aber ich glaube nicht, dass ich schlafe.

Am Ende schleiche ich hinaus in mein Zimmer. Anne steht auf, bleich wie ein Gespenst im Morgengrauen, und folgt mir. Wir sitzen an meinem Fenster und warten darauf, dass die Sonne aufgeht. Wir werden sie nicht sehen, aber wir werden sie spüren. Wir sagen nichts, aber ich glaube, wir denken das Gleiche. War es das? Ist dies unser letzter Tag? Wir sitzen ganz dicht beisammen. So dicht, dass ich spüre, wie sie zittert. Mir gehen Worte durch den Kopf. Worte, die ich nicht sagen kann. Einfache Worte.

Leg dich mit mir hin und lass uns Liebe machen.

Uns ist so kalt. Wir sind so müde. Leg dich mit mir hin, damit wir schlafen und einander im Arm halten können.

Doch wir sitzen weiter aufrecht und schweigend am Fenster.

Wie Wächter.

Bis hinter uns die anderen anfangen zu flüstern und aufzuwachen. Pläne zu schmieden. Schließlich lege ich mich allein auf mein Bett. Und schlafe ein.

Als ich aufwache, sind Miep und ihr Mann Jan an der Tür.

Ich rappele mich auf und stehe im Rahmen der Küchentür. Alle weinen und reden. Der Raum stinkt immer noch fürchterlich. Ich hole das Chlorpulver und fange an, den Gestank zu beseitigen. Der Blechpapierkorb ist voll und leckt. Ich hole einen Eimer. Herr Frank hilft mir. Er ist schwer, aber nicht so schwer wie die bleierne Furcht in mir.

»Gut gemacht, Peter!«, sagt er, aber die Worte perlen an mir ab. Ich nicke trotzdem. Es ist nicht so einfach, all die Angst im Klo runterzuspülen. Wir haben nur eine halbe Stunde, bis die Büroangestellten eintreffen. Endlich schaffen wir es. Als wir zurückkommen, haben die anderen den Raum aufgeräumt und es sieht aus, als wäre nichts geschehen. Ich stehe da, betrachte die Küche und all die Redenden. Ich erinnere mich an den Tag, als ich hier ankam. Ich spüre die Hitze und weiß noch, wie klein und dunkel es mir hier vorkam. Ich bin vor lauter Schlafmangel ganz benommen. Ich stelle mir die Räume leer vor – alles weg, wir inbegriffen. Aber wir sind ja schon weg, wispert mein Verstand. Außerhalb dieser Hinterhausmauern gibt es keinerlei Spur mehr von uns.

Niemand außer den Büroangestellten würde uns vermissen, wenn man uns fortbrächte.

Ich schüttele den Kopf und versuche mich zu konzentrieren.

Jan erzählt, das Paar, das uns im Magazin gesehen hat, waren Herr van Hoeven und seine Frau, die immer die Kartoffeln liefern. Sie haben nicht die Polizei verständigt. Sie dachten sich schon, dass sich hier jemand versteckt. Vor Erleichterung fangen alle an zu reden und zu lachen.

»Aber wer hat zuvor eingebrochen, und warum?«

»Wie lange können wir noch durchhalten?«

Nach dem Mittagessen schlafen wir alle. Ich liege auf meinem Bett und betrachte die Risse in der gelben Decke. Meine Augen fühlen sich trocken an und sandig. Als ob Salz darin wäre. Nach einer Weile gehe ich ins Badezimmer runter, um sie auszuwaschen. Anne ist dort. Mit ihren großen Augen schaut sie mich an.

»Willst du noch auf den Dachboden gehen?«, frage ich und sie nickt. Wir gehen hinauf. Ich lege meinen Arm um ihre Schultern und meinen Kopf auf ihre Haare. Ich berühre ihre Locken mit den Fingern. Sie legt ihren Arm um mich. Ganz schüchtern. Sie zieht mich an sich oder versucht es zumindest. Sie ist sehr klein.

»Danke dir!«, flüstert sie.

»Wofür?«

»Dass du so tapfer bist«, sagt sie.

»Bin ich nicht«, flüstere ich.

»Du hast uns verteidigt«, sagt sie, »und dann hast du die Schweinerei weggeräumt.«

»Haben wir alle«, antworte ich. Ihr bewundernder Blick und ihre Umarmung fühlen sich gut an.

»Peter?«

»Ja?«

»Ich habe nachgedacht, über das, was du gesagt hast, und nach letzter Nacht, ich …«

Margot taucht am Treppenabsatz auf.

»Komm, Margot, und setz dich zu uns«, sage ich, wohl wissend, wie oft wir sie schon ausgeschlossen haben. »Wir sitzen bloß in der Sonne.«

Margot lächelt. »Das ist paradox, nicht wahr?«, sagt sie. »Schlimme Dinge geschehen und die Sonne scheint. Der Tee ist fertig.«

Sie verschwindet wieder. Wir stehen auf.

Unten sind alle vor Erleichterung ganz ausgelassen. Sie haben echte Limonade gemacht.

Ich frage mich, was es zu feiern gibt.

Ich bin erschöpft.

Nach einiger Zeit gehe ich in mein Zimmer. Ich hoffe, Anne kommt auch. Ich hoffe, der bewundernde Blick könnte schließlich zu einer Berührung führen, einem Kuss oder … Ich schlafe ein.

14. April 1944 –

Anne redet und redet und redet, sie hört nicht einmal auf, wenn meine Finger über ihr Gesicht streichen oder ihr Haar berühren. Ich liebe es, wie ihre Locken sich in meinen Händen anfühlen. Ich liebe alles um mich herum. Seit dem Einbruch sehe ich alles mit anderen Augen. Ich bin viel achtsamer.

Die ganze Welt wirkt besonders und wunderbar. Das Vogelgezwitscher im Kastanienbaum vor dem Fenster, die Sonne am blauen Himmel, das Laub – wahre Wunder! Eines Tages, schon bald, werde ich hier heraufkommen und die Knospen werden geöffnet sein. Weit geöffnet, ohne dass ich gesehen hätte, wie es geschah.

Ich spüre die Sonne auf meinem Gesicht, beobachte, wie sie die Haut von Annes Gesicht zum Leuchten bringt. Das Licht fällt in einem Balken über ihre Augen, als sie mir ihr Gedicht über Liebe und Hoffnung vorliest:

Meine Würde, meine Hoffnung,
meine Liebe, mein Mut.
Das alles hält mich aufrecht
und macht mich gut!

»Das ist wunderschön!«, sage ich.

»Nun«, sagt sie lächelnd, »durch dich empfinde ich so.«

»Tatsächlich?«, frage ich. »Ich glaube, durchs *Schreiben* empfindest du so.« Sie starrt mich an, bedenkt mich mit ihrem scharfen Blick.

»Nein«, sagt sie bedächtig. »Weißt du, Peter, manchmal ist es so, dass ich etwas empfinde und es erst *danach* in Worte fasse.«

Manchmal, im Lager, kamen mir ihre Worte in den Sinn. Tauchten wie aus dem Nichts in meinem Kopf auf. Sie kamen wie Gespött. Wie ein Fluch. Wie ein Traum aus einer anderen Welt, der hier ohne Bedeutung ist.
Seitdem hoffe ich, dass sie schnell gestorben ist. Schnell. Dass sie voller Liebe, Mut und Hoffnung in die Gaskammern trat – und erloschen ist wie ein Licht. Ein helles Licht.
Nicht so wie ich.
Lebendig begraben.

15. April 1944 –

Ich liege mit weit offenen Augen da und weiß, dass kein Schlaf kommen wird. Stattdessen wird die Angst kommen. Das passiert manchmal und ich kann nichts dagegen tun.

Ich mache die Augen fest zu. Kneife sie zu. Ich rolle mich zu einer Kugel zusammen und versuche mich klein zu machen, in der Hoffnung, dass die Angst über mich hinwegzieht. Doch sie ist in mir drin. Ich kann ihr nicht entkommen.

Im Haus ist es heiß. Stickig. Ich kann das Fenster nicht aufmachen. Es gibt da etwas, woran ich denken sollte.

Ich nicke nicht ein, ich falle in bleiernen Schlaf. Selbst in meinen Träumen bin ich nackt und zittere und versuche, mich an etwas zu erinnern. In dem Traum sind alle nackt. Alle sind Juden oder gebrochen oder Homosexuelle oder verrückt. Wir taumeln alle umher und suchen nach einem Schlüssel zum Verständnis. Wir sind Tausende – und doch bin ich allein.

Mir ist, als könnte ich die Westerturmglocken wieder hören. Freudig öffne ich die Augen, aber es ist nicht so. Sie sind nicht da.

Ich nicke nicht ein. Ich falle in bleiernen Schlaf.

Anne ruft mich.

»Peter, Peter!« Ich spüre, wie sie meine Hand nimmt. Ich mache die Augen auf, sehe sie – und da fällt es mir ein.

»Ich habe die Tür nicht entriegelt!«, sage ich und fahre erschrocken hoch. Sie antwortet nicht, drückt nur meine Hand.

»Komm zum Frühstück«, sagt sie.

Mein Herz klopft rasend schnell. Ich habe die Tür nicht entriegelt. Jeden Abend schiebe ich den Riegel vor die Tür, damit niemand von draußen hereinkommen kann. Jeden Morgen muss ich die Tür entriegeln, damit Herr Kugler sie mit seinem Schlüssel aufschließen kann. Ich bringe kein Wort heraus. Wie ist er hereingekommen? Was ist passiert?

»Komm schon«, sagt Anne und streichelt meine Hand. »Wir hätten dich daran erinnern sollen!«, sagt sie.

Ich ziehe mich an. Ich höre die anderen in der Küche mit gedämpften Stimmen murmeln. Als ich hereinkomme, schauen sie mich an. Nicht zornig, sondern mitleidig.

»Komm, setz dich, Peter«, sagt Herr Frank.

»Iss, Liebling!«, sagt Mutti. »Versuch etwas zu essen.«

Papi lächelt mir nur zu. Ich versuche es. Ich lege das Essen auf meinen Teller. Ich kann es kauen, aber herunterschlucken kann ich es nicht. Anne greift über den Tisch und berührt meine Hand. Herr Frank drückt meine Schulter.

»Peter tut mir bei der ganzen Sache am meisten leid«, sagt Frau Frank.

Ich schlucke. Ich versuche, nicht zu weinen.

»Was ist passiert?«, frage ich. Ich muss es wissen. Alle schauen Herrn Frank an.

»Nun«, sagt er, »wie du dir denken kannst, konnte Herr Kugler die Tür nicht aufmachen, weil sie von innen verriegelt war.«

Im ersten Moment denke ich, das ist alles, was er sagt. Jeder sieht ihn an. Außer Anne, die mir zuzwinkert.

»Er ist zu Keg's nach nebenan gegangen«, fährt er fort.

O nein, denke ich, nicht zu Keg's, die haben ohnehin schon dies und das bemerkt. Jetzt wissen sie sicher, dass die Tür verriegelt war und folglich drinnen jemand sein muss. Ich schlucke. Keiner sagt etwas, aber ich höre sie alle die Luft einziehen. Das ist eine Katastrophe. Es ist schlimm. Sehr schlimm. Keiner braucht es mir zu erklären oder mir Vorwürfe zu machen. Ich weiß es.

»Er hat von hinten das Bürofenster eingeschlagen und ist so ins Haus gekommen.« Schweigen. »Unglücklicherweise ist den Leuten von Keg's ein offenes Dachbodenfenster aufgefallen. Wir sind unvorsichtig gewesen. Wir alle«, sagt er.

Ich senke den Kopf. Ich am allermeisten, denke ich.

»Es tut mir schrecklich leid«, sage ich. Mutti lächelt mir zu.

»Ich war es, die das Dachbodenfenster aufgemacht hat«, sagt sie. »Ich wollte ausnahmsweise mal luftgetrocknete Wäsche haben und es war so ein herrlicher Tag.«

»Außerdem hätten wir dich erinnern sollen«, sagt Margot.

»Ja«, sagt Anne, »es ist deine Aufgabe, es tatsächlich zu tun, aber unser aller Aufgabe, daran zu denken!«

»Ja«, bestätigt Herr Frank, »wir sind alle verantwortlich.«

Dr. Pfeffer sagt nichts.

Ich stehe auf. »Ich danke euch«, sage ich. Ich gehe in mein Zimmer. Ich wäre gerne unten. Ich würde gerne Mouschi suchen. Ich würde gerne in der Dunkelheit des Vorratsraums sitzen, wo keiner mich sehen kann. Aber ich bringe es nicht über mich, zurück durch die Küche zu gehen, an allen vorbei, um dorthin zu gelangen. Ich stehe auf dem Dachboden. Die Sonne scheint. Es ist ein wunderschöner Tag. Der Himmel ist blau. Wie konnte ich das nur vergessen? Wie konnte ich uns alle in so große Gefahr bringen? Was ist nur mit mir los?

Anne Frank ist mit dir los.

»Das ist nett«, höre ich Mutti sagen, »aber nicht jetzt, Anne, vielleicht später. Lass ihn ein Weilchen für sich sein.«

Ich sitze auf dem Boden in der Sonne. Für wie lange, weiß ich nicht. Nach einiger Zeit stehe ich auf. Ich kann nicht ewig hierbleiben. Ich kann nicht ändern, was geschehen ist. Wenn Wünsche etwas bewirkten, wäre der Krieg längst vorbei. Das sagt Mutti immer. Also stehe ich auf. Ich gehe die Treppe hinunter. Die Franks sind gegangen, welche Erleichterung.

Mutti umarmt mich. Sie braucht nichts zu sagen. Ich nicke Papi zu.

»Pech gehabt, alter Junge«, sagt er. »Hätte jedem passieren können.«

Ist es aber nicht, denke ich. *Es ist nicht irgendwem passiert. Es ist mir passiert.*

Ich gehe hinunter. Zu Herrn Frank.

»Ich habe uns in Gefahr gebracht«, sage ich.

Er widerspricht nicht, er nickt nur – und dann lächelt er. »Du hast einen Fehler gemacht«, sagt er, »aber nicht du bist der Grund, warum wir wirklich in Gefahr sind, nicht wahr, Peter?«

»Nein«, sage ich, »aber …«

»Was geschehen ist, ist geschehen«, antwortet er rasch. »Grüble nicht länger. Lern etwas daraus und schau nach vorn.« Ich nicke wieder.

»Können wir jetzt ein bisschen Französisch machen?«, frage ich, denn ich möchte in seiner Nähe sein. Ich möchte über Verben und Endungen nachdenken und solche Sachen, die Hand und Fuß haben.

»Natürlich!«, sagt er. Er legt sein Buch hin. Wir üben französische Konversation. Ich bin nicht sonderlich gut darin.

»*Bonjour!*«, beginnt er.

»*Ça va?*«, frage ich.

»*Ça va bien, merci, et toi?*«

»*Ça va.*«

»*Qu'est-ce que tu voudrais acheter ce matin?*«, fragt Herr Frank.

Und das Wort kommt aus meinem Mund, auf Holländisch, nicht auf Französisch: »Freiheit.«

Ich werde rot. Herr Frank schmunzelt.

»Leider ist das etwas, das wir nicht kaufen können, Peter«, antwortet er.

Ich sage nichts.

Wir beginnen mit den unregelmäßigen Verben.

Herr Kugler ist verärgert. Es muss einiges anders werden: Ich muss jeden Abend zwischen halb neun und neun durchs Haus patrouillieren. Nach halb zehn dürfen wir die Toilette nicht mehr spülen. Pfeffer beklagt sich, weil er nun im Badezimmer arbeiten muss statt im Büro.

Aber das Schlimmste von allem ist, dass ich nachts mein Fenster nicht aufmachen darf. Ich verstehe, warum – im Büro nebenan hat man es bemerkt –, aber auf das letzte bisschen Luft von draußen zu verzichten! Das ist für mich, als würde ein Sargdeckel zugeschlagen.

Jedes Mal, wenn mir einfällt, was ich getan habe, dreht sich mir der Magen um und mein Herz fängt an zu rasen. Anne sagt nichts, aber wann immer sie kann, fängt sie meinen Blick auf und lächelt mir zu.

Beim Mittagessen bekomme ich nichts herunter – niemand spricht es an, nicht einmal Pfeffer, was sehr freundlich ist. Alle reden über etwas anderes. Wenn sie meint, dass niemand hinschaut, zwinkert Anne mir zu. Zuerst denke ich, es ist ein Versehen, ein Zucken. Aber dann, als ihr Vater gerade über die Alliierten spricht und dass sie sicher bald hier sind, tut sie es wieder. Ich schaue mich um. Niemandem ist es aufgefallen. Sie wartet. Und dann macht sie es noch einmal. Da muss ich schmunzeln. Ich kann mir nicht helfen. Sie bläst mir einen Kuss zu. Nach dem Essen sitzt sie bei mir auf meinem Bett.

»He! Rutsch ein Stück weiter!«, sagt sie und dann versucht sie mich zu umarmen. Sie streckt die Arme aus, um sie um meinen Hals zu legen, aber sie ist zu klein, also bekommt sie ein Kissen und setzt sich drauf, um sich größer zu machen.

»Komm her«, sagt sie und legt meinen Kopf an ihre Schulter. Sie hält mich so fest, dass ich mich nicht mehr allein fühle. Sie lehnt sich zurück und sieht mich fragend an, aber ich kann nicht sprechen. Ich lege meine Handfläche an ihr Gesicht und ihr Name erfüllt mich durch und durch.

An-ne, An-ne, An-ne.

Er erklingt überall, nur nicht auf meinen Lippen.

Ich lege ihren Kopf an meine Schulter. Ich kann meine Uhr sehen. Ich sehe, wie die Minuten verstreichen, und weiß, bald muss ich aufstehen, weil es halb neun ist, Zeit, meine Runde anzutreten. Das Leben muss weitergehen. Aber ich wünschte, es müsste nicht sein. Weder das eine noch das andere. Ich wünschte, wir könnten hier sitzen, ihr Kopf an meiner Schulter, meine Finger in ihrem Haar. Ich stehe auf. Sie ebenfalls. Ich weiß nicht, was ich sagen oder wie ich ihr danken soll.

»Ich …«, setze ich an, und sie lächelt, doch ich finde nicht die richtigen Worte. Sie legt ihre Hand auf meinen Arm und wendet sich zum Gehen.

»Anne?« Ich weiß nicht, ob ich ihren Mund küssen will, ihre Augen oder ihre Stirn. Aber küssen will ich sie. Das weiß ich. Sie dreht sich um und irgendwie küsse ich ihre Wange, ihr Haar und ihr weiches, warmes Ohr. Und dann, ehe ich mich versehe, ist sie fort.

Ich stehe am Fenster. Ich hole tief Luft. Ich berühre meine Lippen. Eine Haarlocke hängt noch zwischen meinen Fingern.

»Anne?«, flüstere ich ihren Namen. »Anne?« Ich schüttele den Kopf und gehe in die Küche.

»Kann's losgehen?«, fragt Papi.

Ich nicke.

»Guter Junge!«, sagt er.

Aber Mutti sieht mir nur tief in die Augen. Sie sagt eine Zeit lang nichts, dann berührt sie meine Schulter.

»Sei vorsichtig, Peter«, flüstert sie und ich spüre, wie ihr Blick mir folgt, aus dem kleinen Raum hinaus und den ganzen Weg die Treppen hinunter.

Ich gebe keine Antwort.

Später am Tag

Ich stehe an der Tür und lausche. Papi richtet das Bett her. Mutti steht neben der Spüle, direkt an der Tür.

»Peter ist nicht er selbst, Hermann, gar nicht er selbst – und wir wissen ja wohl beide, warum, oder nicht? Hast du gesehen, mit was für einem Gesichtsausdruck dieses kleine Biest aus seiner Tür gekommen ist? Aber nicht etwa, dass Edith Frank irgendetwas dagegen unternehmen würde! O nein! Ihre Tochter ist viel zu mustergültig, um für irgendetwas verantwortlich zu sein. Also wirklich! Und was wird sie sagen, wenn die Dinge zu weit gegangen sind?!«

»Ach!«, sagt Vater und ich höre ihn brummeln.

»Weißt du, was dieses Weib zu mir gesagt hat? Sie hat gesagt, ich wäre eifersüchtig, eifersüchtig auf ein vierzehnjähriges Mädchen. Also, wie findest du das?«

Brummel, brummel, ist alles, was ich an Antwort höre.

»Peter ist auch nur ein Mensch! Schließlich ist er ein Junge! Und sie ist ein Mädchen!«, sagt Mutti.

Noch mehr Gebrummel von Papi.

»Aber woher willst du *wissen*, dass er vernünftig ist, Hermann? Wären wir es gewesen?«

Weiteres Brummeln, dann lacht Mutti, so laut sie es wagen kann. »Wenn du meinst, wir hätten in einer solchen Situation gewartet, dann hast du aber ein schlechtes Gedächtnis!«

Nun herrscht Stillschweigen. Ich warte. Die Stille dehnt sich aus. Das Bett knarzt. Ich gehe von der Tür weg, so schnell ich kann.

16. April 1944 –

Ich bin nie mehr allein. Selbst im Magazin ist Anne in Gedanken bei mir. Ich stelle mir vor, wir wären in der geheimen Dunkelheit und Stille zusammen. Denke mir aus, wie ich sie im Duft von Gewürzen umarmen könnte – und was wir miteinander machen.

Ich gehe am Tisch vorbei und spüre, wie etwas meine Hüfte streift und herunterfällt. Als ich nach unten schaue, liegt ein Bleistift auf dem Boden. Ich denke mir nichts dabei. Ich hebe ihn einfach auf und lege ihn wieder auf den Tisch und wundere mich, wie er dort hingekommen ist.

Es gab Hinweise. Zahlreiche Hinweise.
Irgendjemand lag auf der Lauer.
Der Zeitpunkt rückt näher.
Aber ich höre nicht hin, sehe nicht hin.
Ich habe viel zu großes Verlangen …
Nach Anne.

Wir verbringen all unsere freie Zeit auf dem Dachboden. Halten einander im Arm. Reden und reden und reden. Ich wusste gar nicht, dass ich so viele Worte in mir habe. So viele Gedanken. Anne ist erstaunlich.

»Was ist überhaupt Liebe?«, fragt sie eines Tages. »Ich meine, muss man verheiratet sein, um zu lieben?«

»Nein«, sage ich.

»Genau! Sieh dir unsere Eltern an. Sind die etwa glänzende Vorbilder dafür, wie man einander lieben sollte?«

»Nun«, sage ich zögerlich, »ich glaube, meine lieben sich, auch wenn sie oft streiten!« Ich denke daran, wie Papi sich an Mutti in rosa Seide zurückerinnert. Ich denke daran, wie ihr Bett knarzt. Ich sage nichts, nur für den Fall, dass es sonst in ihr Tagebuch kommen könnte.

»Also, Pim liebt meine Mutter nicht!«

»Glaubst du nicht?«, frage ich. »Aber sie streiten sich nie!«

»Genau! Keine Leidenschaft!«

Darüber denke ich nach. Ich überlege, warum Anne und ich nie streiten.

27. April 1944 -

Ich liege auf meinem Bett und habe die Arme um sie geschlungen. Es fühlt sich genauso natürlich an, wie wenn Mouschi auf meinem Schoß liegt. Manchmal fahre ich mit der Hand unter den Stoff ihres Kleides und betaste die Rundung ihrer Schulter.

Mouschi drängt und quetscht sich immer zwischen uns. Eifersüchtig. Ich schiebe ihn weg.

Ich glaube, Anne weint wieder, lautlos an meiner Schulter. Die Tränen sickern in meinen Overall. Wie passen so viele Gefühle in eine so kleine Person? Ich halte sie ein bisschen fester. Sage nichts. Weiß sie, dass ich es merke? Meint sie, ich liege hier mit ihr in den Armen und glaube, dass sie lächelt? Warum sagt sie nichts? Warum spricht sie nie über ihre Traurigkeit? Um halb neun stehen wir auf. Es ist Zeit zu gehen. Sie steht am Fenster. Die Art, wie sie immer wieder dasselbe tut, lässt mich schmunzeln. Sie steht am Fenster, um Auf Wiedersehen zu sagen. Sie zittert. Ich berühre sie. Ich denke, wenn ich sie halte, hört sie vielleicht auf zu zittern. Nicht für immer, aber zumindest für den Moment. Ich greife nach ihr. Sie schlingt ihre Arme um mich und ich werde gegen die Wand gedrückt. Warm und schwer hängt sie an meinem Hals. Der sanfte Druck ihrer Lippen auf meiner Wange.

Es kommt zu plötzlich, ich bin ganz überrascht. Doch dann findet mein Mund ihren Mund.

Und als er erst einmal dort ist, finde ich kein Ende mehr.

Es spielt keine Rolle, was ich denke oder wie sehr ich versuche auf ihren Vater zu hören – wie ein Mann zurückzuweisen, was mir nicht zusteht.

Ihr Körper ist dicht an meinem, schmiegt sich an mich. Unsere Münder sind aufeinandergepresst. Und ich kann nicht aufhören. Ich will nicht aufhören. Bis Anne sich losreißt. Wir sehen uns an. Ihre Augen glänzen noch immer vor Tränen und noch etwas anderem. Etwas, das ich nicht erkenne und nicht benennen kann.

»Anne!«

Aber sie bleibt nicht länger. Sie gibt mir keine Gelegenheit, noch irgendetwas zu sagen. Sie dreht sich um und geht. Und mich durchfährt ein Gedanke.

Sie kann es kaum erwarten, das in ihr Tagebuch zu schreiben.

Mouschi streicht um meine Knöchel, den Schwanz hoch aufgerichtet und zornig gesträubt. Ich nehme ihn auf den Arm.

»Was ist denn?«, frage ich und setze mich hin. Er reckt den Kopf, drückt ihn in meine Hände, wartet darauf, dass meine Finger ihn hinter den Ohren kraulen. Und dann streckt er sich auf meinem Schoß aus. Was, wenn es Anne wäre? Was, wenn sie auf meinem Schoß läge und meine Hände über ihren Körper strichen?

»Nein«, sage ich flüsternd zu mir selbst, aber in Wirklichkeit meine ich Ja.

Wir haben Angst.
Angst, dass dies unsere einzige Chance ist.
Nicht morgen.
Sondern hier.
Und jetzt.

29. April 1944 –

Ich kann es kaum erwarten, wieder mit ihr allein zu sein. Ich spüle mir den Mund aus und wasche mein Gesicht. Als sie hereinkommt, sitze ich fertig an meinem Schreibtisch.

»Peter?«, fragt sie, sobald sie sich hingesetzt hat. »Meinst *du*, ich sollte mit meinem Vater über uns sprechen?«

»Natürlich«, sage ich schnell, »du musst tun, was du richtig findest.« Doch mein Herz macht einen Plumps. Erzählt sie es ihm, damit sie eine gute Ausrede hat, uns zu bremsen? Sie nickt mir zu, distanziert, förmlich, als wäre sie meine Sekretärin, als hätte es diesen Kuss nie gegeben. Hat ihr Körper ihn vergessen? Meiner nicht. Letzte Nacht beim Einschlafen spürte ich den Druck ihrer kleinen Brüste an meinem Oberkörper. Stechend und unvermittelt wie Lust. Ich merke, dass sie weiterredet.

»Ich kann dir doch vertrauen, Peter, nicht wahr?«

Ich werde rot. Sage nichts. Was meint sie? Was will sie? Du hast angefangen, würde ich am liebsten sagen, und ich kann jetzt nicht aufhören. Kann nicht aufhören, dich zu begehren.

Anne redet und redet bis zur Dämmerung.

Ich schweige.

»Ist alles in Ordnung mit dir?«, fragt sie. Eine Weile sage ich nichts.

»Ich könnte dich ewig lang anschauen«, sage ich schließlich. »Dir ewig lang zuhören.«

»Warte einen Moment«, sagt sie.

Als sie zurückkommt, hat sie etwas in der Hand. Es ist ihr Tagebuch. Ich starre es an. Es ist das Kostbarste, was Anne besitzt, so kostbar, dass ihr Vater es nachts in einer Aktentasche bei seinem Bett verwahrt. (Als ob es nicht schon schwierig genug wäre, uns acht zu verstecken, muss er auch noch ihr Tagebuch verstecken!) Sie hält es mir entgegen. Ich nehme es in die Hände.

Ich betrachte es.

»Nur zu!«, sagt sie. »Ich habe die Seite markiert. Ich habe seit dem Einbruch die ganze Zeit darüber nachgedacht und versucht es dir zu sagen, Peter, aber irgendwie fällt mir das Schreiben immer leichter!«

Ich öffne das Tagebuch bei der Markierung. Ihre Handschrift ist säuberlich und klein. Ich lese schnell. Die Worte hüpfen mir entgegen. Sie macht sich Gedanken über die Liebe und was sie bedeutet. Sie schreibt, Liebe sei körperlich, so wie alles andere auch, doch einige der Worte springen mich an. Sie schreibt, Liebe kann man nicht teilen, es gibt sie immer nur zwischen zwei Menschen. Ich werde rot, als ich das lese. Ich denke an meine Liese und ihren Peter. Ich frage mich, ob sie das damit meint.

Ich lese den Abschnitt zweimal. Ich schaue auf und sehe sie an. Sie beobachtet mich, abwartend. Ich bemühe mich, über das, was sie schreibt, wirklich nachzudenken, aber ich kann mich im Grunde nur fragen, ob sie das ernst meint. »Ist Tugend denn wirklich so wichtig?«, schreibt sie. »Muss man verheiratet sein, oder ist es in Ordnung, einen anderen Menschen zu lieben, auch körperlich, solange es nur dieser eine ist?«

»Meinst du das alles wirklich ernst?«, frage ich.

Sie nickt und antwortet: »Ich habe viel darüber nachgedacht. Ich weiß, morgen könnte alles zu Ende sein.«

»Sogar das mit dem Verlieren deiner Tugend?«

»Ja, wenn derjenige es wert ist und nicht jemand anderen liebt!« Mit ihren Augen, die alles sehen, schaut sie mich eindringlich an. »Das meine ich eigentlich mit der Frage, ob ich dir vertrauen kann!«, sagt sie. »Ich könnte es nicht ertragen, nach irgendwem an zweiter Stelle zu kommen!« Sie lacht wieder.

»Anne Frank«, sage ich, »du bist absolut unglaublich!«

»Danke!« Sie lächelt und deutet einen Knicks an.

Ich schließe das Tagebuch und halte es in meinen Händen. Ich betrachte sie, wie sie am Fenster steht. Anne Frank, klein, entschlossen und nachdenklich – stets nachdenklich. Immer voller Hoffnung. Immer neugierig. Nie würde sie es ertragen, nach irgendwem an zweiter Stelle zu stehen, auch wenn wir alle bei ihr an zweiter Stelle kommen – nach dem Schreiben!

Dieser Moment. Ich bin ganz erfüllt davon. Erfüllt von ihr. Da ist keine Liese, da gibt es nur mich – und Anne.

»Ja«, sage ich, »du kannst mir vertrauen. Bei mir wirst du nie an zweiter Stelle stehen!«

Ich gebe das Tagebuch zurück.

»Wenn wir hier rauskommen, wirst du mich vergessen, nicht wahr?«, fragt sie plötzlich. Sie legt den Kopf zur Seite. Bedenkt mich mit ihrem Filmstarlächeln – und nun ist sie die andere Anne Frank, das Mädchen der unzähligen Verkleidungen, und ich weiß nie, welches das echte ist. Ich bin wütend. Wie kann sie mich so behandeln, solche Spielchen spielen, als ob es eine Kleinigkeit wäre, sie über Liese zu stellen?

»Das ist nicht wahr, Anne, das kannst du doch nicht von mir denken!«

Denn ich werde Anne Frank nie vergessen – was auch geschieht.

»Warum nicht?«, fragt sie. Sie zieht die Augenbrauen hoch und spitzt den Mund. Ich wende mich ab. Ich möchte sie ohrfeigen, ganz fest. Ich will, dass sie aufwacht. Das ist kein Spiel, du bist kein Filmstar, Anne, und ich bin nur ein Junge voller Sehnsucht in den Lenden! Sollen wir darüber sprechen?

»Ich glaube, du gehst jetzt besser!«

Sie nimmt ihr Tagebuch und wendet sich ab.

»Peter?«, fragt sie, das kleine Gesicht nun ganz weiß. »Ich …«

»Entschuldige, Anne, es tut mir leid, aber du bist von einem Moment zum nächsten so anders und du treibst Spielchen und manchmal ist es einfach …«

»Ich weiß«, sagt sie. »Aber, Peter, ich bin auch verwirrt!«

»Bist du?«

»Natürlich bin ich das.«

»Das merkt man dir aber nicht an!«

Ratlos schüttelt sie den Kopf. Gilt es mir oder ihr selbst?

»Ich weiß«, sagt sie wieder, »es ist schrecklich! Manchmal glaube ich, nur in meinem Tagebuch bin ich wirklich ich selbst!«

»Manchmal hasse ich dein Tagebuch!«

»Warum?«

»Weil es immer zuerst kommt und ich immer erst danach, und manchmal habe ich den Eindruck, als würdest du überhaupt nur Zeit mit mir verbringen, damit du etwas hast, um es aufzuschreiben!«

»Peter!«

»Ja, so scheint es!«

Sie setzt sich wieder hin. Wir holen beide tief Luft.

»Ich ... ich ... würde nicht darüber schreiben, wenn du es nicht möchtest«, sagt sie nach einer Weile.

»Wirklich?«

Sie wird rot. »Nun, vielleicht würde ich manches in eine Geschichte packen, aber das ist dann nicht dasselbe. Oder?«

Sie starrt mich an.

»Nicht?«, frage ich. »Wie willst du das wissen, Anne? Hat dich je einer in eine Geschichte gesteckt? Weißt du, wie es sich anfühlt, der Hans in ›Cadys Leben‹[14] zu sein?«

Sie wird rot und presst das Tagebuch an ihre Brust. »Du hast es gemerkt!«

»Es war ziemlich offensichtlich!«

»Tja«, sagt sie trotzig, »das geschieht nicht mit Absicht. Ich denke nicht darüber nach, ich schreibe einfach und dann ... nun ja ... steht es da.«

[14] Anne schrieb an einer Erzählung mit dem Titel »Cadys Leben«.

»Ja, es steht auf einer Seite, wo es aussieht, als wäre es die Wahrheit – selbst wenn es nicht so ist!«

»So ein Gefühl ist das?«, fragt sie.

»Es fühlt sich an, als würde man bestohlen.« Ehe ich mich versehe, sind die Worte ausgesprochen. Erneut starrt sie mich an.

»Entschuldige!« Sie schluckt und in ihren Augen glitzern Tränen. »Es tut mir leid, das wusste ich nicht, aber ich kann es nicht lassen, ich meine, Schreiben ist wie …«

»… in einen anderen verliebt sein?«

Wieder kommen die Worte einfach so, aber sobald sie gesagt sind, weiß ich, es ist wahr. Genauso wie ich Liese liebe, liebt Anne das Schreiben. Wir haben beide jemand anderen.

Anne antwortet nicht. Sie läuft einfach aus dem Zimmer.

Ich gehe bis ganz nach unten ins Magazin. Ich sitze mit dem Rücken an der Wand. Ich hebe den Kopf und recke den Hals. Ich atme tief ein und lasse den Kopf nach vorn fallen.

Ist es denn richtig, wenn ich nur deshalb mit ihr schlafen möchte, weil wir vielleicht sterben müssen?

Was, wenn Liese überlebt?

Was, wenn ich Herrn Frank enttäusche?

Was, wenn Anne das alles gar nicht ernst meint?

Ich warte, dass Moffie auftaucht, aber er kommt nicht.

Wo bist du, Moffie? Ich weiß nicht, was ich mache, wenn er nicht wiederkommt. Ich kann mir nicht vorstellen, ihn hier nicht um mich zu haben: den Geruch frischer Luft in seinem Fell, die Berührung seiner Pfoten, wenn er über meinen Körper läuft. Wo bist du, Moffie?

»Ich weiß es nicht. Ich weiß es nicht«, flüstere ich vor mich hin.

Ich weiß gar nichts.

Ich weiß nicht einmal mehr, was richtig oder falsch ist.

30. April 1944 -

»Peter?«

Herr Frank steht in der Tür. Ich stehe auf.

»Ich dachte, ich könnte mich auf dich verlassen«, sagt er.

»Das können Sie!«

»Ich glaube, du verstehst nicht ganz, Peter!«, sagt er sanft. »Es geht hier nicht um die Hausregeln, es geht um meine Tochter!«

Ich nicke.

»Bist du in sie verliebt, Peter?«, fragt er.

Ich zucke die Schultern. »Ich weiß nicht«, sage ich. »Wir sind gerne zusammen. Ich glaube ... wir machen einander froh, irgendwie.«

»Und was ist mit körperlichem Verlangen?«, fragt er. »Ich war auch mal ein Junge, Peter.«

Nein, nicht in einer Situation wie dieser, denke ich. Aber wieder sage ich nichts. Habe ich ihn enttäuscht?

»Ich habe mich unter Kontrolle«, sage ich nach einer Weile.

Er holt tief Luft. »Du vielleicht, und Anne vielleicht, aber wenn man dann beisammen ist, sieht die Sache vielleicht doch ganz anders aus«, sagt er.

Sind Sie so dazu gekommen, Frau Frank zu heiraten?

Ich senke rasch den Kopf und hoffe, man sieht mir diesen Gedanken nicht an. Aber als ich aufschaue, lächelt er.

»Liebe kann man nicht kontrollieren, Peter! Das Beste, was du tun kannst, ist, ihr aus dem Weg zu gehen. Das ist es, worum ich dich bitte, dass du dich nicht auf diese Bahn begibst. Das bedeutet, nicht stundenlang miteinander allein zu bleiben. Verstehst du?«

Ich nicke wieder, sage aber nichts.

Nach einer Weile steht er auf und geht.

Sie hat ihrem Vater also von uns erzählt.

Warum?

Ich gehe hinunter ins Magazin, aber ich kann Moffie noch immer nicht finden. Ich mache mir Sorgen: Würde denn jemand eine Katze essen? Die Gedanken kreisen in meinem Kopf. Ich sitze im Dunkeln und warte. Und warte. Aber Moffie ist fort, und sosehr ich es auch möchte, ich kann nicht losziehen und ihn suchen.

5. Mai 1944 -

»Wir können tun, was wir wollen!«, sagt Anne. »Die wissen nicht, wie es uns ergeht! Was es bedeutet, so vieles versäumt zu haben! Wir müssen unserem eigenen Urteil vertrauen und tun, was *wir* für richtig halten, nicht wahr, Peter?«

»Solange es nur uns beide betrifft«, sage ich.

Sie schaut weg, sie kann mir nicht in die Augen sehen. Ich warte, und als sie mich wieder anschaut, sind wir plötzlich irgendwie allein mit dieser stummen Frage in unseren Blicken, jeder sucht beim anderen nach einer Antwort.

Die Luft flimmert unter den Dachsparren. Anne zittert in der Hitze. Sie bläst sich eine Haarsträhne aus dem Gesicht.

»Wie heiß es ist«, flüstert sie. Sie legt sich in den Flecken Sonnenlicht und streckt sich, saugt die Hitze auf. Sie schließt die Augen. Langsam stehe ich auf und rücke einen Sack Bohnen vor die Falltür. Die Luft ist so still, dass ich uns atmen höre. Ich lege mich neben Anne, stütze mich auf den Ellbogen und betrachte sie im Sonnenschein. Es liegt die Andeutung eines Lächelns auf ihrem Gesicht, aber sie macht die Augen nicht auf.

»Hör auf, mich anzustarren!«, sagt sie.

»Du bist wunderschön!«, sage ich und es ist wahr. Das ist sie.

Ich lege mich hin und greife nach ihrer Hand, unsere Finger verschränken sich ineinander. Ich drehe den Kopf und küsse sie auf die Stirn. Sie hebt den Kopf, berührt meine Lippen mit ihren Lippen. Sie öffnet die Augen. Wir küssen uns und sehen einander dabei an.

»Anne?«, flüstere ich.

Sie nickt mit dem Kopf, die Augen weit offen. Mein Herz setzt aus. Ich weiß nicht, was geschieht. Ich versuche zu lächeln, aber ich kann nicht. Mein Gesicht bleibt unbewegt. Ich hebe die Hand und greife unter ihre Haare. Ihr Hals ist so schmal, dass ich ihn beinahe mit einer Hand umfassen kann. Ich zittere. Ich berühre die Stelle, wo ihr Kopf in den Nacken übergeht. Sie fühlt sich zart und fein an.

Anne erbebt leicht. Unsere Blicke hängen aneinander fest. Ich fahre mit den Fingern ihre Wirbelsäule entlang nach unten und spüre, wie sich ihr Atem verändert, beinahe zu einem Schnurren wird wie bei Mouschi. Sie reckt sich und seufzt, dreht sich auf den Rücken, schließt die Augen. Ich lege meine Hand auf ihren Bauch. Und konzentriere mich. Damit sie dort bleibt.

»Anne?«

»Peter?«

Ihre Augen öffnen sich. Unsere Gesichter nähern sich einander. Ich schiebe meine Hände in ihr Haar. Es ist weich und drahtig, beides zugleich. Wir rücken näher und näher, bis wir uns im Sonnenschein dicht aneinanderpressen, ihre Haut unter meinen Fingern ist ganz warm.

Sie ist wie die Wölbung eines vollkommenen Holzstücks unter meinen Händen, nur weich und lebendig und hier und jetzt. Ich halte sie so fest, dass ich vergesse, wo sie anfängt und ich aufhöre.

Ruckartig zieht sie sich zurück. Ganz plötzlich. Und schnappt nach Luft.

»Oh!« Und sieht auf mich herunter. Ich setze mich auf.

»Ist schon in Ordnung«, flüstere ich schnell, rücke ab. Aber nichts ist in Ordnung. Alles kehrt zurück: das Sonnenlicht, das Fenster, die aufgehängte Wäsche. Alles trudelt mir entgegen, als Anne wegrückt. Ich halte ihre Hand fest.

»Peter!«, flüstert sie. »Peter!«

Ich hole Luft, versuche einen klaren Kopf zu bekommen, mich zu erinnern, wer ich bin, wo ich bin. »Anne?«, frage ich.

»Es geht mir gut«, sagt sie. »Es ist nur, es ist nur … nun, es ist so viel *leibhaftiger,* als ich dachte!«

Ich nicke. Sie nimmt meine Hand.

Wir sitzen beisammen, schweigend, bis ich wieder Luft bekomme, bis die Worte wieder zurückkehren, zusammen mit der Welt, die sich einen Moment lang aufgelöst hatte in Sonnenlicht – und Anne.

»Anne.«

»Hmm.«

»Schreib das nicht in dein Tagebuch.«

»Tu ich nicht.« Sie lässt meine Hand los. »Peter?«

»Hmm.«

»Weißt du, ich bin nicht nur mit dir zusammen, damit ich etwas in mein Tagebuch schreiben kann.«

»Danke!«, sage ich. Ich stehe auf und schaue aus dem Fenster. Draußen ist der Himmel von einem hellen Blau und in der Ferne liegt das Meer als dunkler Streifen davor. Ich sehe hinaus und warte, dass mein Körper aufhört, vor Verlangen zu schmerzen, und sich beruhigt.

Wir schweigen eine Weile.

»Wirst du hier in Holland bleiben, wenn der Krieg zu Ende ist?«, fragt Anne.

Ich seufze. Wir lehnen zu beiden Seiten des Fensters.

»Nein. Ich glaube, ich gehe irgendwohin, wo es warm ist.«

»Willst du kein Holländer sein?«

»Ich will gar nichts sein!«, antworte ich.

»Wie kannst du das sagen?«

»Warum kann ich das *nicht* sagen?«

»Es ist nicht fair«, sagt sie leidenschaftlich und ich wünschte, so, wie sie jetzt klingt, würde sie sich anfühlen, wenn sie in meinen Armen liegt. Aber das tut sie nicht. »Wenn wir Christen wären, wären wir einfach nur Menschen! Wenn wir irgendetwas falsch machen, ist es, als hätte die gesamte jüdische Rasse es getan! Warum ist das so?«, murmelt sie.

»Natürlich ist es so, Anne, aber vielleicht tragen manche von uns auch dazu bei, weil sie meinen, wir wären so etwas Besonderes.«

»Das müssen wir aber, und wir müssen unsere Traditionen bewahren, gerade weil wir bekämpft werden. Wir sollten stolz auf uns sein!«

»Wir sind stolz! Vielleicht *zu* stolz!«

»Peter!«

»Für *meine* Taten bin ich gerne verantwortlich, aber nicht für die der gesamten Rasse. Ist das denn verkehrt?«

»Nein, aber …«, und dann fängt sie an zu kichern. Wenn Anne kichert. Also, das klingt wie ein Licht in einem dunklen Raum. Wirklich. Oder wie das Gefühl, das dich überkommt, wenn der Bleistift für dich das Zeichnen übernimmt. Bald wälzt sie sich auf dem Boden.

»Was? Was ist denn?«

»Stell dir mal vor«, keucht sie, »du wärst als einziger Junge übrig geblieben …«

»Das ist nicht witzig.«

»Peter van Pels, letzter Mann auf Erden, es ist deine Aufgabe, für den Fortbestand der Rasse zu sorgen!«

Und jetzt liegen wir beide auf dem Boden, lachen, halten uns aneinander fest, bemühen uns, leise zu sein.

»Du … du wärst wie mein altes Algebra-Buch!«, japst sie. »Ganz abgenutzt. Mit unzähligen Namen drin!«

Ich lache. Und dann stelle ich mir die Reihen von wartenden Mädchen vor. Gute jüdische Mädchen, die ihre Pflicht tun, in der Hoffnung, unsere Rasse nicht aussterben zu lassen. Anne liegt immer noch auf dem Boden, ihre Schultern beben.

»Anne!« Keine Antwort.

»Anne, das ist nicht lustig!« Sie bricht ab. Sie hört ebenso plötzlich mit dem Lachen auf, wie sie angefangen hat.

»Ich weiß!«, sagt sie.

Wir schweigen. Wir sitzen abseits voneinander da und die ganze Welt und all ihr Hass hängen zwischen uns in der Luft.

»Tut mir leid!«, flüstert sie.

»Mir auch!«, antworte ich.

»Also, wo würdest du hingehen?«, fragt sie nach einer Weile.

»Weit weg«, sage ich. »Irgendwohin, wo die Sonne scheint. Kennst du mein Lieblingswort?«

»Nein.«

»El Dorado!«

Sie lacht. »Warum?«

»Ich weiß nicht. Es bedeutet Gold, oder? Das, was man finden möchte. Das, was einen reich macht!« Und als ich diese Worte ausspreche, wird mir klar, dass ich *sie* damit meine. Anne. Sie ist das, was ich entdecken will.

»Oh!«, ist alles, was sie sagt. »Nicht alle Reichtümer haben mit Geld zu tun!«

Später, als wir uns auf der Treppe begegnen, nenne ich sie mein El Dorado, damit sie weiß, dass ich keineswegs Geld gemeint habe![15]

»Süßer Junge!«, sagt sie. »Du kannst eine Person nicht so nennen!«

Doch, man kann. Man kann, wenn man weiß, dass sie kostbarer ist als Gold. Wie ein noch nicht entdeckter Schatz.

[15] Tatsächlich geschah dies am 25. April 1944.

Gab es je eine Welt wie diese, in der wir geredet und gelacht und laut gedacht haben?
Wo wir nicht nackt entblößt wurden und erfahren mussten, was ein Mensch ist, wenn ihm nichts anderes mehr geblieben ist als der Gedanke ans eigene Überleben?
Herr Frank hat mich davor bewahrt.
Zumindest, solange wir zusammen waren.
Habe ich dir von der Suppe erzählt? Habe ich dir erzählt, wie sehr ich mich danach sehnte, meinen Magen zu füllen? Dass ich zugegriffen habe, wenn ich ein paar zusätzliche Schöpflöffel Warmes in mich reinkriegen konnte. Und vergessen habe, wie sie nachts auf meine Blase drücken und mich aufwecken würden. Einmal bin ich aufgestanden, um zu pinkeln, und es war eiskalt. Die Sterne standen ganz hoch. So fern. So klar. So kalt. Aber aus irgendeinem Grund sah ich in dieser Nacht, wie wunderschön sie waren. Und ich blieb stehen. Und schaute. Einen Moment lang. Nur einen Moment. Ich fühlte mich wieder menschlich. Und dann war der Moment vorbei.

26. Mai 1944 –

Alles ändert sich. Die Invasion rückt näher. Das ganze Hinterhaus steht kopf. In einem Moment heißt es, die Bombardierung kommt schon morgen. Im nächsten, wir werden nie entkommen, weil die Nazis uns wie Ratten ersäufen, indem sie ganz Holland überfluten, wenn sie es nicht für sich haben können.

Draußen hungern die Leute. Wir auch. Ich sehne mich nach dem Geschmack von etwas Frischem in meinem Mund, etwas, das nicht schon monatelang in einem Fass gelagert hat. Alles ist verfault.

Jeder hofft, dass wir Ende des Jahres frei sein werden. Anne ist ganz begeistert von dem Gedanken an draußen, von der Vorstellung, dass ihr Tagebuch ein Dokument des Lebens im Versteck sein wird.

»Aber die meiste Zeit ist es schrecklich langweilig hier drin!«, sage ich.

»Das kommt darauf an, wie man es schildert!«, antwortet sie, was ein bisschen beunruhigend klingt.

Ich entfliehe in den Vorratsraum, aber irgendwer hat eine Tüte Mehl umgeworfen. Tief im Herzen hoffe ich, es war Moffie, obwohl ich weiß, dass er nie so tollpatschig sein würde. Ich weiß nicht, ob ich es so lassen oder auffegen soll.

»Bist du hineingelaufen?«, fragt Herr Frank.

»Nein.«

»Dann lass es so.« Er sieht beunruhigt aus. Das heißt, ich kann das ganze Wochenende lang nicht dort runtergehen. Ich fühle mich noch mehr eingesperrt. Stattdessen gehe ich ins Magazin hinab.

Die Tür klemmt, aber schließlich bekomme ich sie auf. Mouschi folgt mir. Er duckt sich, macht einen Buckel, die Nase am Boden, die Augen starr ins Nichts gerichtet. Genauso spielt er manchmal mit dem Sonnenlicht auf dem Dachboden. Er lauert und lauert und dann springt er auf das Licht und nichts ist da! Aber diesmal ist es anders, nervenzermürbend, als belauerte er einen unsichtbaren Feind. Plötzlich ist mir, ob würde ich einen unsichtbaren Moffie in der Luft spielen sehen.

Ich schüttele den Kopf.

Langsam rutsche ich an der Wand wieder hoch und gleite zur Tür. Da sehe ich den zurückgeschobenen Keil – den Keil, wegen dem die Tür geklemmt hatte. Mir ist augenblicklich klar, dass es hier nichts gibt, was ich tun könnte. Gar nichts. Ich kann ihn nicht zurückschieben. Ich kann die Tür nicht zumachen und den Keil von der richtigen Seite her daruntersetzen. Ich starre ihn an. Ich starre ihn an, als könnte ich ihn dadurch zum Verschwinden bringen. Wer hat ihn da hingelegt?

Ich gehe durch die Tür und mache sie zu. Ich erzähle Herrn Frank davon.

»Danke, Peter. Lass uns das aber für uns behalten, ja?«

Ich nicke.

Ich gehe nicht wieder hinunter.

Ich mag nicht mehr.

Ich sorge dafür, dass Mouschi oben bleibt. Von Moffie nach wie vor keine Spur. Mein Gefühl sagt mir, dass er fort ist. Ich weiß es im Grunde schon seit Wochen, aber ich hoffe immer noch, denke immer noch, wenn ich am wenigsten damit rechne, könnte er hereinspazieren und seinen Kopf unter meine Handflächen schieben.

Anne ist Feuer und Flamme. Manchmal, wenn ich sie berühre, bin ich erstaunt, dass sie nicht glühend heiß ist, bei dieser Leidenschaft für all die Worte und Einfälle und Hoffnungen, die aus ihr hervorsprudeln.

Aber Leidenschaft für mich ist es nicht.

»Anne?«

»Hmm? Ich schreibe! Ich schreibe!«

»Ich weiß!«

»Ich will, dass die Leute es erfahren, Peter. Ich will, dass sie empfinden, was wir empfinden. Wie es ist, solche Angst zu haben. Wie es ist, aus dem Fenster zu schauen und mit anzusehen, wie die eigenen Leute abgeführt werden, während man selbst sicher im warmen Bett liegt. Wie es ist, zu essen, während sie hungern. Wenn sie es erfahren, wenn sie es mitempfinden, dann können sie so etwas nie wieder tun, nicht wahr?« Ihre Augen leuchten. Glühen. Lodern. Sie sind erstaunlich.

»Aber Anne, wir liegen doch *gar nicht* sicher in unseren Betten«, sage ich behutsam.

Ich weiß nicht, warum ich das sagen muss. Anne weiß es doch selbst. Anne fürchtet sich mehr als sonst jemand von uns. Ganz oft zittert sie vor Angst. Ich spüre die

Angst in ihrem Inneren, wenn ich sie im Arm halte. Dass sie immer zittert. Vor Furcht. Vor Aufregung. Vor Verzweiflung. Und nun voller Hoffnung. Es ist wegen ihrem Tagebuch. Daran liegt es. Deshalb erinnert sie sich, anstatt zu vergessen. Das heißt, sie hofft, statt einfach nur abzuwarten wie wir Übrigen.

»Aber wir haben so lange durchgehalten. So lange gewartet, Peter! Glaubst du nicht auch …?« Und dann bricht sie ab.

»Was?«, frage ich.

Sie bremst sich. Ich beobachte sie dabei. Am liebsten würde sie ihre Worte von den Dächern rufen, aber sie versucht sich zu bremsen, sich zu beherrschen. Doch im Grunde fliegt sie. Fliegt über uns alle hinweg. Fliegt hoch in der Luft auf Worten und Einfällen und Schreiben, Schreiben, Schreiben.

»Glaubst du nicht auch, dass Gott uns aus einem bestimmten Grund rettet?«, fragt sie. »Zu einem bestimmten Zweck? Außerdem ist Verzweiflung eine Sünde, vor allem, wo wir all das hier haben!«, und sie wirft die Arme in Richtung Fenster, wo die Sonne durch die Blätter des vom Sommer ganz erfüllten Kastanienbaumes scheint. Und Anne ist auch so erfüllt – von Hoffnung und Leben und Glauben.

Es ist anstrengend!

»Warum sollte er?«, frage ich.

»Was?« Sie wendet den Blick vom Fenster und schaut mich an. Sie sieht bestürzt aus, überrascht, dass ich es überhaupt für nötig halte, etwas zu sagen. Denn sie hat ja schließlich schon alles gesagt, oder?

Ich schlucke. Ich spreche die Worte aus. »Warum sollte Gott uns retten, wenn er so viele nicht gerettet hat?«

Sie stutzt. Eine Weile antwortet sie nicht.

»Ich habe neulich von meiner Freundin Hanneli geträumt. Kanntest du sie? Sie wurde abtransportiert.«

Mehr braucht sie nicht zu sagen. Wir haben alle unsere Träume von denen, die weg sind. Wir erzählen nicht davon. Das brauchen wir nicht. Sie stehen uns am nächsten Tag ins Gesicht geschrieben, man sieht es an unseren glanzlosen Augen, unseren verlangsamten Bewegungen. Wir alle bemerken das. Wir alle gehen dieser Person vorsichtig aus dem Weg. Vielleicht aus Freundlichkeit. Vielleicht aus Angst, davon angesteckt zu werden. Ich weiß es nicht. Ich weiß nur, dass wir einander Zeit lassen. Und Raum. Und dass wir nicht darüber sprechen.

»Wir träumen alle, Anne«, sage ich. Ich denke an Lieses geschorenen Schädel, der schwer in meinen Händen liegt. Ich beiße mir auf die Lippen. Ich will Annes Träume nicht. Ich habe genug eigene.

»Ich war grausam zu Hanneli, Peter. Wenn ich jemals hier rauskomme, will ich es an ihr wiedergutmachen. Das werde ich.« Sie ist jetzt ganz außer sich. Panisch. Ich seufze. Alles, was Anne empfindet, empfindet sie stärker als irgendwer sonst.

»Du warst ein Kind, Anne, und es ist, wie dein Vater gesagt hat: Kinder sind oft grausam, ohne es böse zu meinen, wie Tiere.«

»Aber was ist, wenn sie tot ist? Was, wenn ich keine Gelegenheit mehr finde, mich zu entschuldigen?«, jammert sie.

Sie sieht so winzig aus. So verloren. So zerbrechlich. Also umarme ich sie. Ich kann nicht anders. Ich weiß, ich sollte es nicht. Ich weiß, letztlich wird dadurch nichts besser – und dass ich sie nie dazu bringen kann, mich mehr zu lieben, als sie ihre Einfälle und Bücher und das Schreiben liebt –, aber es beruhigt sie. Und sie ist warm. Und eine Zeit lang fühle ich mich stark. Und sicher. Sicher, dass ich ausnahmsweise etwas Gutes tue. Etwas in meinen Händen sicher verwahre. Nein, *sie* in meinen Händen sicher verwahre.

Letzte Nacht habe ich von ihr geträumt.

Ich war hoch oben auf einem Trapez. Ich hing kopfunter. Schaukelte. Und dann kamen die Leute. Wie Regen fielen ihre Leiber um mich herab, ich streckte die Hände aus, um sie aufzufangen. Eine Berührung. Ein Zugreifen. Aber letztlich rutschten sie mir alle durch die Finger. Fielen tiefer und tiefer in weite Ferne. Tausende. Alle mit geschorenem Schädel und anklagendem Blick. Ich öffnete meine Hände, streckte sie aus und spürte Finger. Hielt sie fest. Und dann hörte ich ihre Stimme.

»Peter«, sagte sie und unsere Blicke trafen sich.

»Anne?«

Ihre Augen sahen in meine. Ihr Blick versuchte mir etwas zu sagen, aber ich konnte es nicht verstehen. Und sie fing an, mir zu entgleiten. Glitt mir durch die Finger …

Bis sie fiel. Bis sie einer von hundert, tausend, Millionen Leibern war, die herabfielen – wie Regentropfen. Und dann hörte es auf. Und die Welt war leer. Ich schaukelte kopfüber im Dunkeln. Mit nichts in den Händen als einem flatterndem Fetzen Papier, den sie mir hinterlassen hatte.

Am nächsten Morgen gehen mir alle aus dem Weg.

Geben mir Raum.

Und ich weiß, der Traum steht mir ins Gesicht geschrieben.

Siehst du? Wir wussten es. Wir wussten, dass es kommen würde. Dass sich das Netz zuzog. Dass wir im Grunde nichts als Fische waren, die bereits zappelten und nach Luft schnappten. Wir haben Witze darüber gemacht, in alten Zeiten, damals in der Zuider Amstellaan.

»Was werden sie als Nächstes rationieren?«, hat Papi immer gefragt. »Die Luft, die wir atmen?«

Ja, Vater, ja. Sie haben die Luft in Gas verwandelt und dich damit umgebracht.

Ist die bloß noch ein Traum?

Noch ein Albtraum?

Noch eine Geschichte?

Und am Schluss wird wieder das geschehen, was immer geschieht.

Du wirst lächeln und aufstehen. Eine Bemerkung machen, die zeigt, dass du mir gar nicht zugehört hast. Und dann wirst du fortgehen.

Läuft es nicht so?

6. Juni 1944 –

Die Invasion hat begonnen. Die Briten bombardieren die ganze nordfranzösische Küste. Ich schaue aus dem Fenster. Der Regen ergießt sich in die Gracht. Ich wünschte, ich könnte ihn auf meinem Gesicht spüren. Ich wünsche es mir so sehr, wie ich mir noch nie etwas gewünscht habe. Wenn ich auf der Welt irgendeine besondere Fähigkeit haben könnte, würde ich mich unsichtbar machen. Ich würde nach draußen gehen und wäre dennoch in Sicherheit. Ich spreche es aus. Anne sieht zu mir hoch.

»Sei doch nicht albern!«, sagt sie und blättert eine weitere Seite ihrer Zeitschrift um. »Wenn du unsichtbar wärst, würdest du gar nicht wirklich existieren!«

Ich denke darüber nach, während ich zusehe, wie sie die Seiten umblättert, sie betrachtet, lächelt. Nach einer Weile blickt sie auf.

»Nun? So ist es doch, oder nicht?«

Ich glaube, Anne hat genug von mir.

»Ich weiß nicht recht. Ich meine, eigentlich wäre ich doch trotzdem noch da, oder? Und … und ich könnte nach draußen gehen!«

Sie seufzt, gereizt. So reagiert sie in den letzten Tagen auf mich. Mit Seufzen. Herr Frank war zornig und böse auf sie, weil sie sich mit mir trifft, und jetzt ist sie zornig und böse auf mich, weil ich sie immer noch will, während sie nichts anderes mehr will, als dass der Tag der Befreiung kommt und an ihrem Tagebuch arbeiten.

»Aber wärst du das denn, Peter?«, fragt sie. »Wärst du wirklich du, wenn du hinausgehen könntest? Wärst du derselbe Mensch mit denselben Erfahrungen? Ehrlich?«

Sie lächelt nun, sie lacht. Sie spielt mit mir. All meine Gedanken wirken bedeutungslos, wenn sie so ist. Ich wende mich ab. Ich denke nach. Ich weiß es nicht.

Ich starre das Fenster an. Ich würde gerne dagegenschlagen. Ich würde gerne meine Faust durchstecken und spüren, wie die Scheibe zerbricht. Ich würde gerne Blut sehen. Aber ich glaube, wenn ich es versuche, würde das Glas sich nur verbiegen und wie eine Falle zuschnappen. So wie Annes Verstand es mit meinen Gedanken macht.

Sie gibt einen langen, lauten Seufzer von sich.

»Nichts zu sagen?«, fragt sie. »Na, so eine Überraschung!« Und verächtlich wendet sie sich wieder ihrer Zeitschrift zu. Ich warte. Ich warte, bis der Zorn in mir nicht mehr so heftig ist.

»Ich habe vieles zu sagen.«

Sie schaut hoch. »Was denn?«

Das Schweigen auf dem Dachboden breitet sich aus. Ich werde es aussprechen. Ich spüre, wie die Worte in mir hochkommen, bereit, gesagt zu werden.

Und Anne spürt es auch. Plötzlich hebt sie die Hand, so als könnte sie mich aufhalten. »Peter … ich …«

Es ist spät. Der Dachboden ist in abendliches Spätsommerzwielicht getaucht. Dämmerung. Das ist gut. So kommen die Worte leichter hervor.

»Ich bin Peter«, sage ich. Und mein eigener Name hallt in mir wider. Ich höre Lieses Stimme, die mich in meinen Träumen ruft. Ich höre Anne meinen Namen rufen, als sie durch meine Finger gleitet.

»Peter van Pels«, sage ich und aus irgendeinem Grund klingt mein Name herrlich für mich. »Peter van Pels.« Ich sage es noch einmal. Ich bin Peter. Ich bin hier und es fühlt sich für mich wie ein Wunder an. Nicht nur, dass ich am Leben bin, sondern dass überhaupt noch irgendwer am Leben ist.

»Nun, so heißt du, das stimmt, aber das ist doch noch lange keine Identität, oder?«, sagt Anne.

Ich lache. Es klingt merkwürdig.

»Für mich ist es genug«, sage ich. »Das ist alles, was ich sein will. Peter van Pels! Nicht Jude, nicht Holländer, nicht Deutscher, nur ich selbst!«

Es ist ein komisches Gefühl, meine Gedanken laut ausgesprochen zu hören.

Annes Stimme ist wie ein Zischen im Dunkeln.

»Ja, Peter van Pels, zu feige, um dafür einzustehen, dass er ein Jude ist! Zu feige, um unsere Geschichte erzählen zu wollen!«

»Nein!« Denn das habe ich nicht gemeint. Ich bin kein Feigling, weil ich nicht auf der Straße stehe und auf Leben und Tod um Liese kämpfe, obwohl ich wünschte, ich hätte es getan, und ich bin kein Feigling, weil ich wünschte, ich könnte unsichtbar genug sein, um nach draußen zu gehen. Ich bin ein Feigling, weil ich nicht reden kann. So wie gerade jetzt, im Dunkeln, wenn Annes Stimme mir Vorwürfe macht. Mir fehlen die Worte. Ich bin ein Feigling, weil ich es nicht verstehe, ich selbst zu sein. Das ist es, was ich sagen will.

»Du irrst dich!« Das ist alles, was ich herausbringe. Ihr Zorn ist wie eine Faust im Dunkeln.

»Eines Tages«, schreit sie, »wird jeder wissen, was sie getan haben. Wird jeder unsere Version der Geschichte kennen, nicht ihre. Und wir werden stolz darauf sein, dass wir Juden sind!«

»Gut!«, sage ich. Und ich meine es so. »Ich wünschte, wir könnten alle sein, was immer wir sein möchten, und dass es nur darauf ankommt. Dass wir alle Menschen sind. Wir könnten irgendwas sein, Anne, nur keine Nazis. Das ist alles.«

Sie hört nicht zu. »Wir müssen überleben, Peter. Wir müssen Zeugnis ablegen!«

Ich seufze. »Das ist dein Weg, Anne«, sage ich leise.

»Was für einen anderen Weg gibt es denn?«, fragt sie. »Bist du wirklich glücklich damit, so zu tun, als ob nichts wäre, während wir unsere ganze Zeit mit Küssen auf dem Fußboden verbringen?«

»Was?«

Sie wird rot.

»So siehst du das also?«, frage ich.

»Ich habe *dich* etwas gefragt: Was für einen anderen Weg gibt es denn, außer unsere Geschichte zu erzählen?«

Ich weiß keine Antwort auf ihre Frage. Ich weiß nur, es ist nicht die *einzige* Frage. Aber wenn ich ihr zuhöre, ist es, als würde mir die Last des Überlebens die Luft abdrücken. Doch Anne lässt nicht zu, dass ich mich hinlege. Sie lässt nicht zu, dass ich schlafe. Sie ist wie eine Trambahnklingel, die in meinem Ohr schrillt. Ich setze mich neben sie.

»Anne«, sage ich, »stell dir mal vor, wir lebten in Holland, aber das wäre nur ein Name …?«

»Nun, es ist ein Name.« Ärgerlich schüttelt sie den Kopf.

»Ich weiß, aber …« Sie lacht mich aus, bevor ich den Satz beenden kann. Ich fahre dennoch fort. »Aber was wäre, wenn Holland oder Amsterdam nur beliebige Ortsnamen wären? Ich meine, stell dir mal vor, du sagst diese Worte nur, weil sie irgendeinen Ort bezeichnen, an den du gerne gehen möchtest!« Ich erkläre das nicht sonderlich gut. Das merke ich.

»Nun, das ist doch klar!«, sagt sie. Sie lacht. Ich komme mir vor wie ein Clown, der die Witze nicht hinkriegt.

»Ist es das?«, frage ich verwundert. Hat sie wirklich so schnell verstanden, wofür ich so lange gebraucht habe?

»Natürlich!«, sagt sie.

Ich nicke. »Also Holland ist einfach nur Holland für dich? Denkst du dabei nicht an das Land, das uns gerettet hat, oder an Amsterdam, das jetzt so gefährlich ist, weil die Leute hungern und uns verraten könnten?«

»Ach so!«, sagt sie und zaust meine Haare. »Du meinst, die Menschen geben Orten eine Bedeutung. Ja, *natürlich* verstehe ich das, Peter!« Sie denkt so schnell, dass es mich erschöpft.

»Nun, und was, wenn wir das nicht täten?«

Ihre Hand rutscht aus meinen Haaren. »Was meinst du damit?«

»Was, wenn wir mit den Orten keine Bedeutung verbinden würden, und mit Religionen auch nicht!« Zugegeben, Letzteres flüstere ich.

»Das geht gar nicht, du herzlieber Dummerjan, das wäre nicht menschlich!«, sagt sie.

»Nicht?« Meine Worte klingen zu laut. »Wenn es kein Deutschland oder Holland oder Frankreich oder Belgien gäbe, gäbe es niemanden zu bekämpfen, oder?«

Ausnahmsweise schweigt sie. Das macht mir Mut. »Und, Anne, wenn es keine Christen oder Juden gäbe – wenn wir einfach nur Menschen sein dürften, nur Peter und Anne … Nein! Ich meine, das *sind* wir doch. Wir sind nicht nur Juden. Wir sind wir, hier auf dem Dachboden, und fühlen, was wir fühlen.« Ich schlucke. »So, wie ich *dich* will – und du die Welt retten willst. Ich meine, muss denn immer einer von uns beiden Recht haben? Kann nicht *beides* wahr sein?«

Ich bebe. Noch nie habe ich so viel geredet oder es so ernst gemeint. Ich greife nach ihrer Hand, aber sie schiebt mich weg. Sie steht auf, ein Schatten vor dem schwach erhellten Fenster. Eine Weile sagt sie gar nichts. Ich auch nicht. Einen Moment lang hoffe ich, sie dreht sich vielleicht um und nimmt mich in die Arme, hoffe, sie könnte die Anne sein, die weiß, dass dies womöglich unsere einzige Chance ist und sie sie ergreifen will.

»Ich bin dir dankbar, Peter«, sagt sie.

»Warum?«

»Weil du mir etwas gezeigt hast.«

»Was?«

»Dass ich in Wirklichkeit schreiben will!«

»Oh!«

»Und dass alles andere, selbst Vater und du, erst danach kommen.«

»Ich weiß, aber ich dachte trotzdem, wir könnten vielleicht …«

»Ich kann nicht, Peter. Ich kann an nichts anderes denken. Außer, dass es zu Ende geht und dass wir die Chance haben, davon zu erzählen. Alles andere ist unwichtig, zumindest für mich, und ich kann es nicht fassen, dass du kein Jude mehr sein willst.«

»Nein! Ich bin als Jude geboren, das kann ich nicht verleugnen. Das will ich auch gar nicht, aber es ist doch meine Sache, wie ich damit umgehe! Und nie würde ich andere Juden nicht unterstützen oder sonst jemanden, der so behandelt wird wie wir.«

»Glaubst du an irgendetwas?«, fragt sie.

»Ja!«, sage ich. Und das Wort fühlt sich gut an. Selbst wenn sie sich daraufhin abwendet, selbst wenn es für niemanden sonst eine Rolle spielte, denn mir bedeutet es etwas. Es ist meine Meinung.

»Und an was zum Beispiel?«, fragt sie spöttisch.

Ich wende mich von ihrem feixenden Gesichtsausdruck ab, um die Gedanken in Worte zu fassen. »Ich glaube an Menschen.«

»Aha«, sagt sie, »und an Gott nicht?«

Ich höre, wie schockiert sie ist. Ich bin selbst schockiert. Schockiert darüber, das, was ich gedacht habe, endlich laut ausgesprochen zu hören. Es klingt endgültig. Es klingt echt. Es klingt wie eine Tür, die zwischen uns zufällt. Eine Tür, die wir vor kurzem erst geöffnet hatten.

»Ich weiß nicht«, sage ich. »Es ist nicht die Vorstellung

von Gott, die mir nicht gefällt, es ist das Auswählen. Dass eine Religion besser sein soll als die andere. Ich meine, wo ist der Unterschied zwischen einem Gott, der so was entscheidet, und Nazis, die so was entscheiden, das verstehe ich nicht …?«

Sie schnappt nach Luft, als hätte ich sie geschlagen, ihr den Atem verschlagen.

»Nein, das verstehst du nicht«, sagt sie, »aber ich schon! Du glaubst ja an überhaupt nichts!«

»Ich glaube an *Menschen,* Anne! An dich und mich und sogar an Dr. Pfeffer! An uns alle!« Ich will noch mehr sagen, etwa, wenn ich sterben muss, dann will ich nicht dafür sterben, dass ich ein Jude bin, ich will dafür sterben, dass ich … ich bin … dass ich Nazis hasse und alles, wofür sie stehen. Ich will nicht *die* entscheiden lassen, *warum* ich sterbe … ich will Widerstand leisten … Aber es kommen keine Worte mehr. Für lange, lange Zeit sagen wir gar nichts. Anne wartet am Fenster. Ich würde gerne den Arm um sie legen, aber ich kann nicht. Ich würde sie gerne halten, aber ich kann nicht.

Sie ist jetzt irgendwo anders.

Weit weg von mir.

»Du bist ein Feigling, Peter«, sagt sie schließlich, »weil du dich davor fürchtest, ein Jude zu sein, der Farbe bekennt und auf den man zählen kann.«

Ich kann ihr nicht antworten. Vielleicht hat sie Recht. Vielleicht ist es wahr. Ich weiß es nicht. Ich weiß nur so viel: »Ich bin kein praktizierender Jude und wir beide wissen, dass das keinen Unterschied macht, Anne, dass sie mich trotzdem töten, wenn sie uns finden.«

»Das kann keine *freie* Entscheidung sein«, faucht sie. »Später vielleicht, Peter, aber nicht jetzt! Nicht in dieser Situation!«

Ich wünschte, mehr als alles andere auf der Welt, dass ich ihr um den Hals fallen und sagen könnte: »Es tut mir leid, ich weiß, was du meinst, das ist doch alles egal, lass uns einander nur einfach im Arm halten.« Aber ich kann nicht. Ich muss ich selbst sein, begreifen, wer ich bin. Wenn Anne mich etwas gelehrt hat, dann dies. Es spielt keine Rolle, was wir uns *wünschen,* worauf es ankommt, ist, wer wir *sind,* und das können wir nicht ändern, nicht einmal, wenn wir die letzten Menschen auf Erden wären. Ich seufze. »Aber das ist es doch, wovon ich *rede,* Anne«, sage ich leise, »dass es für mich eben sehr wohl eine freie Entscheidung ist.«

»Das ist nicht recht«, sagt sie. »Du lässt uns im Stich.«

»Anne! Nie würde ich dich verlassen!« Ihre Worte schmerzen mich im Innersten und ich kann nicht anders, ich strecke die Arme nach ihr aus.

»Du bist ja schon weg!«, sagt sie und entweicht mir. Sie dreht sich rasch um und rennt die Treppe hinunter.

Ich sitze auf dem Dachboden.

»Na großartig!«, flüstere ich vor mich hin. »Das hast du ja prima gemacht, Peter!«

Ich möchte, dass sie zurückkommt. Ich möchte sie im Arm halten. Ich möchte mit einem Mädchen schlafen. Ich möchte so vieles, aber ich *muss* wissen, wer ich bin. Denn wenn ich das nicht weiß, kann ich immer nur sein, was sie sagen, dass ich bin.

Ein Jude.

In Auschwitz gibt es nur eine Art, als Jude zu zählen.
Wenn sie uns in klirrender Kälte und Regen und Hitze in Fünfergruppen aufstellen.
Und uns zusammenzählen.
Zähle ich?
Nein. Ich bin nur eine Nummer, ein Körper. Ein Rädchen im Getriebe, mehr zähle ich nicht.

7. Juni 1944 –

Die Sonne ist weg. Wind und Regen heulen die ganze Nacht lang ums Haus. Ich kann nicht schlafen. Der Wind pfeift durch das Rohr am Kopfende meines Bettes.

Draußen geschehen schreckliche Dinge: Alles geht zur Neige. Es gibt nichts zu essen. Es gibt kein Geld. Die Leute hungern. Wir auch. Wie sollen wir überleben? Werden wir überleben? Wir wissen es nicht.

Draußen geschehen auch wunderbare Dinge: Die Invasion hat begonnen und Churchill hat gesagt, das Ende sei in Sicht. Wir wagen es kaum zu hoffen. Mutti und Papi sagen: »Ach! Das ist nur ein Probelauf, nicht die echte Invasion«, aber hinter unseren Worten liegt Aufregung in der Luft, so wie der Gestank von Mouschis Pipi auf dem Dachboden. Man sieht es nicht, aber man kann es riechen.

Es riecht nach Hoffnung.

11. Juni 1944 –

Ich möchte Anne etwas Schönes zum Geburtstag kaufen. Ich möchte ihr sagen, dass wir noch immer Freunde sein können, denn das können wir doch, auch wenn wir so verschieden sind.

Und nun müssen wir einen Weg zur Freundschaft zurück finden. Die Erinnerung daran, sie zu berühren, sie zu begehren, fühlt sich schon jetzt irgendwie sonderbar an – wie eine Grenzüberschreitung. Manchmal weiß man etwas erst, wenn man es ausprobiert hat.

Es war falsch.

Es war richtig.

Es war alles, was wir hatten.

Ich frage Miep, ob sie für Anne Blumen kaufen kann. Miep macht uns so viel Mut. Caen ist von den Briten eingenommen worden. Hoffnung liegt in der Luft. Das Hinterhaus pulsiert davon.

Schließlich bitte ich sie, Pfingstrosen zu kaufen. Rosa und frisch und noch nicht ganz aufgeblüht – doch wenn sie erblühen, werden sie ganz voll sein und wunderschön. Miep bedenkt mich mit einem merkwürdigen Blick, als ich es so beschreibe, dann lächelt sie und nickt. Der Strauß, den sie bringt, ist genau richtig. Ich stelle ihn auf meinen Tisch und betrachte die Blumen den ganzen Abend lang. Ich zeichne sie. Aber es gelingt mir nicht. Ich kann eine Ähnlichkeit einfangen, aber nicht den Kern ihres Wesens, nicht ihren frischen, lebendigen, knospiggrünen Duft. Ich sehe sie im Schlaf. Sie leuchten im Dunkeln. Und als ich die Augen aufmache, sind sie immer noch da. Ich kann es kaum erwarten, sie Anne zu schenken.

Sie war im Begriff, fünfzehn zu werden. Sie war klug und überheblich und witzig und dünn und manchmal, wenn sie lächelte, war sie wunderschön.
So wunderschön, wie uns die Außenwelt zu sein schien.
Ob sie nun sechzehn ist oder es jemals werden wird, weiß ich nicht.

12. Juni 1944 -

Anne sieht sie an. Meine Blumen. »Danke, Peter, wie hübsch!«

Ich sage nichts. Einst hätte ich es erklären wollen. Ich wäre traurig gewesen. Ich hätte mir gewünscht, dass mein Geschenk genau das Richtige für sie ist, aber jetzt, tja, wenn sie Anne nicht gefallen, dann kann ich nichts machen.

»Ich habe mich den ganzen Abend an ihrem Anblick gefreut«, sage ich und sie sieht mich kurz an und schaut wieder weg. Sie ist unglücklich. Ich weiß, wie sich das anfühlt. Im Hinterhaus Geburtstag zu haben, einen Jahrestag, ist ein Zeitpunkt, an dem man daran denkt, was vergangen ist, und schlimmer noch, was kommen mag. Geburtstage sind nichts Fröhliches für uns, trotz der Nachrichten über die Invasion.

Und das Wetter ist grauenhaft. Wirklich.

Anne spielt an dem kleinen goldenen Armband an ihrem Handgelenk herum, das Margot ihr geschenkt hat. Sie kichern miteinander und spielen »Erinnerst du dich«.

»Erinnerst du dich, wie wir am Merwedeplein immer auf dem Dach gesessen haben?«

»Erinnerst du dich, wie das Pärchen ins Jüdische Lyzeum kam, um sich trauen zu lassen?«

Wir erinnern uns alle an die Vergangenheit, so wie man es nur kann, wenn man hoffnungsvoll in die Zukunft blickt.

Herr Frank schaut mich an und lächelt. Ich bin stolz, wenn er das tut, obwohl ich es im Grunde nicht sein sollte. Es ist nicht mein Werk, dass wir nicht mehr zusammen sind, es ist einfach so gekommen.

Befreiung: Das ist es, worüber wir alle reden.

»Erinnerst du dich noch daran, auf der Zuider Amstellaan entlang in die Stadt zu gehen?«, fragt Papi.

»Ich erinnere mich daran, mit den Kindern zur Schule zu laufen«, sagt Frau Frank plötzlich.

Herr Frank strahlt. »Von der Arbeit nach Hause gehen!«

»Rennen!«, lacht Anne.

Margot lächelt nur. Ich frage mich, was sie wohl denkt.

Den ganzen Tag über fällt es mir immer wieder ein. Dieses Gefühl. Diese Erinnerung. Ans Gehen, einfach irgendwo entlanggehen – ohne irgendein besonderes Ziel zu haben. Und ich lächele. Ich kann nicht anders. Hoffnung liegt in der Luft. Sie ängstigt mich. Aber ich kann nichts dagegen tun, dass sie da ist. Auch Anne und Margot lächeln.

Draußen kommt die Sonne wieder hervor.

»Warum brauchen die Briten so lange!«, zürnt Mutti. Sie ist so angespannt, dass sie bis zum Mond fliegen könnte, wenn sie losließe.

»Sie kämpfen für uns!«, sage ich, und es fühlt sich wieder wie ein Wunder an, dass Leute aus der ganzen Welt da draußen kämpfen. Kämpfen, damit Menschen wie wir anders sein dürfen. Für uns leben. Für uns sterben. Ohne überhaupt zu wissen, dass wir hier sind. Werden wir sie je sehen, die britischen oder amerikanischen Soldaten? Und wie wird es sein? Werden sie die Straße entlangkommen, mit Panzern oder mit Fahnen? Werden sie rufen: »Kommt raus, kommt raus, wo ihr auch seid?« Werden wir die Treppen runterrennen und so viel Lärm machen, wie wir nur können (so wie Anne es manchmal tut, wenn es einen Luftangriff gibt)? Werden wir wieder in der Sonne oder im Regen oder im Wind stehen und uns an den Händen halten? Werden wir an der Prinsengracht entlang in die Stadt gehen und überall ringsumher und über uns frische Luft spüren?

»Miau!« Mouschi springt aus meinen Armen. Ich habe ihn gekniffen.

Ich muss aufhören. Ich muss aufhören. Denn es tut weh – zu hoffen.

»Was hast du mit dem armen Mouschi gemacht?«, flötet Anne und streichelt ihn.

»Gar nichts!«

»Doch!«, sagt sie und krault ihn unter dem Kinn. »Stimmt's? Böser Peter!«

Margot rollt die Augen zur Decke, dann schließt sie sie und lächelt. Anne und Mouschi sehen mich an. Was soll ich sagen? Ich habe zu fest gehofft. Das habe ich getan.

»Tut mir leid!«, sage ich.

Wie es wohl war, als die Befreiung kam? Einst hatte ich ein Bild davon. Das Geräusch unserer Füße, die die Treppen hinunterrennen. Das Gefühl frischer Luft auf unseren Gesichtern und der Klang der läutenden Glocken. Das Läuten eines Glockenspiels oder Carillons, wie Margot sagte. Auf meinem Bild wehte das Laub um uns herum wie Konfetti und wir warfen unsere Arme hoch in die Luft und fielen auf den Boden oder sprangen ins Wasser der Gracht. Wir umarmten einander und wir rannten, rannten die Straßen entlang, durch die Alleen. Wir jubelten laut.
Ist es so gewesen?
Ich weiß es nicht.
Wir waren nicht da.
Unsere Zimmer im Hinterhaus waren leer und wir waren fort.

4. August 1944 –

Der Zeitpunkt naht, aber ich bin noch immer drinnen, und so sehe ich ihn nicht kommen.

Es ist heiß und stickig und wir sehnen uns danach, die Fenster zu öffnen. Wir lernen fleißig. Plötzlich scheint es wieder einen Sinn zu haben. Die Schlinge zieht sich zusammen, aber diesmal um sie, nicht um uns.

Draußen stehen die Lagertüren des Hauses Prinsengracht 263 zur Straße weit offen. Aber das weiß ich nicht. Wir freuen uns alle darauf, dass es zu Ende geht. Die Alliierten siegen. Wir alle wissen es. Die Hoffnung pocht laut in mir wie ein Puls, wie eine ins Leben zurückkehrende Erinnerung. Ich versuche mich ihr zu verschließen, ich kann es aber nicht. Jeden Tag könnte es jetzt so weit sein, jeden Tag könnten wir frei sein. Ich fange wieder an, die Straßen zu zeichnen. Ich zeichne den Weg nach Hause, die ganze Strecke von der Prinsengracht zum Merwedeplein. In den Zeichnungen lasse ich es Herbst werden, ich will nicht allzu gierig, nicht allzu hoffnungsvoll sein.

Ich zeichne, wie die Blätter auf uns herabfallen, sie regnen in Gold und Rot zur Feier des Tages. Wir sind so dicht dran, so dicht, so dicht wie die Hitze in den Zimmern hinter den geschlossenen Fenstern.

Draußen.

Ein Militärauto fährt vor. Ein Militärpolizist steigt aus. Er geht zu den Türen des Lagers, ein Arbeiter zeigt auf ihn und deutet nach oben, wo … ich mit Herrn Frank in meinem Zimmer bin.

»Verstehst du, wie der Satz geht, Peter? Auf Englisch verwendet man das Wort *it.*«

Ich wische mir den Schweiß vom Gesicht und versuche klar zu denken.

Gleich wird eintreten, was wir zwei Jahre lang am meisten gefürchtet haben. Es ist nicht Nacht, so wie ich es mir immer ausgemalt hatte, sondern Morgen. Es ist ein herrlicher Tag. Die Sonne scheint. Die Vögel singen oben im Laub des Kastanienbaumes. Ein Stockwerk tiefer schreibt Anne ihr Tagebuch. Margot liest ein medizinisches Fachbuch, sie hat beschlossen, dass sie Ärztin werden will. Vor zwei Tagen hat sie es mir auf dem Dachboden zugeflüstert. Ihre Augen glänzten hinter den Brillengläsern.

»Du wirst sicher eine hervorragende Ärztin«, habe ich gesagt.

Dr. Pfeffer ist in seinem Zimmer und schreibt an seine Charlotte, Briefe voller Zukunftspläne. Mutti und Papi sind in der Küche, fächeln sich auf dem Sofa Luft zu. Ich kann ihre Stimmen hören, wie sie leise miteinander reden. Alles im Hinterhaus ist still. Der Zeitpunkt hat uns schon fast ereilt, aber keiner von uns sieht ihn kommen.

Zuerst denke ich, Anne kommt die Treppe herauf, ein bisschen zu laut, ein bisschen zu schwer. Nebenan ein Geräusch, in der Hitze glaube ich zu hören, wie jemand sagt: »Hände hoch!«

Dann ein erstickter Ausruf von Mutti und ein beruhigender Laut von Papi. Inzwischen sind Herr Frank und ich aufgestanden, dann erscheinen sie in der Tür. Ein holländischer Mann in grüner Uniform. Er hat eine Pistole in der Hand. Zwei andere sind hinter ihm. Es hat nicht geklopft. Sie sind einfach hier, in meinem Zimmer, stehen in der Tür. Herr Frank sieht mich an. Wir wissen es sofort. Wir wissen es beide. Es ist vorbei. Das Bild der Hoffnung in meinem Inneren zerfällt in Stücke.

»Nehmen Sie die Hände hoch!«

»Leg deine Bücher weg, Peter«, sagt Herr Frank.

Wir schauen zum Fenster, zur Dachbodentreppe. Kein Winkel, um uns zu verstecken. Da sind noch drei Männer, alles holländische Polizisten. Sie befehlen uns, die Hände hochzunehmen, und sie durchsuchen uns. Wir haben keine Waffen. Sie schieben uns nach nebenan. In der Küche steht Mutti neben Vati. Sie halten ihre Arme in die Luft.

»Meine Familie!«, sagt Herr Frank.

Mit weit aufgerissenen Augen starren Mutti und Papi uns an. Keiner von uns sagt etwas. Sie lassen uns die Treppe hinuntergehen.

Die Bücherschranktür, die uns so sicher verborgen hielt, hängt lose und weit offen in den Angeln. Der Anblick ist ein Schock. Es gibt keinen Ort mehr, an dem wir uns verstecken könnten.

Anne steht neben Margot, die weint. Ich sehe sie an. Schweigend, lautlos rinnen ihr die Tränen übers Gesicht.

Es erscheint mir unmöglich, dass Margot weint, aber sie tut es. Anne hat ihren Fuß um Margots Knöchel geschlungen, um sie zu trösten. Sie atmet gleichmäßig und starrt die Männer an. Frau Frank steht auf der anderen Seite neben Margot. Alle halten sie die Hände hoch. Ein Mann steht da und richtet eine Pistole auf sie.

»Sie da!«, sagt er zu Herrn Frank. »Zeigen Sie mir, wo Sie Ihre Wertsachen und Ihr Geld aufbewahren!«

Herr Frank deutet dorthin. Ein Mann durchwühlt die Schubladen. Ein anderer kommt mit Annes Aktentasche aus dem Schlafzimmer der Franks und leert sie aus. Anne reißt die Augen auf. Ihre losen Blätter und ihr Tagebuch fallen heraus und verteilen sich auf dem Fußboden. Sie atmet scharf ein. Ich möchte sie umarmen. Herr Frank bewegt sich.

»Stillstehen!« Der Mann stopft unser Geld (nicht viel) und unsere Wertsachen (nicht viel) in die Aktentasche. Mein Herz klopft sehr laut. Sehr schnell. Ich verstehe nicht, wie Herr Frank so ruhig wirken kann. Ich denke an das, was Mutti gesagt hat: »Wenn die Befreiung näher rückt, finden sie uns. Sie werden uns erschießen.« Wird das nun geschehen?

Ich wünschte, so wäre es gewesen. Ich wünschte, ich wäre damals gestorben, mit Mutti an meiner Seite, aber das wäre zu einfach gewesen. Es damals zu beenden, mich zu töten, als ich noch einen Körper und Gedanken hatte, die meine eigenen waren. Als meine Hoffnung gerade erst erloschen war und noch hätte aufflackern können.

Sie durchsuchen das Hinterhaus. Sie öffnen Schränke und Schubladen. Ich denke an die leeren Zimmer in unserem alten Haus, an die Möbel, die verladen und weggebracht wurden. Ich weiß, das ist es, was auch mit uns geschieht, wenn sie uns nicht erschießen. Ich glaube nicht, dass sie es hier tun. Wir schwitzen alle. Es ist anstrengend, die Hände lange Zeit hochzuhalten. Wir sehen einander an und wieder weg. Wir führen Gespräche mit unseren Augen. Unsere Blicke sagen: Wir sind entsetzt. Unsere Blicke fragen: Was kommt als Nächstes?

»Sie dürfen ein paar Kleider packen«, ruft der Mann. »Schnell! Schnell!« Wir nehmen die Arme runter. Wir gehen in unsere Zimmer. Wir wissen nicht, was wir einpacken sollen.

Wir gehen wieder nach unten. Anne kniet auf dem Boden, schichtet ihre Papiere auf einen ordentlichen Stapel.

»Lass das!«, schnauzt der Mann sie an.

Sie steht auf. Nicht schnell und nicht langsam. Würdevoll steht sie auf und nickt ihm zu, als verdiente er ebenso viel Respekt wie jedes menschliche Wesen. Ich würde am liebsten Beifall klatschen. Ich bin stolz auf sie. Ich hoffe, er sieht nicht, wie sie zittert.

Die Zeit vergeht sehr langsam und zugleich sehr schnell. Der Anführer der Polizei durchsucht noch immer den Raum.

»Gehört das Ihnen?«, fragt er Herrn Frank mit einem Tritt gegen eine hölzerne Kiste, und seine Stimme klingt auf einmal verändert. Wir sehen alle auf.

»Ja, ich war Reserveleutnant im Großen Krieg«, antwortet Herr Frank. Er spricht genauso, wie er immer spricht, seine Stimme klingt freundlich und vernünftig und wir klammern uns alle daran. Dann richtet sich der Mann ganz gerade auf und er sieht Herrn Frank anders an.

»Hetzt sie nicht!«, bellt er die anderen Polizisten an.

»Das hätten Sie melden sollen«, sagt er in bedauerndem Ton zu Herrn Frank. »Dann hätten wir Sie vielleicht ins Arbeitslager Theresienstadt schicken können.«

»Nun«, sagt Mutti sehr leise, »vielleicht dürfen wir ein Fenster aufmachen, wo nun jeder weiß, dass wir hier sind!«

Ich sehe sie an. Sie ist sehr tapfer. Ich weiß nicht, ob es geklappt hat. Ich weiß nicht, ob ihre Unterbrechung oder die scharfe Antwort des Mannes »Kein Fenster auf!« verhindert hat, dass Anne und Margot auffällt, was eben gesagt wurde. Denn wenn wir nicht in ein Arbeitslager kommen, wo kommen wir dann hin? Wir alle kennen das Wort. Todeslager.

»Dürfen wir ein bisschen aufräumen?«, fragt Anne, und als er nickt, kniet sie sich wieder hin. Ich knie mich auch hin. Gemeinsam sammeln wir ihr Tagebuch und ihre Papiere ein.

»Keine Angst«, flüstere ich, »Miep wird sie finden und für dich aufbewahren, lenk besser erst gar keine Aufmerksamkeit darauf!«

»Ich kann Kitty nicht zurücklassen!«, flüstert sie.

Ich nehme sie fest am Handgelenk. »Du musst«, sage ich. »Du weißt, ohne dich hat sie bessere Chancen.«

Tränen steigen ihr in die Augen, laufen aber nicht über. Wir verstecken das Tagebuch in einem ordentlichen Stapel zwischen den Papieren.

Wir stehen beieinander. Ich sehe ihr an, wie schwer es ihr fällt, die Seiten zurückzulassen. Ich halte ihre Hand. Sie schwitzt. Sie zittert. Das Warten ist schrecklich. Wir setzen uns hin. Wir können nicht sprechen. Wir können nicht fassen, was geschieht, aber wir wissen, dass es geschieht. Ein Schluck Wasser wird uns zugestanden.

»Nun«, sagt Mutti um halb eins, »Essenszeit.«

Niemand antwortet, allseitiges Schweigen. Es ist eine ganz normale Bemerkung. Sie weint lautlose Tränen. Ich könnte gegen sie ankämpfen, denke ich. Ich möchte es. Ich spüre mein Herz bei diesem Wunsch heftig schlagen. Auch Papi merke ich es an. Aber sie würden nicht nur *uns* erschießen. Sie würden uns alle töten. Endlich, um ein Uhr, trifft der Lastwagen ein, auf den sie gewartet haben.

»Los! Schnell!«

Als wir gehen, tritt einer der Männer gegen die Papiere und sie verstreuen sich auf dem Fußboden. Herr Frank nimmt Anne fest in den Arm und flüstert irgendetwas.

Wir gehen die Treppe hinab. Es passiert wirklich. Aber es fällt schwer zu glauben, dass es passiert. Herr Kugler und Herr Kleiman sind auch dabei. Das tut uns leid. Die Polizisten gehen vorneweg und hintendrein.

Draußen.

Wir treten durch die Tür.

Wir sind draußen.

Es ist so hell. So hell und gleißend: das Tageslicht nach der Dunkelheit. Es brennt in meinen Augen. Wir schauen einander an. Wir sehen alle verändert aus. Wir sehen so weiß aus im Licht. Alle bleiben wir vor dem Lastwagen einen Moment stehen. Ich halte mein Gesicht dem Licht entgegen und spüre es auf meiner Haut. Sie ist so warm, die Luft. So weich und so wunderbar.

»Einsteigen!«

Ich öffne die Augen. Wir tun alle dasselbe, stehen draußen in der frischen Luft, die Gesichter zur Sonne gereckt. Es ist nur ein Moment, weniger als eine Sekunde. Und dann ist er vorüber.

»Einsteigen, hab ich gesagt!«

Der Lastwagen hat keine Fenster. Drinnen ist es heiß und dunkel und wir beginnen, uns vor dem Ziel der Fahrt zu fürchten.

TEIL 2

Die Lager

Mai 1945 –

Da sind wir also – es ist so weit.

Ich liege in einer Schlafkoje in Mauthausen.
Da ist ein Wort, an das ich denken muss. Ein Wort, das alles verseucht, womit es in Berührung kommt – ein Wort, das niemals nur einen Ort bezeichnen oder einfach nur ein Wort sein kann. Es ist ein Wort ohne Hoffnung, ohne Sehnsucht – Auschwitz.
Es scheint, als wäre ich am Leben. Aber ganz sicher bin ich mir nicht.
Bin ich tot oder lebendig? Wie soll ich das wissen – für einen Juden in Auschwitz macht das keinen Unterschied.
Das war der Ort, an den sie uns zuerst geschickt haben.
In Auschwitz träumten wir nachts, und wenn wir aufwachten, ging der Traum weiter – und war ein Albtraum.
Ich sterbe. So muss es wohl sein.
Alle, die dort waren, sind tot – auch wenn sie noch herumlaufen.
Und jetzt bin ich an der Reihe.
Wie kann ich darüber sprechen – gibt es Worte dafür?
Und wirst du zuhören, jetzt, wo es so weit ist?

Wirst du, so wie ich gezwungenermaßen, weiterhin jeden Tag eine neue Seite aufschlagen – eine nach der anderen – und überleben?
Denn das hier ist keine Geschichte. Das hier ist die Wahrheit. Das alles ist wirklich passiert.
Und wir alle hier wollen es euch da draußen wissen lassen.
Dass wir friedfertig gegangen sind, zumindest die meisten von uns. In langen Reihen sind wir in die Nacht der Lager gezogen, ohne zu wissen, wohin wir gingen. Wir sind in Zügen gefahren und haben all unseren Besitz bei uns getragen wie ein Stück Hoffnung. Einst waren wir Unzählige, nun sind wir wenige.
Nun liegen unsere nackten Leiber auf Haufen. Unsere Knochen sind zu Staub gemahlen und wir sind …
Asche.
Das ist die Wahrheit.

Es tut mir leid, dass ich nachfragen muss, aber ist da jemand?
Hört irgendwer zu?
Sind noch welche von uns übrig?
Oder bin ich der Einzige, der noch atmet?
Bin ich der Letzte – allein – in diesem Meer von toten und verwesenden Leibern rings um mich her?
Ich möchte rufen, um zu fragen, ob noch irgendeiner so wie ich hier liegt und noch atmet. Aber sie könnten mich hören, könnten kommen, könnten mich erschießen.

Und irgendeiner muss überleben.
»Halt durch, sei tapfer«, flüstert Papi.
»Erzähl davon«, flüstert Herr Frank, »erzahl unsere Geschichte …«
Die Leichen um mich herum fangen an zu stinken. Passiert das alles wirklich? Der Traum, den wir alle träumten, wieder und wieder und wieder. Sind alle tot? Sind keine Juden mehr übrig, außer mir? Draußen höre ich keine Rufe, keine Wachen, keine Musik. Ich schließe die Augen.
»Halt durch, sei tapfer«, flüstert Papi.
Aber ich bin nicht tapfer. Und ich bin müde.
»Erzähl, erzähl, erzähl, erzähl«, prasseln die Stimmen auf meinen Körper ein, so viele Stimmen, so viele Leichen, so viele beendete Geschichten, ich kann sie nicht alle erzählen. Ich bin nicht der Richtige dafür. Anne sollte hier sein, Anne, die mit ihren glänzenden Augen in der Tür zu meinem Zimmer steht. Anne, die lächelt, Anne, die lacht. Anne, die weint: »Ich habe so viel zu sagen, so viele Geschichten in mir, Peter!«

> *»Wie kann ich von dem hier erzählen?«,*
> *frage ich sie voller Verzweiflung.*
> *»Fass es in Worte«, flüstert sie, »und fang an.«*
> *»Gibt es denn Worte dafür?«*
> *»Was sonst ist uns denn noch geblieben?«*
> *Und so fange ich an.*

Zuerst brachten sie uns nach Westerbork, ein Durchgangslager. Ich erinnere mich daran, wie Annes Blicke im

Licht der Außenwelt tanzten. Da waren wir noch alle zusammen. Wir hatten noch Hoffnung. Die Alliierten waren auf dem Vormarsch, steuerten auf Holland zu[16]. Es war ein Wettlauf gegen die Zeit. Jeden Dienstag kamen die Züge und fuhren wieder.

Wo fuhren sie hin?

Sie fuhren nach Osten:
nach Theresienstadt,
nach Sobibor,
nach Bergen-Belsen
und nach Auschwitz.

Dort marschierten Menschenmeere von uns, da lagen Menschenmeere von uns, da arbeiteten Menschenmeere von uns – und da starben Menschenmeere von uns.

»Ach, Anne! Wo finde ich die Worte dafür?«
»In dir drin«, flüstert sie. »Such sie einfach – und fang an.«

Sie steckten uns in einen Zug.
Ich bin in einem Zug. Ich weiß nicht, wohin wir fahren.

Auschwitz, Auschwitz. In meiner Erinnerung rattern es die Räder, flüstern es, quälen mich mit dem Namen unseres Ziels. Auschwitz, Auschwitz, Auschwitz. Aber meine Erinnerung ist falsch. Wir wussten nicht, wohin wir fuhren.

16 Tatsächlich umgingen die alliierten Streitkräfte Holland und zogen direkt in Richtung Berlin.

Wir haben alles bei uns, die wenigen Dinge, die uns bleiben. Die Türen schließen sich. Plötzlich gibt es kein Licht mehr, nur noch einen Streifen hoch oben im Waggon, wie eine verblasste Erinnerung.

Wir hören einander die Finsternis einatmen. Auf einmal herrscht Stille und so hören wir alle ein Geräusch, das Kratzen von Kreide auf der Wand des Wagens. Sie schreiben eine Zahl hin – die Anzahl von uns hier drin.

»Als könnten wir ihnen verloren gehen!«, sagt jemand. Einige lachen. Es ist Nachmittag. Man hört Pfeifen und Lärm, Handflächen schlagen gegen die Tür. Wachen rufen und dann setzt sich der Zug in Bewegung. Wir werden ruckartig zur Seite geworfen. Wir greifen nacheinander, um uns abzustützen. Ich halte mich an Anne fest. Die Erinnerung an ihren Körper dicht an meinem auf dem Dachboden durchfährt mich unvermittelt und scharf. Wir lassen los.

Die Räder rattern einen Rhythmus. Ich merke, wie mir die Augen zufallen, mein Kopf sinkt allmählich herab. Ruckartig wache ich auf, komme zu mir. Das Licht ist fort und es ist finster. Abgesehen von unserer Körperwärme ist es kalt – doch der Zug fährt immer weiter.

Irgendwer stöhnt. Wir denken alle das Gleiche. Wann wird der Zug anhalten? Wann können wir loslassen? Die Anspannung unserer Blasen, unserer Augen, unserer Körper – die immer noch stehen. Nichts ist zu hören, nur der warme, beißende Geruch frischen Urins steigt auf, begleitet von einem Stöhnen der Erleichterung. Ringsumher, bis uns der Gestank umgibt wie ein dicker Mantel.

»Tut mir leid«, hört man geflüsterte Worte. »Entschuldigung, tut mir schrecklich leid.«

Jetzt kann sich keiner mehr auf dem Boden ausruhen.

Wir stehen und hoffen, dass wir bald anhalten. Manchmal verlangsamt der Zug die Fahrt, unsere Köpfe erheben sich aus dem Halbschlaf und warten, aber der Zug fährt weiter. Wir lehnen uns an die Wände, aneinander. Wir schaukeln mit der Bewegung der Räder, spüren nicht mehr, dass wir fahren. Halten einander fest, auch unsere Blasen. Bald. Wir hoffen, dass wir bald ankommen.

Wir wussten nicht, worauf wir da hofften.

Die Sonne geht auf. Der Zug fährt immer weiter. Leute geben auf, sie legen sich in die Pisse, sie legen sich aufeinander.

Mutti legt ihren Mantel auf den Boden. Er bietet uns einen Platz zum Hinsetzen. Wir haben Glück. Abwechselnd setzen wir uns darauf. Wir pinkeln auf den Boden, mit den Gesichtern nach außen. Noch mussten wir nicht kacken.

Im Halbschlaf höre ich die Räder des Zuges rattern. Ich wache auf. Aber diesmal ist es kein Traum. Der Zug wird langsamer und hält an.

»Wohin? Wohin fahren wir?«, ruft jemand. Ein großer Mann späht durch den Schlitz in der Seitenwand des Waggons. Er liest polnische Namen vor. Drinnen erklingt Stöhnen. Stille. Es riecht nach Angst – und stinkt plötzlich nach Scheiße.

»Wenn es so ist wie das Lager in Westerbork, wird es

nicht so schlimm!«, flüstert Anne. Niemand antwortet. Wir alle wissen, dass es nicht so sein wird wie in Westerbork – das war nur ein Durchgangslager. Sie beginnt zu zittern.

Irgendwer fängt an zu jammern: »Ich krieg sie nicht wach! Ich krieg sie nicht wach!«

Irgendwer anders murmelt: »Die Glückliche.«

Menschen schlagen an die Tür. »Lasst uns raus!«

Herr Frank fängt an zu flüstern. »Bleibt zusammen. Was auch geschieht, wir müssen zusammenbleiben. Denkt daran. Sie verlieren den Krieg. Das Ende ist nah. Wo auch immer wir landen, müssen wir die Leute das wissen lassen. Wir haben Informationen. Wir können ihnen Hoffnung geben.«

Er hatte Recht. Wir Dummköpfe. Wir haben unser Wissen ohne Gegenleistung verschenkt.

Irgendwo in dem Viehwagen fängt jemand an, das Kaddisch zu sprechen – das Totengebet. Der Zug setzt sich wieder in Bewegung.

Tag drei. Immer mehr Leute koten sich ein. Der Gestank verursacht den anderen Brechreiz.

Wir Männer stehen beisammen mit den Rücken zur Menge. Wir halten einander fest. Wir stützen uns gegen die wankenden Wände. Wir versuchen unser Revier zu schützen.

Ich spüre Annes Haar neben meinem Kinn.

»Ich habe solchen Durst, Peter!«, flüstert sie.

»Ich weiß«, sage ich.

Das Stehen fällt immer schwerer. Manchmal hält der Zug jetzt an.

Stundenlang.

»Wasser!«, schreien die Leute. »Wasser!« Aber es gibt kein Wasser. Niemand antwortet. Es gibt nur die Hitze. Den Gestank. Die Stille. Draußen auf dem Bahnsteig ruft eine Stimme einer anderen etwas zu.

»Antwortet uns!«, ruft der Mann an dem Schlitz. »Antwortet uns, ihr Schweine!«

Wir warten, aber es kommt keine Antwort.

»Wir sind Menschen, Menschen sind hier drin«, flüstert Anne. Aber sie antworten nicht, als wären wir *wirklich* nur Vieh, das muht und in einer fremden, unmenschlichen Sprache ruft.

Völlig unverständlich.

Der Zug fährt wieder an. Die Räder rattern. Der Zug schaukelt dahin.

Er bleibt wieder stehen. Es ist dunkel und wir haben schon so viele Male zuvor angehalten, dass wir es jetzt gewöhnt sind. Wir denken, es geht ewig so weiter. Bis wir sterben. Einige sind schon tot.

Wir haben kein Gefühl mehr für die Zeit, die ohne Maß vergeht. Wir sind wach und doch nicht wach. Wir sind am Leben und doch nicht am Leben, als der Zug endlich anhält – und die Türen des Waggons aufgehen.

Gibt es selbst dafür Worte, Anne?
»Ja, selbst dafür«, flüstert sie. »Du musst dorthin zurückgehen, Peter, dann kannst du sie finden.«

Das Licht ist blendend hell nach der sanften Dunkelheit der Waggons. Stimmen rufen. »Raus! Raus! Schnell! Schnell! Schnell!«

Die frische Luft prallt auf den Waggon und macht den Gestank noch schlimmer. Plötzlich schämen wir uns. Wir stinken und kauern uns hin, versuchen uns zu verstecken. Leute fallen und springen und kriechen aus dem Waggon auf den Bahnsteig. Nun sind nur noch wir übrig. Wir acht stehen in der Tür und starren hinaus.

Da sind Männer in gestreiften Kleidern. Juden wie wir. Aber nicht wie wir. Kahl geschoren. Wie wandelnde Tote schreien sie uns in der von Scheinwerfern erhellten Dunkelheit an.

So viel Licht.

»Raus! Raus!«, brüllen sie und die Hunde bellen. Anne weicht zurück.

»Frauen und Kinder links!« Anne setzt an, nach links zu gehen. Ich ziehe sie zurück. Ich will sie in meiner Nähe haben. Wir sind noch im Waggon. »Männer rechts. Frauen hierher!« – »Links!« – »Rechts!« Wir halten uns an den Händen und gaffen. Und dann wird mir klar: Die Worte ergeben einen Sinn, weil Deutsch gesprochen wird. Ich kann sie verstehen.

Ein alter Mann steht mit starrem Blick am Bahnsteig. Er versteht nichts. Er sieht sich um, ratlos, schiebt seine Brille auf der Nase hoch.

»Hast du nicht gehört?«, schreit ein Wächter. Er schlägt den Mann ins Gesicht. Wir gaffen, unsere Augen sind nicht groß genug, unsere Herzen nicht weit genug, um dieses Bild aufzunehmen – um es zu fassen.

»*Rechts* hab ich gesagt, du Schwachkopf!«

Der alte Mann schüttelt den Kopf, er hat Blut in den Augen, er kann nichts sehen. Hilflos hebt er die Hände. Der Wächter schlägt ihn zu Boden und steigt über seinen gefallenen Körper. Dr. Pfeffer tut einen Schritt nach vorn. Herr Frank zieht ihn schleunigst zurück. Der Wächter tritt vor den nächsten Mann – vielleicht ist er der Sohn des alten Mannes, ich weiß es nicht. Es geht alles so schnell und merkwürdig leise vor sich, dass ich immer noch meinen Augen kaum traue. Der Mann sagt nichts, er boxt den Wächter so fest, dass dessen Kopf nach hinten schnellt und wir alle ein Knacken hören. Der Wächter stolpert, kampfbereit steht der Mann mit geballten Fäusten da.

Der Wächter gewinnt sein Gleichgewicht wieder und erschießt ihn.

Auf dem Boden des Bahnsteigs wimmert der alte Mann.

Sie erschießen auch ihn.

Die kahl geschorenen Gerippe in Streifen bücken sich und fangen an, die Taschen der Toten zu durchsuchen. Ich wundere mich, warum sie ihnen den Mund aufmachen und hineinschauen. Nach der Stille und dem Gestank im Waggon klingen die Kommandos ohrenbetäubend.

Aber in meiner Erinnerung läuft alles lautlos ab. Wie im Licht eines Suchscheinwerfers aufblitzende Momente. Bilder wie Gewehrsalven. Erinnerungen an Worte, die keinen Sinn ergeben. Der Klang einer Sprache, die ich wiedererkenne – aber doch nicht wirklich verstehe.

»Ihr!« Der Wächter meint uns. Wir kommen herunter. »Rechts, rechts, rechts!« Wir Männer sind vorgetreten, entschlossen, die Frauen zu beschützen. Ich halte Muttis Hand.

»Nein! Frauen auf diese Seite! Links! *Links,* hab ich gesagt!«

Wir starren einander an, jedoch nicht für lange. Wir sind entsetzt. Wir haben Angst. Wir sind so müde und durstig, dass wir nicht klar denken können. Wir können es nicht fassen. Wir haben gesehen, dass sie uns töten, wenn wir nicht tun, was sie verlangen – und zwar schnell. Wir sehen einander kurz an, dann lösen wir wie folgsame Kinder unsere Hände.

Es ist nur ein Augenblick – der Bruchteil einer Sekunde, doch später wird er uns verfolgen. Wie wir einander scheinbar so ohne weiteres losließen.

»Petel!«
»Mutti!«
»Peter!«
»Anne!«
Wir halten einander mit unseren Blicken fest, und dann verschwinden sie – in der Dunkelheit.

Sind sie am Leben? Sind sie tot? Haben auch sie dieses Grauen erfahren?
Ich weiß es nicht. Sie werden von uns weggebracht. Wir schauen auf und sie sind fort. So schnell, dass wir es gar nicht bemerkt haben.

»Hier entlang! Hier entlang!« Wir werden abgeführt. Dass wir kommen, kann man wahrscheinlich kilometerweit riechen.

Man führt uns durch die schwarzen, breiten Tore.

ARBEIT MACHT FREI.

Das steht über dem Tor.

Es gab ein Gerücht, dass in einem Lager an dem schwarzen Eisentor ein toter Jude aufgehängt wurde, jeden Tag ein neuer. Wir haben es alle geglaubt. Wir haben es geglaubt, weil wir da bereits wussten, dass so etwas durchaus möglich war. Gesagt haben wir nichts dazu, wir haben nur ächzend weiter einen Fuß vor den anderen gesetzt.

Sie stecken uns in einen Raum. Wir starren einander an. Was ist passiert? Wir wissen, dass etwas passiert ist, aber was? Die Lichter sind grell. Leute murmeln: Was geschieht jetzt? Irgendwo spricht jemand wieder und wieder in klagendem Tonfall ein Gebet.

»Als ob das etwas nützen würde!«, knurre ich.

»Es hilft ihm, Peter!« Herrn Franks Stimme ist sanft. Unverändert. Ich halte den Mund. Wir stinken. Wir stinken wie Tiere. Und durch den Wassermangel sind unsere Gesichter aufgedunsen und entstellt.

Ein Mann kommt rein. »Zieht alles aus. Lasst alle Sachen hier. Ihr könnt sie später wiederhaben.«

Ich sehe mich um. Wir haben alle denselben Gesichtsausdruck: verwirrt, benommen, verängstigt. Gleichgemacht durch Hunger und Durst und Verlust.

Am Ende konnte man nicht einmal mehr sagen, ob wir Männer oder Frauen waren. Am Ende waren wir alle nur noch Knochen. Nur noch Knochen. So wie ich.

»Bitte! Wasser! Wir haben Durst!«, sagt ein Mann.

»Später«, sagt der Deutsche.

Langsam ziehen wir uns aus. Wir versuchen einander nicht anzusehen. Da ist ein alter Mann. Er hat eine Brille. »Die auch?«, fragt er.

»Alles, hab ich gesagt!« Er redet, als wären wir krank oder behindert. Er redet, als wären wir Kinder. Das ist verwirrend. Er ist nicht zornig. Ich verstehe es nicht. Warum benimmt er sich, als wäre das hier ganz normal? Warum benehmen wir uns so? Wir stehen vor ihm, verzweifelt und frierend und durstig und hungrig – und glauben noch immer, wir könnten überleben, wenn wir es richtig anstellen.

»Alles ablegen!«, sagt er wieder.

»Aber ohne seine Brille kann mein Vater nichts sehen!«

»Dann wird er uns wohl nicht viel nützen, was?«, sagt der Mann.

Die Männer in Streifen kommen herein. Sie durchsuchen unsere Kleider, sortieren aus, legen beiseite. Sie erinnern mich an die Krähen, die sich oft im Kastanienbaum versammelt haben.

Wir bedecken unsere Blößen mit den Händen. Wir senken die Blicke. Es kommt uns vor, als müssten *wir* uns schämen. Noch nie habe ich meinen Vater oder Dr. Pfeffer oder Herrn Frank nackt gesehen. Wir können einander nicht ins Gesicht sehen. Wir können nirgendwo anders hinschauen als auf den Boden.

Man bringt uns zu den Duschen. Sie sind heiß. Wir glauben es kaum. Was für ein Wunder, die Furcht und den Gestank und den Schrecken dieser Reise abwaschen zu können. Es gibt uns Hoffnung.

»Warum sollten sie all das tun, wenn sie uns einfach nur töten wollten?«, fragt Dr. Pfeffer.

»Wer sind die Juden in den Streifen?«, flüstert ein anderer.

Aber wir haben keine Antworten darauf.

Wir werden rasiert. Die Männer, die das tun, tragen grüne Dreiecke.

Grünes Dreieck hieß Krimineller. Man hat Kriminellen Messer in die Hand gegeben, um uns damit zu rasieren.

Wir stehen in einer Reihe. Wir beobachten. Wir sitzen. Sie rasieren uns alle. Am ganzen Körper. Unsere Köpfe. Unsere Arme. Unseren Intimbereich. Und ich weiß, dass wir alle dasselbe denken. Was ist mit unseren Frauen? Geschieht mit ihnen das Gleiche? Es tut weh. Manche Männer weinen leise.

Sie werden sich daran gewöhnen. Oder sterben.
Es geschieht jede Woche: am Samstag.

Ich betrachte die Männer, die uns das antun. Wer sind sie? *Sind wirklich Juden dabei?*, frage ich mich ständig. Der Gedanke kreist immer wieder in meinem Kopf: Wie kann das sein? Was, wenn es Juden sind? Passiert das hier wirklich?

Was für eine sonderbare Vorstellung, dass ich versucht habe, die Situation zu verstehen und einen Sinn darin zu erkennen, dass wir alle es versucht haben, als wäre das überhaupt möglich gewesen.

Wir sind nackt und zittern. Es gibt keine Handtücher, um uns damit abzutrocknen. Unsere Kleider und Schuhe sind weg, und stattdessen sind da nun Berge von Pyjamas. Gestreift, wie die der Männer, die uns rasiert und entkleidet haben. Wir wollen sie nicht. Es gibt keine Schuhe – es gibt nur einen riesigen Stapel Holzpantoffeln.

Der alte Mann schreit auf: »Ich will meine Brille, ohne meine Brille kann ich nichts sehen!«

»Deine Brille ist weg«, sagt der Deutsche gelassen. Er macht eine Handbewegung; einer der gestreiften Männer schlägt den Mann ins Gesicht.

Das überrascht mich schon nicht mehr. Ich wende mich ab. Wir ziehen die Streifenkleider an. Wir versuchen, passende Holzschuhe zu finden.

»Hol dir welche, die gut passen, das ist wichtig«, sagt Papi und Dr. Pfeffer stimmt ihm zu. »Schuhe können über Leben und Tod entscheiden«, sagt er. Wir greifen uns mehrere Armvoll Holzschuhe, probieren alle an und greifen uns noch mehr, behalten die besten, um sie noch mal anzuprobieren. Einige der Männer sehen uns an, als wären wir verrückt.

Das waren diejenigen, die bald starben.

Andere machen mit in wilder Hast.

Die hielten länger durch.

Wir stehen auf, wir vier. Und wir sehen einander an. Schnell schauen wir wieder weg. Jetzt sehen wir aus wie die. Die Juden in Streifen, die diese fremde, harte Sprache sprechen – und uns schlagen und treten und töten. Als wir zu gehen versuchen, merken wir, dass wir unsere Füße nicht heben können, und so schlurfen wir genau wie sie, um die Holzschuhe nicht zu verlieren.

Es ist vollbracht.
Wir passen ins Bild.

Wir wissen nicht genau, was passiert ist. Aber wir wissen, dass etwas passiert ist.
Man nennt es Auschwitz.
Man nennt es Todeslager.
Aber sie sind noch nicht fertig. Nicht ganz. Sie schieben meinen Ärmel hoch und ein scharfer Schmerz durchzuckt mein Handgelenk. Was ist das? Ich sehe hinab. Da steht eine Nummer: B-9286.
Ich bin nicht länger Peter van Pels.
Ich bin Stegi Stersi, B-9286.

Schau, wenn ich meine Hand umdrehe, kann man es immer noch sehen.

Unsere Kleider sind weg, unsere Haare sind weg – unsere Namen sind weg.

Wir sind jetzt Nummern.

Zahlen an der Wand eines Viehwaggons, blaue Nummern aufs Handgelenk tätowiert.

Es ist vollbracht.

Wir haben das Tor zur Hölle auf Erden durchschritten.

Wir sind in Auschwitz.

Mit Fragen beladen, drängen sich nun die
Erinnerungen – so dicht und schwer wie die Toten.
Warum habe ich Muttis Hand so einfach losgelassen?
Ich wusste nicht, was geschah. Es war keine Zeit zum
Nachdenken.
»Petel!« Sie hat meinen Namen gerufen, dann war sie
weg. Sie waren alle weg, unsere Frauen. Verschwunden
in den Schloten dieser Hölle. Ich habe sie losgelassen.
Am Ende habe ich alles losgelassen.
Sogar mich selbst.
Aber noch nicht.
Lass es mich dir erzählen.
Lass es mich dir erzählen.
Falls irgendwer da ist?
Falls irgendwer zuhört?
In jenen ersten Minuten vergingen die Sekunden wie
Stunden. Geschoren und uniformiert und nummeriert
saßen wir da. Häftlinge jetzt, unfähig, aus dem Schock
dieses endgültigen Abschieds zu erwachen, von dem wir
nicht einmal wussten, dass er stattgefunden hatte, den
wir aber im Innersten spürten – Abschied von unseren

Frauen, von uns selbst – der erste von vielen weiteren, wenn wir getreten oder geschlagen oder gehängt oder erschossen oder in die Duschen gebracht wurden, aus denen Gas strömte statt Wasser. Es gibt so viele Wege, aus dem Leben zu scheiden.
Diejenigen von uns, die trotz des Schocks schnell lernten, hatten vielleicht eine Chance zu überleben. Aber selbst wir, die wir Deutsch sprachen, verstanden nicht wirklich. Wie konnten wir auch? Wie könnten wir jemals?
Verstehst du es?
Selbst jetzt, wo es fast vorbei ist, ergibt es für mich keinen Sinn.
Kann es denn für die Deutschen einen Sinn ergeben?
Warum bin ich es, der Scham empfindet?
Scham, dass ich um mein Leben gekämpft habe und anderen beim Sterben zusah.
Scham, dass ich nichts getan habe, um sie zu retten.
Es verfolgt mich, jetzt wo ich hier liege und auf den Tod warte. Der Aufbau der Lager, das Knochengerüst, das ihr Bestehen sicherte, sind in mir – geschrieben mit unsichtbarer Tinte, eingraviert wie die blaue Tätowierung an meinem Handgelenk.
Und wird mich nie loslassen.
»Wie kann ich davon erzählen, Anne?«
»Du musst ein Wort hinter das andere setzen und mit ihnen gehen, so, wie wir durch all das hindurchgegangen sind, Peter, ohne auch nur einmal an morgen zu denken.«
»Aber es ist niemand da, der mir zuhört.«

»Dann schreib die Worte in die Luft. Gedanken können sie nicht verbrennen.«
»Das werde ich. Mit meinen Erinnerungen werde ich dir entgegengehen.«
Ich habe Angst.
Ich bin allein.
Ich bin der letzte Jude.

Der Wächter schreit uns an.

»In Fünferreihen aufstellen! Fünfer! Fünfer, hab ich gesagt! Seid ihr Männer oder Idioten?«

Herr Frank sammelt uns um sich, fängt an zu erklären, auf Holländisch, auf Englisch, auf Französisch, in jeder Sprache, die uns helfen könnte zu verstehen, worum es geht und was wir tun müssen. Der Wächter sagt höhnisch zu ihm: »Bist wohl ein Professor? Von der Sorte hält keiner lange durch!«

Herr Frank antwortet nicht; er gehorcht, und zwar schnell. Er versteht: Sieh beschäftigt aus. Senk den Kopf. Unser erster Appell – Namensaufruf –, unsere erste Lektion im Häftlingsdasein.

»In Fünfern aufstellen, zwei Schritt auseinander!«

Herr Frank übersetzt, wir hören zu, beobachten und machen es nach. Schon jetzt ängstlich darauf bedacht, nicht derjenige zu sein, der geschlagen wird, nicht derjenige, der hinfällt und erschossen werden könnte.

Wegen seiner schlechten holländischen Aussprache haben wir ihn immer ausgelacht, Anne und ich. Holländisch nützt uns hier gar nichts. Deutsch ist die Sprache, die uns rettet, falls wir zu retten sind.

»Ist das wirklich Deutsch?«, flüstere ich. Denn obwohl ich die Worte verstehe, haben sie keine Ähnlichkeit mit dem Deutsch, das *wir* sprechen.

»So in der Art«, antwortet er leise. Er ist ruhig. Jetzt sehe ich ihn vor mir stehen, größer als die Uniform, in die sie uns gesteckt haben.

In dem Moment ist er wie das eine Wort, das du in einer fremden Sprache verstehst. Das eine Wort, an dem du dich festklammerst, als könnte es den ganzen Satz erklären.

Hilf mir, denke ich. Hilf mir.

Denn selbst als ich unter Scheinwerfern stand und wie ein Häftling aussah, hatte ich noch den Geruch von Freiheit auf meiner Haut. Den Glauben, es wäre irgendwie möglich, das alles zu verstehen. Den kindlichen Glauben, dass irgendwo, an einem anderen Ort, die Welt weiterhin sinnvollen Regeln folgt.

Herr Frank überträgt das schroff klingende, abgehackte Deutsch für uns in langsame, deutliche Sätze und wir gehorchen ihm. Wir stehen in Fünfern. Zwei Schritte auseinander. Wir lernen unsere Lektion. Im ersten Moment macht er ein erschrockenes Gesicht, als wir in Formation schlurfen. Als ob es auf seinen Befehl hin geschähe.

Wir wissen noch nicht, dass wir das künftig jeden Tag und jeden Abend tun.

Wir werden eine Armlänge von unserem Nachbarn entfernt dastehen, zu fünft in einer geraden Reihe, und es ihnen leicht machen, uns zu zählen.

Ich werde in Schnee und Regen stehen. In Nebel und Dunst. In Sonne und Staub. Im Hagel.

Ich werde einer von einem Fünfer sein, das ist ein Teil von einem Zehner, das ist ein Teil von einem Hunderter, einem Tausender, einer Million. Wie viele von uns sind gezählt worden und wie viele Male?

Ich weiß es nicht.

Auf meinen zerschundenen Füßen voller Blasen werde ich im Gänsemarsch zum Tor hinein- und hinausschlurfen. In Reih und Glied.

Manchmal werde ich stundenlang dastehen, den Kopf gesenkt gegen die Kälte und den wehenden Schnee, weil in der Reihe eine Lücke ist oder weil dem Wächter heute danach zu Mute ist. Ich frage mich nicht, warum, ich stehe da und warte und harre aus.

Stundenlang.

Manchmal fallen neben mir Leute um. Vielleicht werden sie zum Ka-Be[17] geschickt, vielleicht werden sie an Ort und Stelle erschossen. Ich lerne, stehen zu bleiben.

Einmal standen wir in Reih und Glied da und sahen, wie ein Mann gehängt wurde. Es war kalt. Wir senkten die Köpfe und wünschten, es wäre bald vorbei, damit wir nicht länger stehen müssten.

»Mach schnell!«, hat der junge Pole neben mir geflüstert. Er wollte aus der klirrenden Kälte raus, um den nächsten Tag durchzustehen. Er wartete schon sehnsüch-

[17] Ka-Be – Abkürzung für Krankenbau. So nannte man die Krankenstation in Auschwitz.

tig auf die kurze Pause und die wässrige Suppe. Seine Worte entsprangen dem Schmerz in seinen Beinen und der Kälte, die sein Hemd durchdrang.

Verflixt noch mal, beeil dich, damit ich aus dieser Kälte wegkomme, weiter überlebe, diesen Teil hinter mich bringe, diesen Tag, diese Nacht, diesen Appell.

Sie schrien uns an, wir sollten die Köpfe hochnehmen und ihm beim Sterben zusehen.

»Verstanden?«, schrien sie. Und wir wussten alle, was wir zu antworten hatten.

»Jawohl!« Aber sie haben nie gefragt, was wir verstanden hatten.

Unsere Demütigung. Darum ging es.

Und ihren Hass.

»Ich bin frei, Kameraden!«, rief der verurteilte Mann, als er sich die Schlinge über den Kopf zog – und sprang, bevor sie ihn stoßen konnten.

In Auschwitz gab es nur einen Weg in die Freiheit.
Deine Todesart selbst zu wählen.
Ich wünschte, ich wäre auch so gestorben. Lebendig. Kämpfend. Vor unseren ungebeugten Häuptern stehend, unsere Blicke in der grauen Kälte zu ihm emporgerichtet. An diesen Mann wird man sich erinnern. Er wird zählen. Er wird nicht einer von uns sein. Einer der Unzähligen, die auf Haufen verenden wie grau gestreifte Ratten. Nun, das sage ich jetzt. Aber damals wollte ich nur, dass das Stehen ein Ende hat. Ich konnte nur an die Kälte denken und das Bedürfnis, mich zu bewegen. An den Moment, wenn die

schreckliche Musik, die immer spielte, wenn wir zum Tor hinein- und hinausschlurften, endlich verstummte. Und der Appell vorüber war.

Eine Zeit lang arbeitete ich in der Postabteilung, im Warmen, wo ich ihre Post sortierte. Wo ich Extrarationen Brot bekommen konnte.

Warum bekam ich diesen Job? Wer weiß? Vielleicht, weil ich deutsch aussah. Vielleicht, weil ich im richtigen Moment vorbeikam.
Es gibt kein Warum in dieser Welt, habe ich das nicht schon erklärt?
Verstehst du es noch immer nicht? Musst auch du geschlagen werden? Musst auch du gezwungen werden, deine Suppe im Stehen aus einem Napf zu essen?
»Ihr stinkt wie Tiere!« Das haben sie zu uns gesagt.
Ja, wir sind wie Tiere. Wir essen schnell und im Stehen. Wir lecken unsere Näpfe aus und suchen noch nach jedem letzten Bröckchen. Wenn es Essen gibt, schnappen wir es uns, kämpfen darum. Wir sind die Lastesel für euren Ballast, für euren Hass. Wir denken wie Tiere, an einfache Dinge.
Essen.
Wärme.
Schlaf.
Aber wir sind keine Tiere.
Tiere fürchten sich nicht vor dem Tod oder der Namenlosigkeit oder einer unerzählten Geschichte.
Also bin ich kein Tier, hörst du mich?

Selbst wenn du meinen Namen durch eine Nummer ersetzt, mir keinen Löffel zum Essen gibst, weder Kleider noch Schuhe, in denen man laufen kann – so dass ich gezwungen bin, wie ein Tier zu leben und zu essen. Ich bin kein Tier.
Obwohl ich sogar jetzt noch warte.
Auf das Kommando warte, das mich durch diesen im Halbschlaf geträumten Albtraum erreicht. Durch die kalte, zermürbende Finsternis eines frühen Wintermorgens und das grelle frühe Licht des Sommers. Das Wort, das mich zerschmettert und diesen Körper zum Aufwachen zwingt, um einen neuen Tag zu beginnen, in dem mein Verstand keinen Sinn sehen kann.

Wstawać!

Aufwachen!

Und ich weiß, wenn ich es höre, werde ich trotz allem versuchen aufzustehen, mich zu erheben, strammzustehen und darauf zu warten, gezählt zu werden. Das Kommando ist mir einprogrammiert.

Wstawać!

Aufwachen!

Und ich kann ihm nicht entfliehen.
»Wie kann ich davon erzählen?«
»Weil du es musst«, flüstert Anne.
Aber selbst wenn es Worte dafür gibt, kannst du da draußen es denn verstehen?
Sprechen wir überhaupt dieselbe Sprache? Hier ist ein Teller, sage ich. Da ist ein Napf. Das sind einfache Worte, aber es gibt auch andere, viel schwierigere. Ist

das der Punkt, an dem deine Welt endet und meine aufhört?
Kannst du die Kluft zwischen uns überbrücken?
Und hören, was dieses Wort bedeutet?

»Sag es«, wispert Anne.
»Aber warum?«
»Weil es Worte sind, die einen Menschen frei machen – nicht Arbeit.«

Selekcja.
Selekcja.

So nennen sie es – das, was geschieht. Wir haben das Wort noch nie gehört, obwohl wir alle, ohne es zu wissen, jene erste Selektion auf dem Bahnsteig bereits überlebt hatten. Wir sind die hohen Nummern im Lager, die Neuen – die Dummen und Ungeschickten und Gefährlichen.

Gefährlich, weil wir die Regeln nicht kennen und mit unserem unbeholfenen Schlurfen Aufmerksamkeit erregen. Wir fallen über unsere Holzschuhe und reißen andere mit uns.

Wir werden gehasst.

Selekcja.

Es ist Oktober. Das Wort wispert sich seinen Weg durch die Baracken von Auschwitz, schwebt wie ein Falke über uns, der darauf wartet, herabzustürzen. Es gibt zu viele von uns. Die niedrigen Nummern wissen es, die alten Hasen spüren, was kommt. Und sie flüstern das Wort.

Selekcja.

Selekcja.

Hasserfüllt sehen sie uns an. Wir sind daran schuld, wir hohen Nummern, weil wir durch unser Erscheinen Überfüllung verursacht haben. Es gibt zu viele von uns und nun werden die Wächter etwas dagegen unternehmen müssen. Sie vergessen, dass nicht wir es sind, die sie töten – nicht wir, für die sie keine Menschen sind, sondern Nummern.

Selekcja.

Ich sehe Papi an, er schüttelt den Kopf.

»Tja. Wenigstens haben wir ein Dach überm Kopf!«, sagt er. Wir hatten in Zelten gelebt, aber die hat der Wind weggeweht. Jetzt schlafen wir zu viert auf der Seite liegend in einer Koje.

Nein, geschlafen haben wir nicht. Das war kein Schlaf, es sollte ein anderes Wort dafür geben, für diesen Zustand, in dem wir dalagen, mit geschlossenen Augen und immer wieder sich im Kreis drehenden Gedanken, die versuchten, das Unmögliche zu verstehen. Das Ächzen und das fremde Knie im Rücken abwehrend, die Kaugeräusche von den Essensfantasien eines anderen in den Ohren, das Absinken in einen Traum, ohne Vorwarnung. Eine herrliche Karotte, ganz frisch aus dem Boden, sie ist schon fast in meinem Mund, mir läuft im Vorgeschmack darauf schon der Speichel zusammen, meine Zähne spüren endlich das Knacken von etwas Festem … ich wache auf … der Traum zerstiebt … mein Mund ist leer, mein Speichel sauer … nur noch wenige Augenblicke bis zur Dämmerung …

bis zu dem Wort, das uns aus diesem Zustand reißt, der kein Schlaf ist.

Wstawać!

Aufwachen!

Der Blockälteste ruft und ein weiterer Tag beginnt.

Es liegt eine neue Angst in der Luft – nicht die tägliche Angst vor dem Leben oder dem Sterben, vor der Kälte, vor dem Schmerz beim Laufen mit Blasen an den Füßen und beim Ausgepeitschtwerden …

Der Tod kommt. Er ist immer auf dem Weg, aber jetzt kommt er näher.

Es spielt keine Rolle, ob du jung bist oder alt, gesund oder krank, ob du Holländer oder Grieche oder sogar Deutscher bist. Es kommt nur darauf an, ob du ein Jude bist – und jeder davon ist einer zu viel.

»Es gibt zu viele von uns«, sagt Herr Frank. »Sie sortieren aus, wer sterben wird.«

Wir wissen, es ist wahr. Es schockiert uns nicht – es macht genauso viel oder wenig Sinn wie alles andere, was geschieht.

»Sterben müssen wir alle«, sagt Papi, »es ist nur eine Frage des Zeitpunkts!« Und dann lacht er. Ich starre ihn an, aber Herr Frank lacht laut mit. Die anderen reißen die Augen auf, sein Gelächter klingt anstößig und gewaltig, wie die Erinnerung an etwas Vergessenes.

»Ruhe!«, schreit der Blockälteste.

Und wir gehorchen.

Wir wissen, es wird geschehen. Man wird uns sortieren. Aber wir wissen nicht wie. Dr. Pfeffer ist verschwunden. Herr Frank stellt Fragen, aber es gibt keine Antworten. Männer zucken die Achseln oder schütteln den Kopf. »In Rauch aufgelöst«, mutmaßt eine niedrige Nummer. Herr Frank stützt den Kopf in die Hände. »Irgendwie habe ich ihn hier erst richtig kennengelernt«, flüstert er. In der Nacht liegt ein anderer Mann auf Dr. Pfeffers Platz.

»Schau genau hin«, sagt Herr Frank. »Was auch immer passiert, sieh den niedrigen Nummern zu, mach es ihnen nach. Es muss so aussehen, als ob du weißt, was du tust.«

Gerüchte machen die Runde. Nur die Jungen würden aussortiert. Nur die Alten wären es. Es beträfe nicht unsere Abteilung, sondern ein anderes Lager. Ausnahmsweise wären nicht wir Juden dran, diesmal wären es die Kriminellen.

Irgendwo tief im Inneren wussten wir, dass das nicht stimmte. Wir haben selbst eine Auswahl getroffen und jeder hat so getan, als ob der andere dran sei. Du, nicht ich. Was sonst konnten wir tun …

Es gibt kein Entkommen. Keinen Fluchtweg, außer in den Draht, aber das ist nur etwas für die Mutigen – diejenigen, die begreifen, dass wir nur eine Wahl haben: Und die Wahl bedeutet nicht, *wer* stirbt, sondern *wie* man stirbt. Und so wählten sie die einzige Todesart, die ihnen blieb – den Draht.

Verstehst du?
Kannst du das verstehen?

Dass dies kein Akt der Verzweiflung war.
Sondern ein Akt des Lebendigseins.

Was uns Übrige angeht, so sagen wir Worte zueinander, an die wir nicht glauben. Dass es diesmal nicht uns trifft, sondern irgendwen anders, irgendwo anders. Wir lassen zu, dass diese Worte die Angst beschwichtigen, die uns umgibt, die Bedrohung mildern, die über uns in der Luft schwebt wie Asche.

Entweder das oder der Draht. Ein Zwischending gibt es nicht. Keinen anderen Weg.

Selekcja.

Wir werden geduscht. Rasiert. Desinfiziert. Wir sind bereit für eine weitere Woche. Aber heute ist es anders, heute läutet die Glocke. Das heißt, wir müssen in unsere Baracken gehen. Alles bricht ab. Ringsum auf dem Hof verstummen Gespräche, der Tauschhandel mit Löffeln und Schuhen und Brot ebbt ab. Es herrscht Stille. Händler stecken ihre Waren weg. Und sogar die wenigen, die nicht irgendwie gespürt haben, dass es geschehen würde, wissen jetzt Bescheid.

Es ist so weit. Wir werden aussortiert. Wir werden selektiert.

Wir hören auf mit dem, was wir tun, und gehen in die Baracken.

Man gibt mir eine Karte. Ich nehme sie in die Hand und starre sie an. Mein Name steht darauf. Peter van Pels. Mein Alter und mein Geburtsdatum stehen darauf. Das erinnert mich an etwas, das ich vergessen hatte. Es erinnert mich daran, wer ich bin.

Ich stecke sie weg. Die niedrigen Nummern haben ihre Karten nicht angesehen. Sie lassen sich nicht aus der Bahn werfen vom Anblick ihrer persönlichen Daten – von der Erinnerung daran, wer sie sind.

Sie halten die Karte fest, prüfen schnell, mit nur einem Blick, dass es die richtige ist, und schauen weg.

»Ausziehen!«

Inzwischen bin ich den Anblick unserer nackten Körper gewöhnt. Ich schäme mich nicht mehr. Ich falte die Kleider auf meiner Koje zusammen und stelle die Holzschuhe obendrauf.

»Sie warten auf dich, wenn du zurückkommst«, sagt die niedrige Nummer, die neben mir schläft. Und er hat Recht. Niemand nutzt die Gelegenheit, um irgendwas zu stehlen. Das zusätzliche Brot, das einer hat, wird geteilt, nicht getauscht. Keiner von uns weiß, wer zurückkommen wird.

Wir warten in den Baracken. Manche schlafen. Manche beten. Die meisten starren ins Leere vor sich hin. Unsere Gedanken entgleiten uns, versuchen uns das Grauen zu ersparen. Jetzt fürchte ich mich nicht. Jetzt, da es endlich so weit ist, erfüllt mich eine seltsame Ruhe.

Ja, das stimmt. So ist es. Kein Gefühl kann ewig andauern, wie könnten wir es sonst aushalten? Sogar Angst kann nur eine gewisse Zeit lang bestehen, bis sie sich notgedrungen verflüchtigt.
Wir waren still.

Es kommt plötzlich, obwohl wir darauf warten. Das Lärmen und Rufen und Schreien des Blockältesten reißt uns aus unserer Ruhe, aus unserer wie auch immer gearteten Gedankenwelt, die wir uns innerlich geschaffen haben, um diesem Grauen standzuhalten. Es treibt uns aus den Kojen und nackt hinaus an die eiskalte Luft ... hinaus in einen anderen Raum, wo wir dicht zusammengedrängt stehen, aneinandergepresst ... wartend ... Wir hohen Nummern wissen nicht genau, was uns bevorsteht. Allmählich beginnt der Druck nachzulassen. Ich erinnere mich an Herrn Franks Worte. Ich schaue genau hin. Jetzt bin ich schon fast an der Tür. Ich suche mir eine niedrige Nummer aus, um zuzusehen. Er ist alt, aber das macht nichts. Ich beobachte ihn. Ich beobachte, wie er näher zur Tür rückt. Ich sehe, wie er seinen Oberkörper gerade aufrichtet und seine knochige Brust herausdrückt. Ich sehe ihn rennen, so schnell er kann, mit hochgezogenen Knien und pumpenden Armen.

Und dann bin ich dran.

Vor mir ist ein Hof und am anderen Ende ist wieder eine Tür. Neben der Tür stehen Wachen und ein SS-Mann. Ich sehe sie an. Ich recke den Kopf. Ich hebe die Knie. Ich drücke die Brust raus und renne, so schnell ich kann. Ich hoffe, dass sie beschließen, mich leben zu lassen. Ich gebe dem SS-Mann meine Karte.

Es ist vorbei.

Wir gehen in die Baracke zurück. Wir ziehen uns an. Alle drängen sich um die Alten, die Schwachen, die Kranken und die Lahmen.

Freundlichkeit und Ruhe sind wie weggeblasen.

»Links oder rechts? Links oder rechts?«, fragen sie. »Wohin ist deine Karte gewandert?«

»Links!«, sagen sie, und wieder: »Links.« – »Links.« – »Links.«

»Hast du es gesehen?«, fragt Papi leise. »Hast du gesehen, wohin deine Karte gegangen ist?«

Jetzt ist offensichtlich, dass alle diejenigen, deren Karten nach links gewandert sind, selektiert worden sind.

Ich schüttele den Kopf. Das wusste ich nicht. Ich wusste nicht, dass ich darauf achten sollte. Ich schäme mich. Ich habe nicht genau genug hingesehen, nicht sorgfältig genug nachgeahmt.

»Hast du es gesehen?«, frage ich. Papi schüttelt den Kopf, dann lächelt er.

»Nein!«, sagt er.

Und dann kommt die Suppe.

»Schau«, sagt Papi, »sie haben mir eine doppelte Portion gegeben. Hier, Petel, die musst du nehmen!«

Warum? Warum haben sie ihm mehr gegeben? Ich sehe mich um. Er ist nicht der Einzige. All die Muselmänner[18]: die Schwachen, die Alten, die Nutzlosen. Sie alle haben eine doppelte Portion bekommen, all die Männer, deren Karten links lagen.

[18] Muselmann war ein Wort, mit dem in Auschwitz diejenigen bezeichnet wurden, die so verhungert und ausgelaugt waren, dass sie überhaupt nicht mehr in der Lage waren, für sich selbst zu sorgen. Es kommt von der alten Bezeichnung für Moslem, weil sie oft nicht mehr stehen konnten und auf den Knien lagen wie ein Moslem beim Beten.

Ich sehe Papi an.

Er ist selektiert worden.

»Nein!«, sage ich. »Du nimmst sie.« Aber er will nicht.

»Bitte, Peter, Mutti reißt mir sonst den Kopf ab! Du kennst sie doch!«

Doch ich schüttele den Kopf. Ich kann nicht. Obwohl ich so hungrig bin.

Nein, ich war nicht hungrig. Hungrig ist ein Wort, das du verstehen kannst. Dieser Hunger sitzt nicht in meinem Magen, er sitzt in meiner Haut – in meinen Knochen. Wenn du mir die Beine abschneiden würdest, würden sie auch ohne mich zu einem Napf mit Suppe gehen.

Ich will die Suppe meines Vaters haben, aber ich kann sie nicht essen.

Ich liege nachts hellwach in meiner Koje. Ich spüre die Knie in meinem Rücken und den schlechten Atem, den wir alle haben, in meinem Gesicht. Stimmen schreien und rufen im Dunkeln. Sie fluchen und ächzen und jammern und flüstern vor Schmerz und Sehnsucht und Angst und all den Gefühlen, die tagsüber brachliegen, während wir ums nackte Überleben kämpfen. Nun steigen sie aus den Mündern der Schlafenden auf.

Ich kann nicht schlafen. Ich liege wach und lausche.

Als die Dämmerung anbricht, sind meine Augen noch immer weit offen.

»Wstawać!«, ruft der Blockälteste.

Aber ich bin schon wach.

Am nächsten Tag ist alles wie immer. Zählappell. Arbeitseinsatz. Wir wachen auf. Wir arbeiten. Es ist lagerkalt. Wir sind lagerhungrig. Nur eines ist anders – Papi bekommt wieder eine Extraportion Suppe.

»Die mästen mich für irgendwas!«, scherzt er. Wir sehen einander kurz an und schauen wieder weg. Ich berühre seinen Arm. Er streicht mit den Fingerspitzen über mein Gesicht. Er weiß es. Wir wissen es beide.

»Bitte«, sagt er leise, »iss, das stärkt die Lebensgeister!«

Das hat Mutti im Winter immer zu uns gesagt, wenn sie uns Haferbrei gemacht hat. Die Worte versengen uns. Berühren uns an jenem verborgenen Ort namens Vergangenheit, an den wir nicht denken dürfen, wenn wir überleben wollen, der tot oder eingefroren für uns sein muss. Wir sehen einander an. Er lächelt.

»Petel«, sagt er, »bitte.« Langsam reicht er mir den Napf. Ich hebe ihn an meinen Mund. Die Suppe ist höchstens lauwarm, aber sie verbrüht mich, so dass ich kaum schlucken kann.

»So ist's recht«, sagt er, »runter damit.« Und er beobachtet jeden Schluck, ohne zu wissen, dass sein eigener Mund sich mit meinem bewegt, bis der allerletzte Rest verschwunden ist. Dann legt er seine Hand auf meine Schulter.

»Gut gemacht«, sagt er. Und er klopft mir auf die Schulter. »Gut gemacht.«

Ich lehne mich an ihn und einen Moment lang spüre ich seinen Körper warm an meinem, in der Gewissheit, dass er hier ist. Und dann stehe ich auf. Stehe gerade.

»Wir müssen alle schwierige Dinge tun, um zu überleben«, sagt er. Und wieder lächelt er. Er hält mein Gesicht zwischen seinen Händen und betrachtet es. Es ist nur für einen Augenblick.

»Sei tapfer. Überlebe«, sagt er und dann lässt er mich los. Er isst nun gar nichts mehr. Er gibt mir all sein Brot und seine ganze Suppe.

Sie holen ihn frühmorgens, während der Arbeit. Wir haben bereits Abschied genommen. Wir hatten Glück. Herr Frank hatte das nicht. Später am Nachmittag sehen wir einen Karren voll abgelegter Kleider zurückkommen und wissen, dass es vorbei ist. Herr Frank legt seine Hand auf meine Schulter.

Wir sagen nichts. Es gibt nichts zu sagen.

Aber danach bin ich ein anderer.[19]

Verstehst du jetzt die Bedeutung dieses Wortes?
Selekcja.
Danach war ich nicht länger Peter. Ich war Stegi Stersi, B-9286. Häftling. Untermensch. Eine Kreatur des Lagers. Eine Kreatur, die alles tun würde, um den kleinen Lebensfunken am Brennen zu halten, den sein Vater mit Suppe genährt hatte.
Sei tapfer. Überlebe.
Das ist es, was ich getan habe.
Für ihn.
Koste es, was es wolle.

[19] Hermann van Pels, Peters Vater, wurde bei den berüchtigten Oktoberselektionen vergast, die in Auschwitz stattfanden, als die Alliierten begannen, Europa einzunehmen, und sich das Lager mit zusammengetriebenen und zur Vernichtung geschickten Juden füllte.

Mit meiner Freundlichkeit war es aus und vorbei. Ich habe gestohlen. Wenn wir mehr Brot brauchten, habe ich es besorgt. Es gab keinen anderen Weg. Ein loser Nagel in den Bodendielen, ein leerer Sack, ein Löffel: Ich stand bei den Latrinen und habe verkauft, was immer wir fanden.

Ich lernte Griechisch: *klepsiklepsi*[20]. Hier braucht man keine Grammatik. Ich habe genug gelernt – genug fürs Kaufen, Verkaufen und Tauschen.

Und Überleben.

So habe ich es gemacht.

Dem ersten Eindruck nach gab ich dem alten Mann eine Woche. Muselmann stand ihm ganz groß ins Gesicht geschrieben. Eine Woche noch, bis er tot war, und dann bekämen *die* all das Gold in seinem Mund. Was für eine Verschwendung. Ich müsste schnell sein und ich müsste Glück haben. Er war in der unteren Koje. Aber wir alle hatten dieses Funkeln in seinem Mund gesehen. Wir alle belauerten ihn. Ich setzte mich zu ihm.

»Man kann es lernen. Zu überleben«, sagte ich. Er versuchte zu nicken.

»Meine Frau«, flüsterte er.

»Nachher. Du darfst jetzt nicht an sie denken.«

Er hatte diesen Blick. Den wir alle hatten, als wir ankamen. Voller Schmerz und Verwirrung. Den Blick, den alle von uns hassen, an den sich keiner von uns erinnern will, den Blick, der uns hart und grausam macht.

»Meine Frau!«, sagt er und schüttelt den Kopf. »Wo ist meine Frau?«

20 In Konzentrationslagern war das ein umgangssprachlicher Ausdruck für Diebstahl, abgeleitet aus dem Griechischen.

Der Junge in der Koje gegenüber lacht. »Du bist jetzt nicht mehr zu Hause!«, spuckt er aus.

Das sagen wir alle zu den hohen Nummern. Warum sind sie so beschränkt?

»Vergiss deine Frau«, sage ich. »Ich kann dir Brot besorgen.«

»Brot?«, fragt er wieder. Er ist so schwer von Begriff, dass ich ihn schlagen möchte. Mein Gott, er denkt, man bekäme hier irgendwas *umsonst.*

»Ich werde dir helfen«, sage ich. »Gib mir das Gold aus deinem Mund und ich besorge dir einen Löffel, eine Schüssel und Brot. Das brauchst du zum Überleben.«

Sagte ich schon, dass sie uns nie Schüsseln oder Löffel gaben? Wir mussten dafür bezahlen, mit Brot oder Suppe oder was immer wir finden konnten, obwohl Tauschhandel doch verboten war.

Kopfschüttelnd starrt er mich an. Am liebsten würde ich ihm das Gold einfach aus dem Mund reißen.

»Ohne zusätzliches Essen wirst du sterben!«, sage ich, aber er schüttelt den Kopf.

»Meine Frau!«, sagt er wieder.

»Na schön«, sage ich, »du wirst schon sehen!«

Er wird zum Arbeitseinsatz eingeteilt. Zwei Tage später bietet er mir seinen Zahn an. Ich schließe einen Handel mit einem Zivilisten ab und bekomme zwanzig Rationen Brot. Zwanzig! Für einen ganzen Monat. Ich teile es mit ihm und Herrn Frank. Doch selbst das hält den Muselmann nicht am Leben. Nach einer Woche ist er tot.

Auf diese Weise habe ich überlebt.

Ich verkaufe alles, was ich kann. Und wenn der Blockälteste scharf darauf ist, verkaufe ich auch an ihn. Und dann kriegen wir Suppe vom Boden des Kessels, manchmal mit Gemüsestücken.

Einmal habe ich ein winziges Stückchen Wurst gekriegt. Weißt du, was ich gemacht habe? Ich habe es in den Mund getan. Und dort gelassen. So gab es der Suppe Geschmack. Und in der Nacht habe ich es gekaut. Und heruntergeschluckt. Ein Stück Fleisch. Das war ein guter Tag.

Verstehst du jetzt? So habe ich es gemacht. So habe ich durchgehalten. Manche von uns haben überlebt, weil sie Glück hatten. Nein, bei allen war Glück im Spiel. Aber die meisten von uns haben überlebt, weil sie gelernt haben zu lügen und zu betrügen und zu stehlen und unbeteiligt danebenzustehen – während andere geschlagen wurden und starben.
Auf diese Weise haben sie ihren Hass in uns eingebrannt.
Aber noch immer träumen wir.
Davon, jemandem – irgendwem – zu erzählen, was hier geschieht. Doch selbst unsere Träume lassen uns im Stich.

Ich träume von Anne. Wir sind nicht auf dem Dachboden, wir sind in den Zweigen des Kastanienbaumes – draußen. Ich kann unter mir die Äste spüren und die Brise in meinem Gesicht. Die Luft weht durch die Bäume wie Wassergeplätscher. Die Sonne scheint.

Ich bin glücklich.

Anne sieht mich mit ihren leuchtenden Augen an, den Kopf schief gelegt wie ein Vogel. Glück wirbelt in mir empor wie Herbstlaub.

Ich erzähle ihr alles. Alles. Die Worte strömen aus mir heraus.

Ich erzähle ihr, dass ich nicht schlafen kann: wegen des Hungers, der Angst, weil sie uns schlagen und hungern lassen, weil die Arbeit, die sie uns tun lassen, keine richtige Arbeit ist. Dass wir manchmal tagelang Holz von einem Ende eines Platzes zum anderen schleppen, und am nächsten Tag alles wieder zurück. Ich erzähle ihr von den Kammern, in denen man uns vergast, und den Öfen, in denen man uns verbrennt. Von den Selektionen … Und Anne lauscht und nickt und in ihrer Hand ist das Tagebuch. Ich sehe, wie ihre Hand schreibt, während ich spreche, und sie alles festhält.

Ich spüre, wie meine Worte durch ihre Augen auf die Seite hinabwandern, und eine große Last fällt von mir ab. Ich bin voller Freude.

Ich bin ein Blatt, ein Vogel, ein Ballon – etwas, das fliegen und davonschweben kann.

Ich bin dankbar.

»Anne!« Ich flüstere ihren Namen, greife nach ihr, um sie zu berühren und mich zu vergewissern, dass sie echt ist. Sie entfernt sich.

Anne sieht zu mir auf und beginnt dennoch, lächelnd und mit leerem Blick, den Baum hinunterzuklettern.

»Anne!«, rufe ich, doch sie antwortet nicht. Ihr Tagebuch liegt neben mir auf dem Ast. Ich greife danach. Ich öffne es. Ich starre es an. Ich blättere durch die Seiten, rückwärts, vorwärts, mit schwindender Hoffnung, denn ich kann machen, was ich will … die Seiten sind leer …

Ich öffne die Augen. Das Geräusch ist überall um mich her, das Geräusch von Männern, die auf ihren Träumen herumkauen.

In Wirklichkeit ist da nichts.

Am Tag wurden wir zu Tieren gemacht. Doch in unseren Träumen konnten wir nicht von der Hoffnung lassen, dass irgendwer uns irgendwo hören könnte.
Bist du da?
Hörst du zu?
Wir wissen, dass wir vielleicht nicht durchhalten.
Dass unsere Geschichte vielleicht gestohlen wird.
Und so kämpfen wir ums Überleben.
Ich habe geraubt, ich habe gestohlen.
Ich habe gelogen.
Ich habe alles getan, was ich konnte. Bin geworden, was ich werden musste.
Um tapfer zu sein und zu überleben.
Kannst du mich hören?
Denn ich muss es erzählen.
Ausnahmslos alles.
Ich habe vieles getan.
Ich habe alles Mögliche getan …
Ich habe Otto Frank im Stich gelassen.

Ich habe ihn in Auschwitz zurückgelassen.
Ich habe den Mann verraten, der mich zu retten versucht hat.
Es war Winter damals.
Winter in Auschwitz.

Die Alliierten kommen, sogar hierher. Manchmal fliegen die Flugzeuge über uns hinweg. Das Knochengerüst des Lagers zerbricht. Wer wird durch die Fugen entkommen?

Ich habe Angst.

Sie ziehen uns zusammen. Sie wollen uns irgendwohin marschieren lassen. Weg von den Flugzeugen und den Alliierten, weg von der Freiheit.

»Was soll ich tun?«

»Bleib!«, sagt Herr Frank. »Die Alliierten sind bald hier. Versteck dich, Peter. Das ist unsere Chance!«

Aber was, wenn sie mich finden? Was, wenn sie die Kranken und Nutzlosen erschießen, bevor sie abziehen? Oder sie vergasen? So haben sie es immer gemacht. So werden sie es wieder machen – oder nicht?

»Bleib!«, sagt Herr Frank, aber er ist so mager, dass er einen Marsch niemals schaffen würde. Er hat keine andere Chance, als hierzubleiben. Ich starre ihn an.

»Ich fürchte mich«, sage ich.

»Ich weiß«, sagt er. »Bleib, Peter! Versteck dich. Die Befreiung ist nah!«

Er ist jetzt alt, seine Wangen kleben an den Knochen. Wir sehen einander in die Augen. Er *muss* bleiben – und sie werden ihn töten. Das ist es, was ich denke. All diejenigen, die nicht arbeiten können, werden sie töten, so haben sie es immer gemacht. Wenn er bleibt, wird er getötet. Wenn ich bleibe, werde ich mit ihm getötet.

Ich muss mich entscheiden.

Am Ende geht es ganz schnell. Ich werde mit den anderen zusammengetrieben. Wir haben keine Gelegenheit, uns zu verabschieden.

Ich laufe. Ich setze einen Fuß vor den anderen. Die Luft ist schneidend kalt. Wir sind außerhalb der Tore. Der Himmel ist grau. Die Erde unter meinen Füßen ist hart und kalt. Es ist Winter. Ich beobachte die Bewegung meiner Füße. Ich sehe nicht auf. Ich setze einen Fuß vor den anderen. Rechter Fuß, linker Fuß.

Ich habe ihn verlassen. Ich habe ihn zurückgelassen, den Letzten von uns. Ich habe ihn im Stich gelassen. Weil ich leben will. Rechter Fuß, linker Fuß. Rechter Fuß, linker Fuß.

Als ich schließlich hochschaue, ist der Tag schon fast vorbei. Wir sind weniger geworden. Diejenigen, die hingefallen sind, die sich nicht auf den Beinen halten konnten, haben sie erschossen. An einem Hang stehen Bäume. Bei ihrem Anblick schlägt mein Herz höher. Sie sind grün. Tannenbäume. Die Farbe brennt in meinen Augen. Daran bin ich nicht mehr gewöhnt. An Farbe.

Wir schlafen, wo wir umfallen. Am Morgen lassen wir die Toten, wo sie sind. Erfroren und zusammengerollt in ihrer Decke aus Frost.

Wir laufen. Wir setzen einen Fuß vor den anderen.

Ich habe ihn verlassen. Ich habe ihn zurückgelassen. Jeder Schritt bringt mich weiter und weiter von ihm fort.

Ich laufe tagelang, sehe wieder Dörfer und Menschen, die keine Wächter oder Häftlinge sind. Ich sehe eine Frau mit einem hellblauen Kopftuch. Ich kann gar nicht aufhören sie anzusehen, so wunderschön ist sie. Sie bietet uns Essen an. Der Häftling, der ihr Essen nimmt, wird erschossen.

»Was kann ich für diese Leute tun?«, fragt sie entsetzt.

»Gar nichts«, antworten die Wächter.

Ihre Freundlichkeit verwirrt uns. Gefühle lodern auf und brennen in uns. Ersterben, weil sie nicht auszuhalten sind.

Ich laufe.

Ich habe alles verloren. Einer nach dem anderen sind die Menschen, die ich geliebt habe, aus meinem Leben verschwunden. Ich bin allein. Ich bin ein wandelndes Gerippe – und jetzt wird es bald vorbei sein.

Nicht mehr lange, dann steigt nicht einmal mehr Rauch aus den Schloten, dann ist das letzte Stück Knochen zu Staub zermahlen und sie haben gesiegt. Dann blasen sie den letzten Rest Staub von uns fort in den Wind und in den folgenden Jahren werden sogar ihre Geschichten für wahr gehalten.

Dass wir nicht mehr waren als das, was sie in uns sahen: Ratten. Kakerlaken. Ausgemerzt.

Und so gehen wir wenigen, die noch übrig sind, immer weiter. Wir setzen einen Fuß vor den anderen. Wir laufen. Wenn wir stolpern und hinfallen und nur noch sterben wollen, stehen wir trotzdem auf – und gehen weiter. Denn etwas anderes gibt es nicht. Es gibt keinen Peter, keine Nummer.

Es gibt nur Überleben.

Sie oder wir.

Ihre Geschichte oder unsere.

Welche wird sich durchsetzen?

Kannst du mich hören?
Oder ist es nur wie in meinen Träumen?
Wendest du dich schon ab, um fortzugehen, zurück in den Sonnenschein jener anderen Welt – deiner Welt –, in der ich nicht mehr existiere?
Bin ich wirklich der Letzte?
Der letzte Jude auf Erden?

Da ist ein Geräusch vor der Baracke. Ich schließe die Augen. Schritte. Ich liege still, hoffe, sie denken, ich wäre tot. Die Schritte kommen näher. Sie suchen zwischen den Leichen, suchen nach Lebenszeichen.
»Ich glaube, die sind alle tot«, sagt eine Stimme.
Jemand steht neben meinem Bett.
»Ich glaube, in dem hier steckt noch Leben!«
Ich rühre mich nicht. Wenn ich Glück habe, bin ich die Kugel nicht wert. Ich würde gerne ohne diesen letzten Gewaltakt sterben.
»Kannst du mich hören?«, fragt die Stimme an meinem Ohr. »Wer bist du?«
Er spricht Spanisch. Er wiederholt die Worte auf

Deutsch. »Wer bist du?«
Ich öffne die Augen. Der Mann ist nicht angezogen wie ein Wächter. Er ist dünn, aber nicht abgemagert bis auf die Knochen. Ich antworte ihm oder versuche es zumindest. Meine Stimme klingt fremd.
»Stegi Stersi, B-9286.« Mein Mund wird wässrig, als er die Nummer ausspricht, er denkt schon, endlich, endlich gibt es gleich Suppe. Die Lagerkreatur ist ein Gewohnheitstier.
»Nicht deine Nummer«, sagt er. »Diese Zeiten sind vorbei. Wie ist dein Name?«, fragt er.
Wortverbindungen gehen mir durch den Kopf. Aber keine davon macht Sinn. Ist das eine Selekcja? Ein Trick?
Mein Name, er liegt mir auf der Zunge. Mein Name. Mein Name. Wie ist der?
Ich bin? Ich bin? Ich bin?
»Macht nichts, Junge, kannst du stehen?«
Ich weiß es nicht. Sie heben meine Beine hoch.
Ich versuche es.
Ich spüre, wie meine Fersen auf den Boden drücken. Meine Knie beginnen zu knirschen. Meine Knochen pressen und mahlen aneinander. Es ist kein polsterndes Fleisch mehr dazwischen.
Ich beginne aufzustehen. Meine Beine strecken sich. Ich stehe. Ich stehe.
Ich höre meine Stimme.
»Peter!«, sagt sie. »Ich bin Peter!«
»Peter!«, sagt der Mann. »Ich bin Stefano.«
Ich bin Peter.

Die Worte ertönen in meinem Inneren.
Ich bin Peter.
Wie das Klingen eines Glockenspiels.
Sein Arm hebt sich und er berührt mich. Ich spüre seine Hand auf meiner Schulter. Es ist lange her, dass mich jemand berührt hat, mein Körper zuckt wie in Erwartung eines Hiebes.
»Nicht stehen, sitzen«, sagt Stefano. Es ist erstaunlich. Seine Stimme klingt sanft. Seine Augen sehen mich an.
»Peter, schaffst du es bis nach draußen?«, fragt der andere.
Ich starre ihn an. Er ist nicht so abgemagert wie ich. Er trägt das rote Dreieck eines Politischen. Er scheint zu weinen.
»Er ist nur ein Junge!«, sagt er, doch Stefano schüttelt den Kopf.
»Hier gibt es keine Kinder. Wenn er bis jetzt überlebt hat, ist er ein Mann.«
Sie verschränken ihre Arme miteinander und bilden eine Schlinge. Sie heben mich hoch und tragen mich.
»Wir müssen hier raus. Es sind immer noch ein paar von den Blockältestenschweinen übrig. Schaffst du es nach draußen?«
Draußen.
Draußen.
Ich erinnere mich an dieses Wort.
Ich sehe einen Kastanienbaum.
Da waren Straßen. Glaube ich. Und Kanäle. Und Sonnenschein. Und im Herbst rieselten Blätter wie

Goldmünzen herab und trieben auf dem dunklen Wasser der Grachten.
»Ist immer noch alles da?«, flüstere ich. »Da draußen?«
Aber sie mühen sich ab, mich zu tragen, und können nicht antworten.
Überall sind Haufen. Haufenweise liegen da lange Streichhölzer wie Menschen im Dreck. Es sind jetzt keine Reihen, keine stehenden Häftlinge mehr da. Es sind keine schreienden Wächter mehr da. Ich schließe die Augen. Ich hebe mein Gesicht der warmen, schweigenden Sonne entgegen und spüre sie auf meiner Haut.
Ich schaue mich um. Ich sehe, dass die aufgehäuften Streichhölzer in Wirklichkeit Menschen sind.
So viele Menschen.
Alle sind jetzt tot.
Oder liegen im Sterben.
Ich bin noch immer in Mauthausen, dem Ort, wo …

Die Wächter halten Wasserschläuche in den Händen.

»Stillgestanden! Stillgestanden!«, rufen sie. »In Fünfern. Zwei Schritt auseinander!«

Die Häftlinge schlurfen schnell und geübt an ihren Platz. Es sind Alte und Junge und Kranke und Lahme und Verletzte. Einst waren sie alle verschieden – doch in den Augen der Wächter sind sie alle gleich.

Die Wächter drehen die Schläuche auf. Die Männer fallen um wie die Kegel.

»Stillgestanden!«, brüllen die Wächter.

Die Männer kriechen nackt durch den Dreck, sie versuchen wieder auf die Beine zu kommen. Einige, nur wenige, springen schnell auf, dienstbeflissen. Aber die Alten und die Schlauen kriechen so langsam wie möglich, sparen jedes kleine bisschen Energie. Wägen jede Bewegung sorgfältig ab, bei dieser Gratwanderung, möglichst langsam aufzustehen, aber doch schnell genug, um nicht erschossen zu werden oder geschlagen – es ist eine Gratwanderung zwischen Leben und Tod.

Jeden Tag schlurfe ich auf meinem Weg in den Steinbruch an den Männern vorbei, die dastehen wie nackte Gerippe winterlicher Bäume. Jeden Abend, wenn ich zurückkehre, sind es weniger. Sie sind alle nackt. Und es ist eiskalt. Bei Nacht funkeln die Sterne an einem klaren, schwarzen, frostigen Himmel. Der Mond strahlt hell. Und darunter sind sie. Stehen da. Wie Bäume. Am Morgen drehen die Wächter die Schläuche auf.

»Stillgestanden!«

Jeden Tag werden es weniger.

»Stillgestanden!«

Wieder und wieder.

Der letzte Mann brauchte Tage, um zu sterben. Er stand auf. Er legte sich nicht hin. Am Schluss haben sie mit ihm gespielt. Ließen ihn länger ausruhen. Haben Wetten abgeschlossen. Er dachte, er könnte gewinnen …

… aber wie auch ich brauchte er nur länger zum Sterben.

Die beiden Politischen setzen mich ab. Unter mir ist etwas Weiches.

»Eine Wächteruniform«, sagt Stefano lachend, »die braucht er jetzt nicht mehr!«
Die Sonne auf meinem Gesicht fühlt sich an wie …
… ein warmer Ball auf meiner Brust, Leiber, die sich gemeinsam erheben, wie das Flüstern des Windes im Laub des Kastanienbaumes, ein plötzliches Glücksgefühl wie der Geschmack von Erdbeeren.
Ich erinnere mich an Mouschi.
Ich spüre ein Lächeln auf meinem Gesicht.
Die Sonne ist echt. Ich bilde sie mir nicht ein. Sie ist hier auf meinem Gesicht.
»So ist's recht, Junge, leg dich darauf!«
Ich öffne die Augen.
»Sie sind gekommen!«, sagt Stefano.
»Wir sind befreit worden«, sagt der andere.
Ich schließe die Augen und lächele. Früher, vor langer, langer Zeit, habe ich es schon mal gehört. Dieses Wort: Befreiung. Da war ein Zimmer. Und ein Radio. Da war Anne. Damals hatte ich eine Mutter und einen Vater. Wir haben zusammen gewartet, hoch oben in einem Anbau.
Aber es ist keiner gekommen.
Außer denen.
Auch an jenem Tag schien die Sonne.
Stefano lacht. »Am Schluss waren wir einfach zu viele!«, sagt er.
Ich lausche seiner Stimme. Es klingt etwas Fremdes darin. Es klingt Leben darin. Er muss eine niedrige Nummer sein, wenn er so stark ist.
Hat er auch schreckliche Dinge getan, so wie ich?

»Schlaf du nur, Junge«, sagt er. »Jetzt ist es vorbei, die Russen haben uns Gewehre gegeben!«
»Weißt du es?«, frage ich. »Weißt du, was sie getan haben?«
»Wir wissen es und bald wird es auch die ganze Welt wissen«, sagt die Stimme.
Ich seufze. Ich schließe die Augen. Er spricht von all dem Schrecklichen, als gehöre es der Vergangenheit an und wäre nicht ein Teil von uns.
Ich denke an Otto Frank. Von all den schlimmen Dingen, die ich getan habe, ist das Schlimmste von allem, dass ich ihn dem Tod geweiht zurückgelassen habe. Jetzt sehe ich ihn vor mir …

Wir stehen beieinander. Es ist der Tag, an dem sie meinen Vater geholt haben. Ich kann nicht sprechen.

»Was ist von ihm geblieben?«, sagt Herr Frank. »Die Kleider, die zurückkamen, waren nicht seine, die Nummer am Handgelenk sagte nichts über ihn aus.«

»Nichts ist geblieben«, flüstere ich.

»Du!«, sagt er. »Dich hat er hinterlassen. Du wirst dich erinnern. Du wirst überleben. Du wirst seine Geschichte erzählen.«

»Sind wir überhaupt Männer?«, frage ich. Ich schäme mich. Ich habe meinen Vater gehen lassen.

Ich habe auch Herrn Frank gehen lassen … Ich bin ohne ihn davongegangen …
Kann ich mich denn einen Mann nennen?

»Ja. Wir sind Männer.« Herrn Franks Stimme klingt scharf und ärgerlich. »Vergiss nie, Peter, *sie* sind es, die keine Männer sind – all diejenigen, die keine Scham empfinden. Es geht hier nicht um deine Schuld oder Schande. Sondern um ihre. Und deshalb musst du deine Geschichte erzählen.«

Und so fange ich an. Auf die einzige Art, wie es mir möglich ist, Worte wie Schritte, eins nach dem anderen.

»Bist du da?«, flüstere ich Stefano zu. »Kannst du mich hören?«
»Ich bin hier«, sagt er, »ich höre zu.«

»Von überallher haben sie uns nach Mauthausen gebracht. Überlebende. Aus Auschwitz und Budapest, aus Plaszow und Buchenwald. All die Juden. Sie sagten, wir wären Ungeziefer. Eine Heuschreckenplage. Sie versuchten weiterhin, uns umzubringen. Aber es sind immer wieder welche von uns nachgekommen. Sie waren unser Albtraum, aber jetzt sind wir ihrer. Sie haben uns vergast. Sie haben uns geprügelt. Sie haben uns erhängt und mit Maschinenpistolen beschossen. Sie haben versucht, uns in den Tod marschieren zu lassen. Aber es sind immer wieder welche von uns nachgekommen.«

Der Mann hält meine Hand.
»Du zitterst«, sagt er. »Halt dich an mir fest.«

»Sie haben uns mit dem Wasserschlauch bespritzt, bis wir erfroren sind. Sie ließen uns wie Dominosteine die Stufen des Steinbruchs hinunterstürzen. Sie haben uns an den Drahtzaun gestellt und uns tanzen lassen, bis wir vor Erschöpfung hinfielen. Und wenn wir im Drahtzaun starben, unter den Stromstößen zuckten, die durch unsere Körper jagten, dann haben sie gelacht – und gerufen: »Als Toter tanzt er besser!«

»Weißt du, dass das alles wahr ist?«, frage ich ihn.
Er drückt meine Hand. »Jetzt weiß ich es«, sagt er.

»Manche hielten sich an den Händen und sprangen in den Tod. Man nannte sie Fallschirmspringer. Und die ganze Zeit ließen sie uns verhungern. Uns zu Tode schuften. Haben uns geschlagen. Und immer noch sind welche von uns nachgerückt. Ganze Ströme von uns. Sie haben uns Typhus kriegen lassen. Und Fieber. Und Cholera. Sie haben uns unsere Toten schleppen und zu Haufen aufschichten lassen. Sie haben mit unseren Körpern die Schlote und leeren Öfen gefüttert. Sie haben die Asche unserer Knochen auf ihren Straßen verstreut und sind auf uns herumgetrampelt. Sie haben uns die Kleider unserer Toten anziehen lassen, damit wir nie vergaßen, dass wir als Nächste dran wären. Sie haben uns geweckt, bevor die Sonne aufging. Sie haben unsere Träume gestohlen. Und trotzdem sind immer wieder welche von uns nachgerückt.«

»Ja! Es war grauenhaft«, höre ich die Stimme sagen, »aber jetzt ist es vorbei.«

Ich habe in ständiger Angst gelebt, nicht weil ich mich vor dem Tod gefürchtet hätte, sondern vor der noch schlimmeren Einsamkeit – des Überlebens. Davor, meine Geschichte erzählen zu müssen, wenn kein einziger anderer Häftling mehr da ist. Keiner, der mit dem Kopf nickt und sagt: »Ja.« Oder: »Es ist wahr, sie haben uns *Häftlinge* genannt und *Untermenschen.*«

Nur ich ganz allein vor den ungläubigen Blicken der Menschen da draußen.

»Du bist nicht allein!«, sagt er. »Es gibt noch andere!«

»Andere Juden?«, frage ich.

»Ja!«

Dann bin ich nicht allein.

Ich bin nicht allein.

Ich sterbe nur.

Ich schließe meine Augen.

»Peter!«, sagen sie. »Halt durch, Peter!«

Ich lächele.

Mein Name ist Peter van Pels.

Ich bin Peter.

Und ich habe meine Geschichte erzählt.

»Sie haben ein paar von den Wächtern gefunden, sieh dir das an! Sie bringen sie um, Peter. Sie prügeln die Schweine mit ihren Holzpantinen tot!«

Ich werde die Augen nicht aufmachen.

Ich will ihren Hass nicht sehen.

Irgendwo anders, außerhalb dieser Mauern, gibt es eine Welt, wo Vögel singen.

In jener Welt habe ich von der Freiheit geträumt, von der Befreiung.

Jetzt ist sie da.

»Sie sind tot, die dreckigen Feiglinge! Verdammt noch mal, wir sind frei!«

»Kannst du die Augen aufmachen, Junge?«

»Ich glaube, er verlässt uns, Kamerad.«

»Nicht jetzt! Nicht jetzt, Junge!«

»Hörst du mich, Peter!«

»Hör doch, Junge! Deine Leute wehren sich!«

Ich lächele.

Dann ist er gekommen. Der Moment, den ich so lange herbeigesehnt habe. Für den ich gekämpft habe. Für den ich anderen beim Sterben zugesehen habe.

»Du bist frei, Junge. Frei!«

Bin ich das?

Kann ich je frei sein von den Bildern in meinem Inneren? Wie Menschen in Reih und Glied stehen? Wie ein Mann eine Schlinge um seinen Hals legt und springt? Wie Gott stirbt? Wie menschliche Körper wie Streichhölzer aufgehäuft daliegen? Und frei von der Wahrheit, dass, selbst wenn es überhaupt nichts anderes mehr gibt, der

Wille zu leben immer noch da ist? Uns antreibt, uns einen Fuß vor den anderen setzen lässt. Ich. Gehe. Vor. Dir. Denn wenn ich es nicht tue. Werde ich sterben.

Ich will nicht mehr. Gar nichts mehr.

Verstehst du?

Hörst du zu?

Hast du die Toten auf der Erde liegen und vertrocknen sehen – wie herausgezogene Wurzeln? Namenlos – wie Zähne.

Ich höre, wie sie mir zuflüstern – die Toten. Ich kann sie sehen.

»Junge! Mach den Mund auf. Hier ist Wasser!«
Die Tropfen auf meinen Lippen sind süß. Wie ein Kuss.
»Wir sind gerettet!«

Aber es sind nicht die Geretteten, die ich sehe. Es sind die Ertrunkenen. Die Toten. Die namenlosen Millionen, die mich jetzt schon verfolgen. Es tut mir leid. Es tut mir leid, dass ich dich niedergestoßen habe. Ich habe meinen Ellbogen rausgestreckt. Ich habe den kleinsten Steinbrocken genommen, so dass du den schwersten nehmen musstest. Wo finde ich Worte für die namenlosen Toten – für diejenigen, die schon vor mir gegangen sind und nach mir rufen?

Ich bin bereit. Ich komme.

Ich stehe oben auf der Treppe und strecke die Arme aus nach meiner Mutter. Ich spüre ihren Namen auf meinen Lippen.

»Mutti?«

»Er verlässt uns. Wenn sie erst nach ihren Müttern rufen, sind sie nicht mehr zu retten.«

Ich lächele.

»Er lächelt!«
»Nun, er geht in eine bessere Welt, nicht wahr?«
»Wir auch, Kamerad, wenn wir erst hier rauskommen!«

Sie breitet ihre Arme für mich aus …

»Du stehst jetzt dicht davor, ganz dicht davor«, flüstert Anne. »Alle Geschichten müssen ein Ende haben.«

Bilder erfüllen mich.

Der Merwedeplein im Schnee … das Leuchten weißer Blüten vor dem sommerlichen Abendhimmel … eine fliegende Gänseschar … ein rechteckiges Stück Himmel voller Sterne.

Und Anne. Worte fallen von ihren Lippen wie Blätter.

»Peter?«, sagt sie. »Sie können unsere Worte nicht wegblasen.«

Die Blätter ihres Tagebuchs liegen verstreut auf dem Fußboden des Hinterhauses.

Ich bin jetzt genauso leicht wie ein Blatt.

Genauso verbraucht.

»Sterben müssen wir alle«, höre ich Vater sagen. »Es ist nur eine Frage des Zeitpunkts.«

Wenn es einen Himmel gibt, dann ist er zum Bersten voll mit uns.

Ich atme ein und mit meinem letzten Gedanken blase ich die Blätter von Annes Tagebuch vom Fußboden des Hinterhauses in die Luft. Ich sehe ihnen nach, wie sie fliegen – nach oben durch das Dachbodenfenster, an dem Baum vorbei, vorbei an den Vögeln und den Glockenklängen der Kirchenuhr. Hoch oben fliegen sie hinweg über Anne, über mich und Mutti und Papi und Otto und Margot und Edith. Höher und höher und höher in die Luft empor, bis dorthin, wo die Hände unserer Feinde sie nicht mehr packen können.

Ihre Worte sind aufgeschrieben.

Meine Geschichte ist erzählt.

Ich sterbe.

Doch andere werden überleben.

Über uns schweben die Worte unzähliger Menschen in der kriegsgeschundenen Luft wie die letzten Funken eines ausgebrannten Feuers. Schweben umher wie Ascheteilchen. Bald werden sie niedersinken. Manche Worte werden mit den Lebenden zurückkehren und nie ausgesprochen werden, doch andere werden in Flammen auflodern und die Erde überziehen.

»Glaubst du jetzt an Worte?«, flüstert Anne.

Ja. Das tue ich.

Ich stehe jetzt so dicht davor, dass ich ihre Stimmen hören kann.

»Peter!«

Freudig recke ich meine Arme höher. Ich hebe den Blick und sehe sie: Barfuß und kriegsgeschunden steht Mutti da, mit ausgebreiteten Armen. Papi steht neben ihr, seine Brille ist verbogen und zerbrochen, doch sein Mund lächelt immer noch. In seinen Händen hält er ein Stückchen zerschlissener rosa Seide. Anne und Margot schmiegen sich aneinander, und ihre Mutter hat die Arme um sie beide gelegt. Liese steht hinter ihnen, noch immer mit geschorenem Kopf, und wartet auf mich.

Ich suche nach Herrn Frank, aber er ist nicht bei ihnen. Er ist noch bei den Lebenden.

Ich lasse meinen Atem entweichen.

»Spring, Peter!«, rufen sie gemeinsam.

Und ich springe, hinauf in ihre wartenden Arme.

Jetzt bin ich tot, aber wenn du zuhörst, kannst du mich immer noch verstehen.

Wstawać!
Aufwachen!

Bist du noch da?

Hörst du zu?

Nachwort

Nach zwei Jahren und einem Monat im Versteck wurde Peter van Pels in ein Durchgangslager namens Westerbork gebracht. Anschließend überlebte er die dreitägige Fahrt mit dem allerletzten Zug von Holland nach Auschwitz.

Die Erfahrungen, die Peter im Abschnitt dieser Erzählung über die Lager beschreibt, sind nicht dokumentiert und in diesem Sinne nicht real. Sie sind auf Grundlage anderer dokumentierter Berichte entstanden. Wir wissen, dass Peter eine Zeit lang in der Postabteilung Dienst hatte und dass dies Extrarationen mit sich brachte, die er mit Otto Frank teilte.

Für mich steht Peter in diesem Abschnitt als Jedermann stellvertretend für die Erlebnisse aller Juden. Er hilft mir zu erklären, wie die Lager funktionierten, wie sie kalt und systematisch versuchten, die Gefangenen jeglichen Selbstwertgefühls zu berauben, sie einer Welt aussetzten, in der sie bei ihrem Kampf, die Vernichtungsversuche des Naziregimes zu überstehen, allein fürs nackte Überleben lernen mussten, zu stehlen und zu betrügen.

Peter van Pels war ein schüchterner, netter Junge, dem es irgendwie gelang, sieben Monate in Auschwitz und den Verlust seines Vaters zu überstehen. Geschwächt und hungernd wurde er dann auf einen Todesmarsch durch Polen und Österreich gezwungen – nach Mauthausen, ein Lager, das für seine erfindungsreichen Grausamkeiten gegenüber jüdischen Insassen besonders berüchtigt war.

Einige Historiker glauben, dass er bereits auf dem Todesmarsch gestorben ist. Andere Berichte legen die Vermutung nahe, dass er in Mauthausen starb, irgendwann zwischen seiner Verlegung ins Krankenrevier am 11. April 1945 und der Befreiung des Lagers am 5. Mai. Er stellte eine große Ausnahme dar, indem er so lange überlebte.

Er wurde achtzehn Jahre alt.

Auguste van Pels war mit den weiblichen Mitgliedern der Familie Frank in Auschwitz. Dann wurde sie mit Anne und Margot nach Bergen-Belsen transportiert und unterstützte die beiden, bis sie im Februar 1945 wieder verlegt wurde, und zwar in ein Zwangsarbeitslager namens Raguhn, nahe Buchenwald. Raguhn wurde am 8. April 1945 geschlossen. Auguste wurde auf einen Todesmarsch in Richtung Theresienstadt gezwungen. Sie starb entweder auf dem Weg dorthin oder kurz nach der Ankunft. Möglicherweise starben Auguste und Peter nur wenige Tage nacheinander.

Sie wurde vierundvierzig Jahre alt.

Hermann van Pels starb bei den Oktoberselektionen 1944 in Auschwitz. Er wurde vergast. Seine Frau und sein Sohn überlebten ihn um sechs Monate.

Er wurde sechsundvierzig Jahre alt.

Edith, Margot und Anne Frank waren mit Auguste van Pels zusammen in Auschwitz-Birkenau, bis Anne und Margot am 26. November 1944 von ihrer Mutter getrennt und nach Bergen-Belsen transportiert wurden.

Edith Frank hat ihre Töchter in Auschwitz bis zum Äußersten hingebungsvoll unterstützt, einmal grub sie sogar ein Loch unter die Krankenbaracke, in der Anne behandelt wurde, um ihr Essen zu bringen. Sie starb am 6. Januar 1945, wahrscheinlich an Erschöpfung, Hunger und Kummer.

Sie wurde vierundvierzig Jahre alt.

Die Bedingungen für Margot und Anne in Bergen-Belsen waren unfassbar. Das Lagersystem war zusammengebrochen: Es gab kein Essen, weder Hygiene noch frisches Wasser, es grassierten Infektionen und Krankheiten. Die Schwestern blieben zusammen und halfen einander, so gut sie konnten. Sie schliefen in derselben Koje nahe der Tür, wegen der Kälte der schlechteste Platz, und es gibt über die Zustände, in denen sie lebten, einen kurzen Bericht von Janny und Lien Brilleslijper, die mit Margot und Anne in derselben Baracke waren. Margot starb an Typhus. Wahrscheinlich wurde ihre Leiche einfach auf einen Haufen vor der Tür gelegt.

Sie wurde neunzehn Jahre alt.

Anne Frank starb, wenige Tage nach Margot, allein in Bergen-Belsen. Ihre abgrundtiefe Verzweiflung nach dem Tod ihrer Schwester, dem letzten Familienmitglied, ist kaum vorstellbar. Hanneli Goslar glaubt, dass Anne nicht nur an Typhus, sondern auch an Trostlosigkeit und Einsamkeit starb. »Ich habe niemanden mehr«, sagte sie über einen Zaun in Bergen-Belsen. Sie starb, nur wenige Tage bevor Bergen-Belsen Mitte April 1945 befreit wurde.

Sie wurde fünfzehn Jahre alt.

Otto Frank überlebte sieben Monate in Auschwitz und auch die zehn Tage, nachdem die Nazis das Lager verlassen hatten und die Überlebenden sich unter grässlichen und gefährlichen Bedingungen selbst durchschlagen mussten. Er kehrte schließlich nach Holland zurück, wo ihm Miep Gies, nach der endgültigen Bestätigung, dass seine Kinder tot waren, Annes sorgsam gehütetes Tagebuch übergab.

Er entschloss sich, es zu bearbeiten und zu veröffentlichen. Der Rest ist Geschichte. Anne erreichte schließlich die Anerkennung von Weltrang, von der sie geträumt hatte. Sie hatte, ohne es zu wissen, bereits etwas »Weltbewegendes« geschrieben.

Ihr Werk und ihre Überzeugungen werden bewahrt und fortgeführt vom Anne-Frank-Haus und dem Anne-Frank-Fonds, die allen Formen von Rassismus und Völkermord nachgehen, so auch dem jüngsten Aufkommen von Islamophobie in Holland. Unermüdlich fördern sie die Aufklärung neuer Generationen über das Wesen und die Bedeutung des Holocaust.

Otto Frank starb im August 1980.
Er wurde einundachtzig Jahre alt.

Fritz Pfeffer überlebte die Oktoberselektionen 1944 in Auschwitz und wurde ins Lager Neuengamme transportiert, wo er am 20. Dezember 1944 allein an Enterocolitis, einer schweren Darmerkrankung, starb.

Er wurde fünfundfünfzig Jahre alt.

Charlotte heiratete Dr. Pfeffer posthum im Jahr 1953.

Liese, Peters erste Liebe, ist frei erfunden. Aber sie ist insofern eine reale Figur, als sie all die jüdischen Bürger repräsentiert, die schon verschwunden waren und weiterhin verschwanden, während Peter im Versteck lebte.

Anmerkung der Autorin

Einen historischen Roman zu schreiben ist eine äußerst schwierige und heikle Aufgabe, ganz besonders in diesem Fall. Während vieles von dem, was im Hinterhaus geschah, von Anne brillant aufgezeichnet wurde, ist es deutlich schwieriger herauszufinden, was den Bewohnern des Hinterhauses in den Lagern wirklich widerfuhr.

Ich habe mir größte Mühe gegeben, mich sowohl an die Fakten aus Annes Tagebuch zu halten wie auch an das, was wir über die beiden Nazi-Todeslager wissen, die in dieser Geschichte eine Rolle spielen: Auschwitz und Mauthausen.

Gelegentlich wurden jedoch Vorkommnisse, die sich tatsächlich ereignet haben, zu Gunsten des Handlungsverlaufs zeitlich versetzt dargestellt, wie etwa Herrn van Pels' Witz über die schändliche Vermischung der Religionen.

Mein aufrichtiger Dank gilt sowohl Buddy Elias wie auch Carol Anne Lee für die Lektüre des Manuskripts und ihre wertvollen Kommentare.

Sharon Dogar, 2010

Weiterführende Informationen

Bücher

Duffy, Peter: *Die Bielski-Brüder,* Scherz Verlag, Frankfurt/Main 2005
Frank, Anne: *Tagebuch,* Fischer TB, Frankfurt/Main 2011
Gies, Miep: *Meine Zeit mit Anne Frank,* Fischer TB, Frankfurt/Main 2009
Gold, Alison Leslie: *Erinnerungen an Anne Frank,* Ravensburger Buchverlag, Ravensburg 2008
Gutman, Israel: *Resistance. The Warshaw Ghetto Uprising,* Houghton Mifflin, New York 1998
Holm, Anne: *Ich bin David,* dtv, München 2001
Lengyal, Olga: *Five Chimneys. A Woman Survivor's True Story of Auschwitz,* Academy Chicago Publishers, 2. Aufl., Chicago 2005
Levi, Primo: *Die Atempause,* dtv, München 1994
Levi, Primo: *Ist das ein Mensch? Ein autobiografischer Bericht,* dtv, München 2010
Spiegelman, Art: *Maus,* 4. Aufl., Fischer TB, Frankfurt/Main 2008
Wiesel, Elie: *Die Nacht. Erinnerung und Zeugnis,* Herder, 3. Ausg. der Neuaufl., Freiburg 2010
Zusak, Markus: *Die Bücherdiebin,* cbt, München 2009

DVDs

Anne Frank Remembered. Dokumentarfilm, der für einige Sekunden die einzigen Liveaufnahmen von Anne Frank zeigt, Sony Pictures 2004

Internetseiten:

www.yadvashem.org
www.annefrank.de
www.annefrank.org

Mein Dank gilt:

Charlie Sheppard – meisterhafte Lektorin –, die dieses Buch aufgriff, nachdem es fallen gelassen worden war, es abstaubte und so viel Vertrauen darin setzte, ihm neues Leben einzuhauchen.
Klaus Flugge, der er es verlegte.
Sarah Pakenham, die es auf der ganzen Welt verkaufte.
Barbara Bradshaw – Annes Lachen ist dein Lachen und es war sein Klang, der mich durch diese sehr, sehr traurige Geschichte getragen hat.
Gertjaen Broek vom Anne-Frank-Haus, Amsterdam, für Informationen über Peters Nummer.
Danny Lee für die Eröffnung einer anderen Perspektive.
Paula Barry, Suzy Paul und Rosemary Turan für ihre Unterstützung und Freundschaft.
Kate Dando, Steve, Charlie und Felix Bishop und den Schwimmschönheiten – wir sehen uns nächstes Jahr in den Wellen … ihr wisst schon, wo …
Barry Cunningham dafür, dass er mir sagte, ich solle es nicht zurück in die Schublade legen.
Joy Court für ihren Rat.
Familie Fiddes, insbesondere George für seine Zeichnungen.
Andy Kelly, der die textkritische Ausgabe des Tagebuchs, erschienen bei Doubleday, gefunden und mir geschickt hat.
Bruce und Tess, die vor so vielen Jahren jene fünf neuen Seiten von Hand kopiert haben!
Xa White, für all dein Mitdenken und deine harte Arbeit an diesem Buch, für das Arrangieren der Reise nach Amsterdam – und dafür, dass du mir eine so wunderbare Wegbegleiterin bist.
Ella White dafür, dass sie Anne Franks Tagebuch aufgriff und so leidenschaftlich darüber sprach, dass mir eine alte Idee wieder in den Sinn kam …
Jem White dafür, dass er dieses Jahr zu Hause war, das Ganze sehr unterhaltsam fand und den besten Gin Tonic aller Zeiten macht.
Alastair, dafür … dass er mich überlebt …